嫵妹當道

4

朱弦詠嘆 著

風文創 338

目錄

第四十八章　合理解釋

黎明即將昇起，蔣嫵這才感覺到徹骨的疲憊，扶著聽雨的手臂問：「達公子呢？」

「帶著他的護衛，正在陪著老太爺和老夫人說話。」

蔣嫵略微有些詫異，原本以為文達佳琿幫過忙就會離開了，想不到他沒走。

聽雨又道：「今日多虧了達公子。若非有他的侍衛，恐怕情況沒這麼容易控制住。」

「妳說的極是。」蔣嫵道。「他也受了傷，記得讓郎中去看看。」

「早已經吩咐看過了。傷得不重，就是皮肉傷，可方才也虧得他救了夫人。」

說起方才之事，那被她殺死的刺客臨終前說的話，又一次在她腦海中浮現。

……這次的殺手，是她爹派來的。

或許是為了殺奸臣和奸臣的家人，或許他也存了一些私心，要放過她和蔣嫣。

可她沒看到那些刺客真的為了她和蔣嫣的安全著想，該燒的屋子也淋油燒了，更沒看到有人對七斤手下留情。若不是乳娘忠心，七斤這個時候已經……

這世界上，竟然還有這種外公！

蔣嫵閉了閉眼，腳步更緩。

聽雨扶著蔣嫵的手臂，擔憂地道：「夫人聽我一句，快去歇著吧，您身子本就沒好，今兒個晚上又如此擔憂勞累，您吃不消的。侯府還要靠您掌事呢，遇到這樣的事，二夫人可就不在行了。」

蔣嫵知道聽雨說的對。蔣嫣平日裡持家是個好手，但這樣的混亂，別說是她，就算是趙氏和霍大栓也未必能穩住陣腳。

「我要先去看看爹娘，還有孩子，再謝過達鷹。待會兒妳回去給我取件衣裳來。」

「是，我知道。」

說話間，蔣嫵上了丹墀，到了廊下，屋門立即被蔣嫣推開。

一見蔣嫵身上的狼狽和臉上的血污，蔣嫣就拉著她的手道：「聽雨，去給妳們夫人取件替換的衣裳。」

聽雨行禮退下。

蔣嫣就心疼地道：「妳剛不會就這麼花貓似的在外頭主事吧？」拉著她到了牆角的木質臉盆架子旁，親自兌了熱水，幫蔣嫵擦拭血跡。待洗淨臉，蔣嫣還用洗淨的帕子為她擦了頭髮，取下自己頭上的梳篦為蔣嫵梳了個簡單的髮髻。

蔣嫵感激地對蔣嫣微笑。她笑時，眉目舒展，發自內心，還是蔣嫣熟悉的那個自幼就與尋常女子不大相同的妹妹。

蔣嫣看著她的目光，一瞬充滿憐惜與心疼。就算不問，她也能從蔣學文的行事上分析出蔣嫵這一身功夫是如何來的。

看來身為清流的父親，還很有卓識遠見，懂得自小將女兒培養起來，以便於今後利用。

不多時，聽雨取了一身竹葉青色的素紗襦裙來，蔣嫣陪著蔣嫵去側間更衣，隨後姊妹兩人又相攜而來。
她終於恢復了往日柔媚的模樣，彷彿能讓人短暫忘記方才火光照亮了半邊天的容德齋裡所發生的一切。
蔣嫵這廂已走到近前，先給文達佳琿行禮道謝。「今日多虧了你仗義相救，妾身感激不盡。」
文達佳琿已摘了蒙面，穿著一身黑色勁裝，身姿筆挺，雙手撐著膝蓋坐著，只看風度便知是軍人出身，聞言微笑，道：「自己人，不必外道。」
「你的傷勢如何？」蔣嫵沒去在意他說的那句自己人。
「一點皮肉傷，無礙的。」文達佳琿的左臂已經包紮過，但夜行衣上的口子還在。
霍大栓就感激不已地道：「就算爺們家的不在乎流點血，今天你幫了大忙，還救了嫵兒丫頭，老頭子我都要謝你。」
霍大栓說著，站起身來行了一禮。
文達佳琿是武將出身，性子又爽朗，對霍大栓這樣直來直往的磊落脾氣很是喜歡，又知他對蔣嫵一直視如己出，連忙起身雙手攙扶。「霍老太爺不必如此客套。朋友有難，若不幫襯一把，那就不是個人了。」
「好個講義氣的漢子！哈哈！」霍大栓蒲扇般的巴掌親切地拍了拍文達佳琿的肩頭。
一旁兩名黑衣侍衛見狀，正要上前喝斥，誰知二人的腳步硬生生被蔣嫵與文達佳琿同時射來的「眼刀」制止了。

兩名侍衛感到既詫異又好笑，看來陛下中意這位夫人也不是沒有道理，他們連厲害起來時，不怒而威的眼神都很相似。

文達佳琿與蔣嫵想的相同，他這會兒不能暴露身分，況且霍大栓也並無惡意。

蔣嫵笑道：「爹，眼看著就要天明了，況且刺客都已伏誅，不如就都歇息下吧。」

霍大栓的確是累了。可是之前屠殺的場面還在腦中晃悠，他其實是有些心理陰影。

蔣嫵又道：「不如咱們就都歇在這個院子，待會兒讓人去將常用的東西取來吧，咱們住得集中一些，也方便侍衛換班。」

「如此當然好。」趙氏道。「可是，就怕壞了規矩。」

「娘多慮了。咱就別當這裡是侯府，若是擱在老家，咱不是也一同住在一個院落裡嗎？」蔣嫵攙著趙氏的手臂，又看看她懷裡的七斤。

七斤這會兒正張著小嘴睡得正熟。

蔣嫵原本擔心嚇壞了孩子，可這會兒見他一副無憂無慮的樣子，總算放了心。

文達佳琿遠遠的就看到了七斤，想起他的長子年幼時的可愛，這場面就勾起了當初那些溫柔甜蜜的情緒。

他最小的兒子如今已經六歲了，因長年鎮守在邊關，他對男女之事又並非多麼熱衷，在他看來那些精力都不如用在練武上，是以他已經很久沒見過這樣小的孩子，這孩子雖然是霍十九的，卻是蔣嫵生的。

文達佳琿喜歡得緊，摘了大拇指上的扳指遞給蔣嫵。「這是給妳兒子的見面禮。」

那扳指是翠綠的顏色，乃是他祖父傳給他父皇的。兩名侍衛瞧著，互相對視一眼，內心震動，又不敢勸說。如此重要的扳指，要傳也該傳給太子才是……

蔣嫵雖不知扳指的意義，卻也不想收文達佳琿這般貴重的見面禮。推辭了一番，文達佳琿就有些不豫。「妳我是朋友，難道我給妳兒子個見面禮還要講究那麼多？」

霍大栓笑道：「就是，嫵兒丫頭就別計較了。大不了以後這位公子有兒子，妳也送見面禮唄！」

蔣嫵嘆息，推辭不掉，霍大栓也發了話，就只得將扳指收下，道：「多謝你。」

「不必客套，我這便告辭了。」文達佳琿拱手作別。

蔣嫵剛要相送，霍大栓卻笑道：「作什麼別，乾脆就歇在府裡，都忙活了一宿。」

蔣嫵想扶額。

文達佳琿笑望著蔣嫵，問霍大栓。「如此方便嗎？」

「方便，有什麼不方便的，你手下那些都是高手，保護你不成問題，而且我想天都快見亮了，那群兔崽子也未必會來，你們就都歇在隔壁的院落。」

霍大栓熱情地引著文達佳琿去相鄰的客院休息。

蔣嫵這會兒已不能攆人走，便也不去多想，笑著問趙氏和唐氏。「娘，我這就讓人來清理，咱們都歇息吧。」

趙氏點頭，揚聲吩咐人去清理。

唐氏卻半晌不言語，過了片刻才道：「嫵姊兒，妳來，我有話問妳。」

她早就有了心理準備，剛才展露功夫是萬不得已而為之，外人可以猜想她的武功來由，可她與唐氏、蔣嫣朝夕相處，母親與姊姊自然會有滿心疑問。

她方才也想過這件事不好解釋。可是情急之下，也只得那樣。

蔣嫵便在趙氏擔憂的目光之下，隨著唐氏去了廂房。

蔣嫣不放心，帶著蔣嬌一同跟了過去。

關起門，唐氏看著三個女兒，這一夜的驚嚇和疲憊讓她頭疼得像是有人拿著錐子往裡扎。

揉著太陽穴，無力地憑几。「嫵兒，妳有什麼要解釋的嗎？」

蔣嫵聞言抿了抿唇，不言語。

她能怎麼解釋。難道全盤托出？

她自始至終就是唐氏的女兒，是蔣嫣的妹妹、蔣嬌的姊姊。可說出前世今生這種妖言惑眾的話來，莫說是唐氏未必肯信，就連她也說不出口的。

如果被她們知道，她是帶著前世的記憶投生在此，家裡人會不會覺得她是旁人，不是她們的家人了？她好不容易才有了家，不想落得那樣的後果。

蔣嫵垂著頭，一時間不知道該怎麼解釋。

唐氏也不催促蔣嫵，揉著太陽穴安靜坐著。

蔣嫵的拳頭在袖子裡握緊又放開，再握緊，再放開，好半晌剛要開口，一旁的蔣嫣卻先了她一步。

「娘，您就別問三妹了。她自然是有苦衷的。」

「妳知道什麼？」唐氏抬起頭，詢問地看向蔣嫣。

蔣嫣咬了咬唇，道：「娘，我不知道，可是您想想爹的脾氣和行事，這些年來他的做法，難道還不明白嗎？三妹在我們姊妹之中是最堅強剛毅的一個，就連二弟一個男子都不及她，三妹所學所知這些，定然是從年幼時，爹就開始教導她的，為的就是將來有一日，能夠用得上。」

蔣嫵垂著頭，心裡更複雜了，這件事真的要以蔣學文作為藉口嗎？這樣唐氏心裡對蔣學文會更恨吧？

可是，就算不說，蔣學文在某些方面也的確太過分了。今日他安排了人來，不念及骨肉親情，竟然連親外孫都不放過，她就已對他徹底失望了。想要他改變脾氣，恐怕比登天還難。所以，不論這件事是否牽扯到他身上，他都不是個良人，配不上唐氏。

思及此，蔣嫵點了點頭。

一直在門口垂首侍立的冰松見蔣嫵已經頷首，就抹著眼淚跪行到唐氏跟前。「老夫人，其實夫人是很苦的，每日半夜裡，夫人都要練腳程，自從七歲開始就從沒停歇過。從前我不知是老爺吩咐了夫人，只以為夫人是否有什麼奇遇，得遇高人指點傳授武藝。到現在聽二夫人說，我才恍然大悟，原來夫人、夫人是……」

冰松與蔣嫵一同長大，是主僕，也如同甘共苦的姊妹，蔣嫵對她又素來親厚，她為蔣嫵心疼是發自內心的。

一想到她身上那麼多的傷痕，冰松就忍不住低泣起來，道：「老夫人，我們夫人從小吃的苦就不少，只是她不願意開口說出來罷了。她喜歡劈柴，是為了更有力量，因練功辛苦占去了時間，才沒有工夫學習女紅中饋，或許老爺也說過她不需要會女紅中饋，外頭還將夫人說得那般不堪……老夫人請莫要怪罪我們夫人，她的委屈又向誰說過？她一身的傷疤，又有誰真的心疼了？」

唐氏聽聞冰松一席話，早已淚流滿面，一把將蔣嫵摟在懷中，哽咽道：「嫵兒，是娘對不住妳，竟沒早一些發現，讓妳平白多受了這麼些年的苦，是娘的不是。」

一旁蔣嫣和蔣嬌也都落了淚。

蔣嫵雖愧疚將事情推到蔣學文身上，但目前這也的確是最好的解釋了，便摟著唐氏搖晃，安撫地道：「娘莫哭了，您看我現在，也是受益匪淺啊，先說這樣的大事，我就有能力自保，也可以保護全家人，更何況我的身子也比同齡的女孩子們都好。」

「好個什麼，剛冰松不是說妳一身的傷？快來給娘看看。」

唐氏拉著蔣嫵的手就往內室裡去。

蔣嫣就讓幻霜帶著蔣嬌去歇著，由冰松在門前守著，自己則與唐氏一同進了裡屋。

蔣嫵滿臉羞紅，被母親與大姊強迫解開了衣襟。

看著她肩頭、背脊、手臂、肋骨、腹部……那一點一點新舊的傷痕，令蔣嫣心疼得一把將蔣嫵摟住。「三妹，這些年真是苦了妳。」
唐氏卻是不哭了，拿蔣嫵的小襖幫她披上，冷哼了一聲，一巴掌毆在炕几上。「蔣玉茗這個老混蛋，老娘早晚有一日剁了他！」
「娘，這個不怨爹，我……」
「妳不必替他說話，我心裡有數！那個混帳王八羔子，就不是爹娘生養的，根本是從石頭縫裡蹦出來的鐵心石頭腸子！妳們以後不許再認他這個爹，也不准叫他爹，要是被我知道了，可仔細妳們的皮！老娘打斷妳們的腿！」
蔣嫣與蔣嫵都被訓得大氣不敢喘，乖乖地低著頭，等唐氏又將蔣學文連同整個蔣家的祖宗十八代都問候了一遍，這才勸說著她，服侍她先睡下後，兩人便各自去歇息。
蔣嫵很疲憊，可在精神緊繃的情況之下，又睡不踏實，其間也不知醒來了幾次，每次都要看看七斤，餵他臨時找來的羊奶才肯再繼續睡。
到了傍晚，蔣嫵半夢半醒之間，聽到有人在門口說話。
「夫人還在歇息……是那兩個人招了……夫人醒來時再去看。」
蔣嫵一聽這些，立即張開眼，沙啞地道：「我起身了。」
外室的說話聲音略微停頓，隨即便有窸窣的腳步聲和珠簾晃動的清脆聲音傳來。
「夫人，您醒了？」聽雨笑盈盈地到了床畔，撩起天水一色的帳子。「還想著讓您多歇息一會兒呢，想不到還是吵醒您了。」
「沒事，七斤呢？」

「也是才睡醒，剛吃飽了，奴婢這就叫人將小世子抱來。」聽雨扶著蔣嫵起身，揚聲讓小娟去將七斤抱過來。

蔣嫵披上小襖，一見身穿小紅襖、戴了虎頭小帽的七斤張著小手咿咿呀呀的，她連穿鞋子都顧不上，忙起身去接過孩子。

小娟便與聽雨一同服侍蔣嫵梳頭。

七斤像是認識親娘，見了蔣嫵，就張開小手去抓她垂落在胸前的長髮，咧著小嘴格格地笑。

蔣嫵臉頰貼著七斤嫩嫩的小臉蛋，只覺歡喜的心如同裹了蜜般。

「想不想娘?嗯?」

七斤哪裡會回答，瞪著黑葡萄一樣的大眼睛看著蔣嫵，愣愣的彷彿不知親愛的娘在說什麼，隨後又笑了。

蔣嫵緊緊摟著七斤，她本以為昨兒那樣的場面會嚇壞小孩的，今日看來是她多慮了，乳娘和趙氏都將七斤保護得很好。

聽雨和小娟已為蔣嫵梳好了頭，蔣嫵便起身穿鞋，隨意穿上家常的碧藍色對襟襖子，又在外頭披了一件水天一色的雲錦褂子，便抱著孩子去了外間。

剛才來回話的人還立在廊下。

因為安全考慮，一家人是住在一個院子裡的，是以蔣嫵這邊的動靜，正屋和對面西廂房的人都看得清楚。霍廿一早就立在西廂房門前，蹙眉望著這裡。

見了蔣嫵抱著孩子出現，霍廿一一愣，遠遠地先行了禮。

蔣嫵微笑頷首，隨即叫聽雨去喚了廊下的人來。

「小的見過夫人。」侍衛並不踰矩，只在廊下遠遠地給蔣嫵行了大禮，就在門前恭恭敬敬地道：「夫人，昨晚那兩個假冒的捕快已經招了。」

「進來回話吧。」蔣嫵將七斤交給聽雨，讓她先將孩子抱去裡屋。

侍衛垂首進來，蔣嫵道：「都怎麼說的？」

「二人說法一致，都說是奉了蔣御史等幾位大人的命令。」

「清流一派？」

「正是。」

談話涉及到蔣嫵的父親，是以侍衛不敢多置評。

蔣嫵沈吟片刻，便道：「是奉了清流幾位大人的命，但他們是誰的人？」

侍衛一愣，臉上就有些發熱，吶吶道：「這個……」

蔣嫵一擺手，也不再追問，只道：「我去看看。」回身吩咐聽雨和小娟。「帶著小世子去太夫人那裡。我有事先出去。」

聽雨忙道是，送蔣嫵到了廊下。

蔣嫵與侍衛來到一處黑暗的小屋中。

屋內的擺設都已被挪到一旁，兩名身著捕快服飾的男子都被捆成柱子，蜷縮著躺在地上，大張著口喘著粗氣。

他們身上的衣裳若不仔細辨認，已經看不清楚。縱橫的鞭痕和乾涸的血跡交織著，讓人望而生畏。

見蔣嫵進了門，一旁兩名侍衛齊齊行禮。「夫人。」

「辛苦了。」蔣嫵對二人頷首，隨後緩步走到那兩人跟前，蹲身看著他們。

那兩人的下頷都被卸了，離著近了就能發現他們口邊的地上有濕潤的痕跡，與血跡交織在一起。

蔣嫵卻好似沒看見那狼狽的景象，只問道：「我再問你們幾個問題，若是誠實些，我保證你們能活命。若是你們不願意回答，也無所謂，我會送你們下去，隨後也會將你們的家人送去陪你們。」

她的語氣是緩慢的，聲音是低柔的，說出的話卻是如此令人膽寒，那兩人被抓住，起初還都本著一死而已的心硬挺著，可是這些人為了對付他們，著實是什麼手段都敢用。各種刑罰在他們的身上都試了個遍，就偏不讓他們一死了之，到最後他們實在是受不了這種折磨，才招了，只想求個痛快而已。

蔣嫵這一番話，又一次戳到了他們的痛處。

誰沒有妻兒老小？他們所做的事情，又與家人何干？

兩人都憤然瞪著蔣嫵，如果眼神能夠殺人，蔣嫵早已經要被他們凌遲了。

可自古說話的權力就是掌握在勝者手中。

對於他們的瞪視，蔣嫵視而不見，只道：「我沒有那麼多耐性，你們是否答應我的條件，答應就點頭，不答應就不必理會我，我這會兒宰了你們，回頭自然有法子將你們的家人都送下去陪葬。」

兩人對視了一眼，猶豫著，緩緩點了頭。

蔣嫵便道：「幫他們上了下顎。」又道：「你們可以尋死，我絕不阻攔，不過結果你們知道的。」

那二人來不及表示，就有兩名侍衛蹲到跟前，「喀」的一聲為二人上好下頷。

二人都只覺耳根痠痛無比，疼得眼淚險些流下來，不過好在他們可以說話了。

「夫人要問什麼，就問吧。」其中年長一些的人沙啞地道。

蔣嫵便道：「你們是我爹和其餘清流文臣派來的？」

那人「嗯」了一聲。「蔣御史讓我們兵分兩路。」

「聲東擊西，調虎離山嗎？」

那人聞言沈默不語。

蔣嫵又道：「你們的任務是什麼？」

「刺殺霍英狗賊和他的家人，不過蔣御史吩咐過，若有可能，要救出妳與妳姊姊。」那人說著翻了下眼睛，好似十分鄙視面前這位投靠奸臣的清流之後。

蔣嫵見狀，噗哧一聲笑了。

「好，我相信你們說的都是實話，還有最後一個問題。回得好了，我放了你們。」

那兩人同時生出一些希望。

「人都已經在這兒了，死活都是夫人一句話，夫人問吧。」

蔣嫵面上笑容瞬間斂去，劍眉下幽深的杏眼中有寒光凜凜射出，聲音依舊是溫和的。「你們到底是誰的人？」

兩人聞言，面色都是一僵。

蔣嫵便道：「清流手中的確是有死士，這個我知道，不過像你們這樣的卻不像是我爹他們的人。」

說到此處，蔣嫵仔細觀察二人的神色，笑意盈然，又道：「你們是誰的人？」

二人卻不似方才那般痛快回答了。

一旁的三名侍衛見狀，神情都有些緊繃。他們方才審問之時沒想到的問題，被一個深閨婦人想到，這已經是十分挫敗的事，更何況這個問題，牽扯較大。

蔣嫵見二人沈默，便道：「你們這會兒不開口，就是說我猜想的是正確的，你們雖然聽了清流的命令，卻不是清流的人？讓我想想……你們是英國公的人？」

兩人繼續沈默。

蔣嫵笑了，緩緩拔出綁縛在右腿的匕首，用冰冷的刀刃緩慢貼近其中一人的臉頰。

那人禁不住往後縮。

蔣嫵道：「你若不答，我就先挖你雙眼，若還不答，我再割你的舌頭，還有你的雙耳。你可以不怕死，不怕殘，你那些割下來的東西，我就都泡在酒罈裡，快馬加鞭給你家人送去，讓他們嚐鮮。」

「毒婦！毒婦！」

那人額頭上滿布汗水，向後退縮躲避匕首，扯動了身上的鞭傷，疼得他冷汗直流。

蔣嫵也不惱，依舊用匕首冰冷鋒利的刀刃緩緩貼近那人。

最終，他還是放棄了。「我說，夫人猜對了！」

蔣嫵迅捷地收起匕首，與方才嚇唬那人時慢吞吞的動作相比較，這會兒完全像是換了一個人。

她起身走向門外的瞬間，那兩人都鬆了口氣。

蔣嫵慎重地向那三名負責審問的侍衛道：「將他們看牢了，別讓他們死了，我留著還有用。」

「是，夫人。」三人齊齊應是，隨後又遲疑地道：「夫人，您說他們是否有可能說謊？」

「他們不敢，而且也不會有別人了。」蔣嫵語氣沈重，擺了擺手，示意他們各自去做事，便緊了緊褂子的領口，往容德齋方向走去。

她需要一個安靜的去處，好好平靜心情，釐清思路。

大火之後，容德齋的正屋和東側廂房都燒得只剩下木質的焦黑框架，西廂房還好一些，不過也是短期內不能住人。

院子裡昨日經過一場大戰，地上的血跡尚未清理乾淨，房子也燒焦了，便沒有僕婢在這處。

蔣嫵站在一片狼藉之前，仰頭看了眼即將西下的夕陽和隱約已露出面龐的一彎新月，輕輕吐了一口濁氣。

她從前覺得蔣學文是忠臣，是清流，是有氣節和傲骨的。他恨毒了霍十九，是因為他們在政治上是站在對立面。霍十九在外臭名昭著、無惡不作已經到了令人髮指的地步，蔣學文想要將之除而後快，站在他的立場上她是可以理解的。若擱著從前不知情時她也是贊同的，否則她不會答應蔣學文到霍十九身邊搜集情報。

只是清流要做什麼儘管放馬過來，為何要與英國公摻和在一處？霍十九縱然是個奸佞，難道英國公就是什麼好人嗎？

如果是從前，什麼事情都沒有發生的時候，她還可以給自己一些理由，讓她理解和體諒蔣學文的做法。然而，現在皇上都已病危，朝政都把持在英國公手中，清流真要對付什麼人，也該將矛頭指著英國公，為何要處置一個已經離開朝堂、致政在家的霍十九？

幸運的是家人都沒事。這一次他們是為了滅掉霍十九以及其全家而來，說明京都裡的人當初派刺客來時還不知道霍十九已經回京了。

霍十九不論怎麼看都沒有什麼利用價值了，他們為何還要趕盡殺絕？

蔣嫵不懂，也不願意相信她父親會與英國公同流合污。只可惜，這個世界上許多讓人無奈的事實，縱然有一萬個念頭想要自欺欺人，現實卻是容不得的。

百姓之中交口稱讚的清流之首、天下知名的大忠臣，和一個老奸巨猾的奸臣合作，來對付一個已經沒了實權的人，且這個人還是他的女婿，是他外孫的爹。這已經不是奸臣與忠臣之間的對壘了。
或許，清流文臣沒有想像中的那般高潔。他們也是有利則聚？
可笑，真是可笑至極。
她的父親為了信仰，放棄了妻子兒女，拋開了家庭。蔣嫵尚可以說他一心為了信仰，很偉大。可是現在，她的父親竟然拋開了信仰，只為了達到目的，與奸臣的人合作了。
這算什麼？他們一家子被折騰散了，又換來什麼？
蔣嫵看著漸漸被黑暗吞噬掉的晚霞，緩緩收回目光，甩了甩頭。
頭上鬆鬆綰起的雲髻只用了一根玉簪固定，隨著她的動作，柔順的長髮鬆脫開來，玉簪滑落，掉在地上，發出一聲脆響。
這一聲驚醒了蔣嫵，也驚醒了一直站在容德齋院門前的文達佳琿。
蔣嫵側頭去看地上碎成三段的簪子，眼角餘光卻意外看到文達佳琿正在門前對她微笑。
她心生警覺。難道是方才想事情想得太過出神，竟沒注意到門前有人。
文達佳琿已安靜地欣賞她的背影良久，見她突然甩脫了髮簪，黑亮長髮如瀑垂落，看她緩緩側過頭來時姣好的側顏，已覺內心又是喜愛又是酸楚。
他想不到，自己年過而立，還能對著一個女子生出這等纏綿的情緒。
「蔣嫵。」
「你幾時來的？」蔣嫵疑惑地問。
「我是遠遠看到妳，就跟著妳來的。妳有心事？」

蔣嫵搖頭，惋惜地看了看那簪子。從前沒出閣時，一根銀簪子被她戴得變了色，尚且十分珍惜。如今跟著霍十九過慣了衣食無憂、嬌婢侈童的日子，竟然連如此好的玉簪子都不當作一回事了。

正發愣，文達佳琿已經蹲下，將摔成三段的簪子拾起，道：「這簪子妳不能用了。」

「嗯。」蔣嫵點頭，剛想說去修補一下。

文達佳琿就先一步道：「那我帶走了。」說著將殘破的簪子用帕子仔細包了，揣進懷中。

蔣嫵看著他珍而重之的動作，只覺不妥，方想要表示不贊同，文達佳琿已道：「用妳這根破碎的玉簪子，換昨兒個妳兒子的扳指，妳還賺了。」

蔣嫵聞言，當即覺得無言以對。

那扳指她不想收下，今日的斷簪子也不想給他。可文達佳琿昨日剛剛幫了她大忙，今日豈能為了一根斷簪與他生分？

罷了，就給他吧。

「的確是你虧了。」蔣嫵認真地說著。

文達佳琿便嘆息了一聲，道：「蔣嫵，妳果真是有心事，有什麼事妳大可以說來與我聽聽，我雖不才，可也虛長了妳這麼多年歲，若有什麼拿不定主意的，商量著總有辦法。」

蔣嫵不喜歡與別人說自己和家中的事，況且蔣學文那等事說出來也是無解，依舊還是搖頭。

文達佳琿既是心疼又是焦急，更多的還有失落。

他對她是發自內心的愛護，她那等聰明是不會不懂的，就算她與他說明了「羅敷有夫」，他也依舊不願意斷絕與她的關係。他又沒想讓她去做什麼，也從沒想要得到她的什麼，能得到她的友情，與她有所關聯，他就已經知足了。

更何況他在此處可以做達鷹，回了金國，他就是一人之下萬人之上。作為金國最有權勢的男人，他有許多事情可以做，卻也是最不自由的人。他能對她怎樣？

這樣的情況下，她與他還不能交心，著實讓他悲感。在情緒的湧動下，話也就那麼直截了當地說出來。「妳不必為了妳父親的事難過。依我看，他已經不是最初那個剛正的御史言官了。」

蔣嫵猛然抬頭，長髮遮擋了她的視線，她並沒理會，只道：「你知道？」

「是，我知道。我正是聽了風聲，不放心妳才趕來的。」

「你是一國之君，何必這般……」

「我在意妳！我知道妳男人有難，妳必受牽連。況且我又知道妳的身手，還有妳的脾性，妳為了妳男人定然是什麼都豁得出去，我哪裡能不來？果然，我來了，妳果真傷得很重，否則昨兒那幾頭蒜，妳都能自己收拾的。」

文達佳琿上一次與蔣嫵直言，榮登大寶之後要封她為后時還有些開玩笑的意思，今日卻是將一片不可言說的深情都一股腦兒說了出來。

他是久經沙場的武將，不會那些纏綿的情話，也不懂什麼委婉，如今他高居上位，在金國，甚至在燕國，只要他想要的女人，就沒有得不到的，多少女人對他趨之若鶩，百般討好他都瞧不上眼，他不是沒有過女人，卻是第一次知道心動是什麼滋味。

他覺得自己現在就像個情竇初開的毛頭小子，終於將心底的話說出口，竟緊張得心怦怦直跳，目光熱切地望著蔣嫵。

蔣嫵的眼神柔和，卻也有明顯的冷淡和疏離。於感情上，她不喜拖泥帶水。執行任務之時與人虛與委蛇，有時為了完成任務、騙取情報，欺騙感情的事她也是做過的。只是這也是她最厭惡去做的，她一直覺得，縱然有仇怨，一死百了也比欺騙感情來得高尚。

所以現在，對待文達佳琿，蔣嫵只能直言道：「達鷹，我敬重你的真誠，也珍惜你的友情，只是我們是不可能的。你有你的生活，我也有我的家庭，你有你的責任，我也有我的責任，且不說你我相隔千山萬水，就只說我的心裡，除了霍英和霍翀，再也容不下其他的男人了。或許將來還有，那也只會是我的孩子。」

文達佳琿早知道蔣嫵會這樣說，只是當真聽她說出口之後，心裡的酸澀還是不可抑制的滿溢了。

「我自然知道。」他的嗓音略有沙啞，隨即道：「我只能說，恨不相逢年少時。不對，我年少時，還沒有妳呢。那麼，是恨不相逢未嫁時？」

蔣嫵聽著他的自嘲，不願讓大好男兒就這樣陷入一份永遠得不到回報的感情裡，便爽朗一笑，轉身背對文達佳琿負手而立，任由夜幕降臨之前寒冷的晚風，將她的長髮吹拂向身後。

「丈夫存於世，定要建功立業，有所作為，你是豪傑當中的翹楚，一直是我欽佩的英雄，我與你雖無男女之情，卻有朋友之義。比起那些前一刻山盟海誓，轉眼就成了冤家的人來說，朋友倒是更會長久，既已知道再無可能，何必還要糾結？達鷹，你不如當我是個男子就罷了。」

文達佳琿看著她嬌柔的背影和被晚風輕拂的長髮，只覺那畫面當真美不勝收，她身上上好的錦緞料子，即便在漆黑一片的院落裡，只有月光那麼一丁點的光亮，也能反射出最柔和淡雅的光暈，將她襯得不似凡人，像是謫仙。

「妳就是個男子，我也喜歡。」文達佳琿癡癡地道。

蔣嫵一瞬無言以對。想到當今有許多男子有斷袖分桃之義，她便一陣無奈。

文達佳琿雖放不下她，但該說的話都說了，也不會再繼續糾結於此，只道：「蔣嫵，妳接下來打算怎麼辦？」

蔣嫵見他岔開話題，暗地裡鬆了口氣，道：「接下來，重建侯府，配合知府大人捉拿真凶。」

「你們那知府，就算知道真凶他敢去拿嗎？」文達佳琿嗤之以鼻，隨即道：「妳分明是不想在這件事上作文章了。」

蔣嫵嘆息道：「的確，現在更要緊的事情還沒有做，這件事就先擱著吧。」半晌她才又道：「我只是不相信，爹竟然會這樣做。」

文達佳琿雖然不喜歡蔣學文，可也素來知道蔣學文那個脾氣，既倔強又迂腐，他那樣的酸儒生，會做這種事嗎？

「或許是另有內情呢？妳也不要想太多了。一切早晚會有水落石出的時候。」

蔣嫵吸了口氣，她素來不是會在一件事上糾結太久的人。「罷了，多謝你的開導，我不再多想也就是了。」轉過身來微笑。

文達佳琿不敢以太炙熱的眼神去看她，在她眼神與他的交會時，他窘迫地別開臉。「那就好。」

「天色不早，回去吧。」

「也好。」

第四十九章 結交知心

二人離開燒焦一片的容德齋，舉步往昨兒下榻的前院去。

一路上文達佳琿雖未遠遠地跟著，眼看著快要到院門前時，卻停下腳步道：「我就不與你們摻和了，我自己用晚膳即可。」

「恐怕我公公會親自去請你。」霍大栓是極熱情好客的。

文達佳琿笑道：「我也沒想到錦寧侯的家人會是這樣的，實在與他在外的名聲不相符。」

蔣嫵道：「一同去用飯吧。」

文達佳琿略微猶豫，果斷搖頭。「不了，我還是回去自己用。還有我給妳兒子的那個扳指，將來妳若是心血來潮，想來我金國遊玩，入境便可向當地的最高官員出示那個扳指，他們都認得它，自然會帶著妳一路來見我，總比妳自個兒路上要通關過卡來得方便。」

「那扳指竟然有這個作用？那我豈能留下。」蔣嫵說著便要去取了扳指還給文達佳琿。

文達佳琿道：「那是我給七斤的，不是給妳的。只是說妳可以借用罷了。」

蔣嫵語塞，立即覺得文達佳琿對她的這份深情更加沈重了。

文達佳琿便道：「妳去吧，還有事要忙呢。」

繼續留下，還不定文達佳琿會說出什麼來，蔣嫵也的確是乏累了，便屈膝行禮與他告別，先行回了院落，往昨日居住的廂房去，讓聽雨先為她重新梳頭。

文達佳琿看著她的背影離開的方向許久才道：「走吧。」

「陛下，您的意思是？」

「這方事情已了，再留下會給蔣嫵添亂，咱們還是先離開吧。」

侍衛行禮道是，不多時就將隨行的十個人召集齊了，趁著夜色，輕而易舉地避開耳目離開了侯府。

蔣嫵在與一家人一同用晚飯的時候，下人焦急地來報。「達公子的屋內已經沒了人，連個字條都沒留下，那些隨行的侍從也都不見了。」

霍大栓聞言焦急地道：「這樣哪行，那小夥子可是咱們家的大恩人呢。快去讓人找！」

下人剛要回話，蔣嫵已經先一步道：「爹，不必追了。他不會回來的，就讓他去吧。」

「嫵兒丫頭，那可是妳與阿英的朋友，還為了咱家幫了這麼大的忙。」

「他是不拘小節之人，不會計較這些的，若是他計較，也不會悄無聲息地離開了。」蔣嫵說著放下銀筷。

聞言，霍大栓又稱讚了文達佳琿幾句，也不再糾結此事。低頭扒了幾口飯後，突地想起朝中情況，又忍不住擔憂起來。「皇上已經病重了，還不知道情況如何。」

蔣嫵雖然不確定文達佳琿的消息來源是否準確，可是她願意相信皇上無恙，便道：「會好起來的，阿英不是已經回去了嗎？」

蔣嫵的話，讓家人又升起了一些希望，畢竟這麼些年來，小皇帝與霍十九一同經歷了風風雨雨，不也都一路艱辛地走過來了嗎？沒有道理這一次挺不過去。

只是，朝政上的事，誰又能說得準。

霍大栓緩緩放下筷子，沒了食慾，嘆息一聲道：「那孩子，我還挺喜歡的。誰知道他的命比他老子的還差，就攤上了這麼個時候。蔡京那個殺千刀的老混蛋，老子有朝一日見了他，非拿雞糞淋他一腦袋不可！這麼大歲數了欺負個十來歲的少年人，也不嫌臊得慌，有本事他地底下找先皇較勁去也算英雄啊！」

「你個老混球，說什麼話呢，這等話也是你我平頭百姓能說的？」趙氏無奈地搖頭。「你就算有滿肚子的不平，也不能說出來啊，昨兒個府裡那樣子你都忘了？也不知道這番話有沒有人聽去，會不會給阿英惹麻煩，兒子現在在外頭還不知情況怎樣，你就敢亂說話，嘴上也不知道留個把門兒的！」

「老子會怕他？有本事叫他來找老子單挑！窩心腳踹出他稀屎！」

「不叫你說你偏說！」趙氏朝著霍大栓的肩膀拍了一巴掌。

巴掌聲極響亮，打得霍大栓嘶地吸了口氣。

「妳就不能下手輕點！都是做祖母的人了，也不怕嚇壞了孫子！」霍大栓揉著肩膀，眼見著兒子、兒媳、親家都一副忍俊不禁的模樣，立刻老臉一紅。虧得他皮膚黝黑，瞧不出來。

氣氛變得輕鬆了不少。

趙氏道：「你不胡亂說話能挨揍？不過話說回來，誰做皇帝還不都一樣？上面那些個大人物來來去去，咱小老百姓，只要有田種、有衣穿，家裡人都平平安安的，一輩子就那麼過去也就是了。」

蔣嫵笑道：「娘是有大智慧的人。」

「妳呀，就知道哄著娘開心。」

「話糙理不糙啊，娘說的是真理。『天下本無主，有德者居之』，只要能給老百姓過平穩日子，誰還顧得了那麼多？再者史書是勝者書寫的……」

蔣嫵話沒說完，又被唐氏掐了一把。

「妳這丫頭，怎麼也胡言亂語起來，什麼本無主？燕國的天下是姓陳的！」

蔣嫵揉著手臂，笑著搖搖頭。

霍廿一想著蔣嫵那番話，卻有些發愣，似乎在反覆琢磨話中的意思，隨後看向蔣嫵，就有了些欽佩之意。

「好了好了，快些吃飯，朝廷中的大事咱們論了也是白論。」趙氏發了話，霍大栓也不敢違背，一家人拋開了煩心事，安安穩穩地吃了頓飯。

夜裡蔣嫵照舊是帶著七斤入睡的。

如此，一家人在一個院裡住了大約十日，每日防範警戒著都沒再有刺客前來，蔣嫵終於算是放下了心，安排眾人各自回自個兒的院落。

因容德齋已經燒毀，霍大栓和趙氏就搬到了後頭的同喜堂裡。

相較於容德齋和蔣嫵所居的養德齋，同喜堂院落要小了許多，只是一進的院落，院中三間正屋，兩側各有三間帶有耳房的廂房。這院子與蔣嫵在家中居住的院落相比是大了些，不過在氣派豪華的侯府中並不突出。

蔣嫵幾次三番想與趙氏互換住處，都被推辭了。原因很簡單，因為同喜堂距離霍大栓新建的豬棚、雞窩還有最新開墾的田地很近，方便他去種地。

聽了冰松的回話，蔣嫵哭笑不得地道：「既然老太爺喜歡，那就這樣定下吧。」

冰松將才剛熱好的羊奶子端給蔣嫵，道：「夫人，老太爺喜歡那住處固然是好，可是若侯爺回來，瞧見您住在養德齋，而老太爺、太夫人都住同喜堂，難免不會多想的。」

冰松說的也是事實。蔣嫵自然知道霍十九是個極孝順的人，不過她不覺得霍十九會斤斤計較這些小事。

「所謂孝順，無非是讓老人家順心順意罷了。我感覺再好，可不符老人家的心意，豈不也是白搭？」

冰松歪著頭想了想，還是有些似懂非懂。不過既然蔣嫵如此自信，她也就不再擔憂，轉而道：「夫人，是不是也該給小世子重新選個乳娘？」

「我的確有這個意思。只不過這會兒要去京都奶子府選就來不及了，妳吩咐下去，咱們在當地選些合適的，回頭將人帶來我親自挑選。」

「好，這事容易，侯府燒了一場大火，如今缺人手，錦州城裡哪裡有人不知道，只要將話遞出去，自然就有許多人削尖了腦袋想往咱這處來。」

正當這時，廊下就有人回。「夫人，外頭有位楊姑娘求見。」

楊姑娘？楊曦？

蔣嫵笑著道：「快請進來。」

冰松原要將七斤帶下去，蔣嫵卻捨不得，又覺得與楊曦也算相熟，便繼續抱著七斤坐在暖炕上。

不多時，透過糊了高麗明紙的格扇看見楊曦在小丫頭的帶領下進了院落。

楊曦今日一襲湘妃色素錦長裙，陽光下看得出裙襬上的精緻繡工，是以銀線繡的合歡花，且每一朵花的花蕊都以蓮子米大小的珍珠點綴。行動起來，裙襬若流水行雲，與她頭上戴著的珍珠髮箍呼應著柔和清新的光澤。

不愧是首富，她的裝扮素來都是低調中透著無法比擬的奢華。

蔣嫵便笑著道：「楊姑娘，請來這邊坐。」又吩咐冰松。「上好茶。」

冰松就行禮退下。

兩廂分別見過禮，楊曦落坐，待冰松上了茶退下，蔣嫵才道：「本以為妳們在京都，想不到今兒竟然能見面。」

「外祖壽辰，我是前些日子才到的。原想著安頓下來就來拜訪，想不到府上竟然出了這樣大的事，是以今日也不論是否叨擾就來看看。」楊曦擔憂地道：「夫人沒事吧？府上各位貴主可還好？」

「多謝妳記掛著，都還好。」蔣嫵對楊曦微笑，雖感激楊曦的惦念和細心，卻也不願意多說自己家中的事，轉而問：「今日怎麼沒見妳身邊那位婢女？」

楊曦笑道：「我讓她留在京都了，幫曹墨染。」

蔣嫵詫異，隨即傾身上前道：「妳見到墨染了？那侯爺他……」

「侯爺與曹墨染帶著侍衛都在京都，也是偶然碰上的。我與曹墨染雖從前有些磨擦，但我敬重他是條好漢，知道他此番必然有些麻煩，就將紅鳳留下，同他一同保護侯爺。」

蔣嫵十分感激，起身行禮道謝。「楊姑娘，多謝妳。」

「夫人，萬萬不可。」楊曦連忙起身還禮，笑著道：「我是商人，做事大多只論盈虧，這一次留下紅鳳幫襯曹墨染，於我來說是穩賺的，所以夫人也不必謝我什麼，我是為了我自己。」

想不到她會這樣直白地說話，蔣嫵莞爾道：「為了妳自己？紅鳳幫襯曹玉保護侯爺，會給妳帶來什麼利益？」

楊曦明亮的眼中含著笑意，表情不變，臉頰卻泛起淡淡的粉紅。

莫非楊姑娘對曹玉有意思？蔣嫵好奇地眨眼。

楊曦卻是直白地道：「妳沒猜錯，我的確是很中意曹墨染。不過他的全副心思都在侯爺的安危上了，我讓紅鳳去保護侯爺，也是想與他有些瓜葛罷了。」

「那我也是要謝妳的。」蔣嫵想不到楊曦會直接承認，對她爽朗的性子很是喜歡，又十分欣賞她的頭腦和膽識，否則年紀輕輕的姑娘家，哪裡就能夠富甲一方？

楊曦也不再糾結這個話題，轉而道：「京都如今風頭很緊，街上行人都比往日少，集市也不如往常熱鬧了。皇上這一病重，英國公監國，老百姓的心裡都沒了著落。我看侯爺這個節骨眼貿然回去，怕會將官場那潭水攪和得更混濁。」

「皇上的身子還沒有起色嗎？」

楊曦搖了搖頭，腦後珍珠步搖垂落的流蘇輕輕擺動出柔雅的光暈。

蔣嫵擔憂地擰了眉，懷抱也不自覺地收緊了一些。

七斤許是感受到母親情緒不穩，加之懷抱不那麼舒服了，就吭哧著哭了兩聲。

蔣嫵連忙哄著他，又叫了聽雨來將他帶去趙氏處，隨即歉然道：「小世子的乳娘前兒被匪類殺害，是以我親自來帶，我又沒什麼經驗，讓妳見笑了。」

楊曦聞言，十分理解地道：「也真是難為夫人了，我雖沒有經驗，卻也知道這麼大的孩子不是那麼好帶的，不知現在可有乳娘的人選了？」

「還不曾，才剛吩咐了人去選合適的人來。」

楊曦想了想，就道：「我家原本就是在此地，倒是知道一些知根知底、家世清白的婦人是做這個的，不過就是擔心她們身分低賤，配不上伺候小世子。」

蔣嫵望著楊曦真誠的雙眼。她在她眼中看不到算計，也看不到商人的精明，只有關切，當即就道：「哪裡有什麼配得上配不上，如今是不挨餓就不錯了。妳若真幫我尋來個合適的乳娘，我重金謝妳如何？」

最後一句是開玩笑的。

「重金我是不要的。」楊曦當然不缺銀子，臉頰上淡淡的粉紅又鮮豔了一些，襯得她明眸善睞，格外靚麗。「若是夫人肯幫我與侯爺說說，給我與曹墨染之事一些方便，自然是比重金於我更加貴重。」

對首富，什麼重金的確是無關緊要的。

蔣嫵就有些好奇起來，楊曦是怎麼瞧上曹玉的？當然，不能說曹玉不好。他除了說話的聲音小一些，又跟了一個奸臣做主子，其餘可以說是完美無缺，他樣貌英俊，又有滿身出色的武藝，於江湖之中可以排得上前十的，雖蔣嫵不清楚他的師門，但能養出曹玉那樣的性子，必然是師出名門，在霍十九身邊這麼些年，財富自然也不缺少。況且這等江湖俠士，也從來不在乎什麼財富。更要緊的是，他性情忠誠又有擔當，若是他認定了要護在羽翼之下的人，便是拚死也絕對會保護其周全。

在蔣嫵眼中，曹玉是優秀的男子，卻不及霍十九入她的眼。但在旁人眼中，或許就是可以託付一生的良人呢。

蔣嫵莞爾道：「我就欣賞妳的直率，好，這事我定會幫妳。妳知道墨染是很聽侯爺的話的。」

「既如此，多謝夫人了。」楊曦微笑，語氣輕鬆，也不似方才那般見外了。

閒聊片刻，楊曦便告辭了。

到了下午，便有兩名婦人被楊曦的人送了來。

兩人都是二十出頭的年紀，生得容貌端正、眼神清澈，又都是楊家的家生子，底細往三代以上看都是乾乾淨淨的。此番前來，二人是連同賣身契一同帶來的。

蔣嫵又仔細問過，才道：「如此妳們便留在侯府，輪流照顧小世子。妳們家裡人是做什麼的？回頭將他們也都接來吧。」

年長一些的李氏道：「多謝夫人，我男人是莊子上種地的。」

「我那當家的是在楊家鋪子裡幫工的。」

蔣嫵想了想，就道：「既如此，他們就還照常去上工，若是不願意在原來的地方，來與我說，我為他們安排其他的活計也使得，侯府還有些屋舍，搬進府裡來也是為了方便照看小世子。」

侯府的月錢比照外頭每個月要多二錢，又是如此高門大戶，當家主母又和善，二人哪裡有不願意的，當即連連點頭應下了。

蔣嫵就吩咐聽雨將七斤抱來。二人分別給世子行過禮，就與聽雨和冰松、小娟幾人下去熟悉環境了。

蔣嫵極為歡喜，忙修書一封請人帶去給楊曦，以表感謝。

楊曦的回信上只是囑咐蔣嫵千萬別忘了她答應下她的話，蔣嫵又一次好奇起來，曹玉和楊曦之間或許真是發生了什麼？

九月中的京都城，已是夜涼如水。一盞油燈放置在暖炕當中半新不舊的矮几上，散發著昏黃的光，將並不寬敞的屋子勾勒出分明的輪廓。

這是一間十分簡陋的民居，窗扇上的紙有些破洞，暖炕上鋪著的粗布坐褥，因用得久了，褥子裡頭的棉絮都已坐實，毫無鬆軟舒適之感。

除了一張暖炕，斑駁粉牆角落的兩把交椅之外，屋內再無他物，以致披著灰鼠皮毛領子褂子、頭戴白玉髮冠、一身矜貴氣息俊美的人，盤膝坐在炕上的身影就顯得很是格格不入。

他握著信紙的手在顫抖，彷彿受不得刺激，手突然放下，右手上的藍寶戒指磕在炕几邊緣，發出很大的一聲脆響。

曹玉原本坐在炕沿，聞聲回眸，正看到霍十九難看的臉色，大驚失色道：「爺，怎麼了？」

「府裡出事了。」霍十九的聲音有些沙啞，將信紙遞給了曹玉。

曹玉一目十行看過，神色劇變。「竟然會有這等事！」

信是由留守的三千營校尉親筆寫的，詳細記錄了十一日前侯府夜裡遇襲的場面、房屋的損毀情況，以及府裡的死傷人數、刺客的死傷人數，另外還著重說出蔣嫵的所作所為和她的「朋友」前來幫忙。

「想不到才出來這幾日，家裡就出了那麼大的事。」曹玉喃喃道：「夫人的身子還未痊癒。」

那等緊要關頭，她必然是要身先士卒，保護著全家人。曹玉一想到她當初在三千營時的英勇無畏，那種可以豁出性命的狠勁，還有那一箭穿胸而過時他的恐懼，內心就彷彿壓了一塊沈重的大石頭。

那日霍十九先昏迷過去，所以沒有看到經過，自然不知道那等場面的驚心動魄。受了如此重傷，難道還能應付那樣多的刺客嗎？縱然有人相幫，當時也必然是九死一生。

曹玉的擔憂不願在霍十九面前表露，因為就算他不說，此刻霍十九的心裡也不好受。面對這等事，他更無力。如此費盡心力地回京，路上卻屢次遭遇截殺，多虧有裴紅鳳幫忙才輕鬆了一些，如今他們暗中住在此處，一則要躲避追殺，另一則也是要觀察京中情況。只是不知道如今出了這件事，霍十九還是否能夠沈得住氣。

將信紙摺起，霍十九起身下地，緩緩踱步，沈思了許久才問：「墨染，你說府中的刺客是誰派去的？」

「信中不是說夫人已經抓獲二人，逼問出口供了嗎？不如爺去信問問夫人，就可得確切答案了。」

霍十九聞言搖了搖頭，道：「那樣時間太久了，我來分析一下，能迫不及待、不計代價想要致我於死地的人，會有誰……」

仔細想了許久，他竟發現得罪過且恨不能把他碎屍萬段的人實在是多如牛毛……

霍十九苦笑，從前仗著他受皇上的寵信和重用，許多人即便是恨毒了他，也不會輕易動手。如今情況不同，他因病致政，奉旨休養，對外失去了實權，誰還會當他是一回事，自然是有仇報仇、有冤報冤了。

不過人選雖多，首當其衝他想起的是蔣學文。

「爺，府裡的事情咱們如今是鞭長莫及，還是想想今夜入宮見了皇上要如何營救吧。」

霍十九哪裡會不知這些，只是他從來未曾像現在這般痛恨自己騎虎難下的處境，他所做的事都是不能停歇的，但凡有一丁點的懈怠，後果就不只是他一個人死。

「罷了，今日夜探，你要多加留神。若不能見到皇上也不打緊，千萬不要打草驚蛇，也必須要自保。」

曹玉頷首，爽利地道：「爺儘管放心，此番多虧了有紅鳳在，我就算入宮去也不必擔心你的安全。」

「那你回頭得好生謝過紅鳳，更要緊的是謝謝她主子。」

一想起路上遇到楊曦時，楊曦看他的眼神，曹玉就覺得不自在，內心十分抗拒，只淡淡地「嗯」了一聲。

霍十九見曹玉臉上發紅，神色彆扭，覺得有趣，便笑著問：「墨染，那位楊姑娘我看似是對你有意。你也二十四了，早該是成婚的年紀，難道你就不考慮一下？楊姑娘容貌清秀又十分聰慧練達，與你是極般配的。」

「爺怎麼說到這事上來。」曹玉滿心的苦水無處倒。他說話聲音素來不大，又細聲細氣的，生得十分俊秀，這會兒看來倒像是害羞的模樣。

霍十九越發覺得有趣，笑道：「成家立業乃是大事，有何不能說的？楊姑娘與你的確是般配，難道你不想考慮考慮？」

「若有人叫你考慮她，你考慮嗎？」一句話不經思考便說出口，曹玉後悔已是來不及了。他瞭解霍十九是極聰明的人，一點蛛絲馬跡就足以讓他生疑了。

尷尬之下，他反而不知該如何解釋，站起身道：「我去準備準備，也該入宮去了。」說著便要離開。
霍十九擔憂地喚了一聲。「墨染。」
曹玉駐足，勉強笑著回頭道：「爺還有何吩咐？」
「千萬小心，以自保為主。見不到皇上也無所謂，只要你平安即可，刺探只是一種方式，若這條路走不通，我自然還有旁的法子。」
「是，我知道了。」曹玉對霍十九微笑拱手，便出了門去。
霍十九看著他背影離開的方向，濃眉蹙起。
與曹玉相識這麼多年，他們一直朝夕相伴，患難與共，他二人的兄弟情分不亞於霍十九與霍廿一親，是以對曹玉，霍十九是不忍傷害的。
他早已察覺曹玉心悅蔣嫵。感情一事，若來了便是洶湧決堤，任何人都防備不了。曹玉清高驕傲，雖處事溫和，並不代表他將每個人都放在眼裡。越是這種人，能敲開他心門的人才越是難以忘記，恐怕要將蔣嫵從他心中逐出並非容易的事。
他淡淡地嘆了口氣。他不怪曹玉心悅的女子是他的妻子，因為曹玉一直在控制著這份感情，與蔣嫵素來是發乎情、止於禮，從未有過逾越之舉，蔣嫵又是一心一意心繫在他和整個家庭上，無論是江湖俠士還是他國皇帝，她都不放在眼裡，妻子不走歪路，朋友強忍孤獨，他怎麼忍心苛責？
只是，多少還是會有些異樣情緒的，但他相信不必他說什麼，曹玉心裡更難受……
「侯爺。」門外傳來裴紅鳳屬於少女特有的清脆聲音。

「進來吧，紅鳳姑娘。」

裴紅鳳推門而入，才剛十四歲的嬌俏少女穿的是一身火炭紅的小襖和長褲，頭梳雙丫髻，左右各戴了一朵珠花，笑容十分討喜，就像是鄰家小妹妹一般。

霍十九這個年紀，若是年少時荒唐點，生個女兒也比裴紅鳳小不了多少，是以對這位年少的武林高手，他十分溫和。

「這些日委屈妳了。」

「侯爺不必客氣，我留下也是為了幫襯我家姑娘。」裴紅鳳說完，就在靠牆的半舊交椅上坐下了，一副懶得搭理霍十九的模樣。

果然，他這個奸臣還是不招人待見的。

霍十九無所謂地笑笑，繼續對著燭火沈思。

裴紅鳳就托著雙腮看著霍十九俊美的側臉。她就不明白了，這個男人不就是長得好點，家裡有錢點，身分尊貴點，朝中勢力大一點，又受皇上寵信比任何人都多一點嗎？還有什麼好！

呃……其實這些，也足夠一般尋常女子趨之若鶩了吧？

可是他也做了許多壞事呀！這麼個不靠譜的人，還要勞動她紅鳳「女俠」來保護。若不是看在她家姑娘美好的未來的分上，她才不會來呢，這樣的奸臣死了最好！

剛這麼想著，屋門就吱嘎一聲被推開。

霍十九抬眸，見曹玉已是一身黑衣，蒙了面。

「墨染？」

曹玉對霍十九拱手，隨即語氣強硬地對裴紅鳳道：「妳對爺上點心，要是讓爺少了一根寒毛，我回頭一定去找妳家姑娘理論，看看她到底安的什麼心！」

「你！」裴紅鳳噌地站起身，扠著腰想跟曹玉理論，奈何曹玉已經又對霍十九頷首，轉身出門了。

「臭雞蛋！大老鼠！」對著曹玉離開的方向揮舞拳頭，裴紅鳳氣鼓鼓地坐下了，只是對周圍的觀察更加入微了。

霍十九莞爾，誰說曹玉沒察覺的？打蛇打七寸，他這不就捏住裴紅鳳的七寸，讓她乖乖地專心保護他嗎？

曹玉這廂與焦忠義商議了片刻，將院中的布防安排妥當後，就輕身一躍出了院子，焦忠義不免讚嘆道：「好俊的功夫！」

虧得當初皇上睿智，讓他給曹玉下了迷藥，否則以曹玉的身手，再加一個蔣嫵，他當初「抓」得到霍十九才怪！莫說抓到，就是他的小命能不能保住也是兩說。

「焦將軍。」霍十九站在廊下喚他。

焦忠義忙到了近前行禮，神色十分敬佩信服地道：「侯爺。」

「焦將軍不必多禮。我讓你送的消息已經送去了嗎？」

「回侯爺，已經傳了信。三千營、五軍營和神機營如今都只等侯爺的一句話，其中稍遠一些的也已經開始暗中調動部署了。」

「很好。」霍十九負手望著皇宮的方向，如今就只等著曹玉打探到有用的消息，即可見機行事了。

「侯爺。」焦忠義望著在夜色之下宛若謫仙臨凡的人，想著他多年來忍辱負重，便覺從心底佩服敬重，話也愈加恭敬了。「末將可聽侯爺吩咐，縱然豁出性命，只要是為了皇上好，末將都願去做，只是侯爺此番有多少勝算，您預備怎麼辦？」

霍十九聞言，只是微笑著搖了搖頭，道：「你只需記得你我以及眾位將士，縱然身死也是為了大燕的江山即可。皇上若安好那便罷了，皇上若真有個萬一，寧可拚了這條命，也絕不讓罪魁禍首好過。」

他語氣溫和，也並非多麼慷慨激昂，可他的話著實激起了焦忠義心中的豪情，以拳擊掌道：「好！今日老焦就捨命陪君子！大不了十八年後還是條好漢！」

他眼神光彩熠熠，讓院中其餘幾名護衛也是群情激昂。

霍十九莞爾道：「我不會讓你們輕易賠了性命的。不過若真需要犧牲，我也不會懼怕。」

「我等亦不懼怕！」眾人七嘴八舌，豪氣干雲。

裴紅鳳立在霍十九背後的廊柱後，外頭的角度看不到她的存在，她卻將院中眾人的模樣看得分明。她黑白分明的大眼看看霍十九，又看看院中那些一副急著為國捐軀模樣的漢子們，內心便有了疑惑。

為何她家姑娘瞧上的那個人會為一個奸臣賣命？為何現在這些漢子們都會對一個奸臣如

此信服？

看來有些事是她不知道的呢，這些日可以好生觀察，告訴姑娘。

霍十九擔憂曹玉，站也不是，坐也不是，索性一直站在廊下等著。更深露重，他的鬢角與灰鼠毛領上都有冰冷的淡淡濕氣凝結，他卻一直負手而立，形容俊逸矜貴，卻絲毫沒有貴族的驕氣。

裴紅鳳奉命保護，自然也留在外頭，焦忠義與那群漢子更是輪流休息換崗，保護著霍十九的安全，尋常的小宅院中竟是一副森然迎接戰事的模樣。

如此過了一個時辰，曹玉沒有回來。

又過一個時辰，曹玉還沒回來，霍十九的臉色就已經十分難看了。他很想派人進宮去查看，可是他也清楚，若曹玉那等身手都討不到好的話，派誰去就都是讓人送死。

「侯爺？」焦忠義也著急了，凌晨偏低的氣溫之下，額頭上竟然冒了汗。

霍十九抿唇片刻，緩緩道：「派人，調集五軍營、三千營、神機營精銳整裝待發。若半個時辰後墨染不能平安歸來，你等就隨我起事。」

「侯爺，好！」焦忠義激動地拍大腿。「好，好！難得侯爺有如此氣勢！幹他娘的蔡京！咱乾脆帶兵去踏平國公府！」

「為皇上安全，不到萬不得已，不能行此一步。有皇上在才有國本。下去準備吧，聽我號令。」

「是！」

焦忠義急匆匆地離去了。

裴紅鳳則用十分審視的眼神打量霍十九的背影。正當氣氛緊繃之時，裴紅鳳突然察覺空氣中似有異動，敏銳地閃身上前，一把提起霍十九的衣襟將他甩在身後，隨即蹬上西側院牆。

焦忠義等護衛只看到一道紅影倏然閃過，根本沒來得及看清楚，霍十九就已經被裴紅鳳丟開了，剛要斥責她的粗魯，牆上就已有一人翻越而入，蹲身在地。

「墨染！」霍十九看清來人，三步併作兩步上前去，因他清楚曹玉的輕功，若是無恙，根本不可能讓裴紅鳳那樣早就察覺，而且越過院牆不是像平常時候那樣瀟灑的姿態，而是半蹲著未起身。

曹玉染血的手撤掉蒙面的黑布，俊秀蒼白的臉上掛著苦笑。「不留神被射了一箭，沒事。」

「傷在哪裡了？」霍十九和焦忠義仔細扶起他，就見他右側腹部插著一截斷箭，鮮血還隨著他的動作往外滲。

霍十九大驚失色，慌亂地道：「焦將軍，快叫軍醫！墨染，你覺得怎樣？」

「沒事，沒傷著臟腑，就是流血流得我頭暈。」曹玉咧著嘴一笑，道：「我見著皇上了。」

「先治傷，待會兒再說！」

「我沒事。」曹玉虛扶了一把霍十九的手臂，強撐著向前走了幾步，回頭道：「我回來時特地小心遮掩了痕跡，不過還是擔憂會有遺漏，待會兒讓人出去瞧瞧地上是否有血跡，別讓人看出來，那些人追了我很久。」

「你就不必想這麼多了，快去上藥裹傷才是要緊。」這些年來霍十九還是第一次見曹玉傷著，足可見當時情況危急，也當真是嚇得他不輕。

曹玉卻還與霍十九說笑。「不碰壁怎麼知道人外有人呢？爺，皇上無恙，好端端的在睡覺。只是看樣子是被人軟禁在其中了。英國公這一次果真是下了功夫，御書房周圍的內侍、宮女和御前侍衛都換作他的人馬，還有許多重金買來的高手。」

說著話，曹玉已坐在炕上。軍醫衝了進來，急匆匆按著他躺下，用剪刀剪開他的夜行衣。

他結實的腹部右側被鮮血染紅，半截箭扎進去個箭頭。

「傷口不深，沒傷著大要害。臟腑也無恙，就是流了不少的血。」軍醫檢查之後，就開始熟練麻利地為曹玉取出箭頭。

這弓箭是宮內特製，箭桿上帶有倒刺，若要硬生生拔出，必然會帶下來一塊肉，屆時不但傷口擴大，若是傷到大血管後果會不堪設想，是以要安全拔掉箭頭，必須先擴大傷口。

軍醫將鋒利的小刀子用火烤了，又將傷口周圍的血跡擦拭乾淨，以烈酒又搽了一遍，就那麼下了刀子。

裴紅鳳一直站在旁邊瞧著，眼見著曹玉連哼都沒哼一聲，只有額頭鬢角流了許多冷汗，內心不免佩服他的剛毅，決定稍後給楊曦寫的信中一定要加上這一筆。

待處理好傷口，屏退旁人，曹玉才與霍十九和焦忠義道：「皇上安好。爺，你打算怎麼辦？」

「這有些不符常理。」焦忠義沈吟道：「他既然已做出那等事，朝政都把握在他手中，為何他不將事做完全，直接取而代之不是更好？」

霍十九笑著晃了晃手中的虎符。「怕是問題出在這裡。他沒找到這個。」

「侯爺是說……」

「他不知道虎符被皇上藏在何處，就算取而代之，將來榮登大寶了，若是調動不得天下兵馬，豈不是丟人？況且清流文臣的筆桿子可硬著呢，他也不想被臭罵。難道他有魄力學秦始皇焚書坑儒嗎？英國公雖想做皇帝，可卻不想做亡國之君，他也擔心金國乘虛而入呢。」

「難道他的目的就這麼簡單？將皇上軟禁起來，然後自己說了算？」焦忠義眉毛擰著，摸著下巴道。

「無論如何，皇上無恙就是好事。」霍十九沈吟道：「焦將軍，煩勞你調集人馬駐紮於皇城外。」

曹玉因失血過多，又勞累了一夜，本有困倦，然聽聞霍十九的話，他立即清醒了大半，道：「爺，你打算帶兵去平國公府？」

「不是。」霍十九道：「我怕英國公會對皇上不利，逼急了他來個玉石俱焚，我們得不償失。我只是要讓英國公感受到威脅，逼他讓步而已。」

「可是那樣是極危險的。事情已經這樣，等同於與英國公撕破了臉，就算皇上無恙，將來你的日子也不好過。」

「我是無所謂的。」霍十九想了想，便打定了主意道：「趁著皇上現在還安好，咱們行動要快。夜長夢多，如果將來皇上有個什麼，我們後悔莫及。」

焦忠義如今對霍十九已是全然欽佩，對於他不顧自己甚至不顧一切的忠義之心很是讚賞。「皇上果然是真龍天子，慧眼識英雄，從前是我等對您存偏見了！您若是當真決定了，老焦捨命陪君子！」

霍十九笑著道：「如此，多謝焦將軍了。」

第五十章　聽到內幕

清晨，英國公府剛開了門，兩名小廝拿了掃帚清掃地上堆積的落葉，便聽見遠處有整齊劃一的馬蹄聲傳來。

兩人抬頭，恰看到穿了深灰色輕甲的輕騎兵列著整齊的隊伍緩緩而來，更奇的是，大約五十匹馬，竟然是步調一致，聲音劃一。

二人對視了一眼，其中一人就扔下掃帚、撒開腿往府裡奔去。

隊伍在英國公府門前停下，五十名騎兵撥馬往兩旁側開，讓出了一條路。

一名清泠矜貴的俊俏男子披了件灰鼠毛領子的大氅，頭戴著白玉髮冠，端坐在一匹棗紅色戰馬之上，一個穿了一身火炭紅的十三、四歲少女為他牽馬。

待到距離近了，小廝瞧出來人是誰。

「霍爺！您安好。」小廝扔了掃帚就跪地磕頭。

霍十九端坐馬上，俯視著四周。「國公爺在家中嗎？」

「在，在！小的這就讓人去通傳。」

慌亂起身，往門裡喊了一嗓子，就又有小廝飛奔著往府裡去了。

霍十九翻身下馬，焦忠義與裴紅鳳二人就一左一右跟在他身旁。而那五十名三千營的精銳騎兵，依舊分列在英國公府門前，恍若成了五十尊雕像。

英國公聽了下人回話，不敢相信霍十九竟然回來了，且身後還跟著五十名輕騎兵壓陣。國公府就算有再嚴密的守衛，也禁不住軍隊的踐踏，這可是才來了五十人而已。

怪道虎符不在，原來是在霍十九手裡！

英國公想起天天在宮裡裝傻充愣的小皇帝，立即恨得牙癢癢。這麼好的機會，難不成真的讓手握虎符的霍十九占了先機？

英國公親自迎出了正門。

「錦寧侯，你怎麼回來了，不是去了封地，非召不得入京嗎？」

霍十九翻身下馬，三步併作兩步到了近前，禮數周全一番，隨即委屈地道：「皇上病重，我聽了消息哪裡還能坐得住，就緊忙回來了，這段日子多虧了國公爺打理朝政，皇上可還好嗎？」

英國公看了看左右兩側林立整齊的騎兵，這些人雖然不多，但貴在兵精。而且他的人就算要調動，一時半刻也到不了京城來，何況他還未掌握兵權，到時麻煩就大了，所以這會兒英國公不敢硬拚，生怕援軍還沒到國公府就被夷為平地。

「虧得你有心啊，外頭傳言都傳得如此過分了嗎？皇上病危？」

霍十九頷首道：「的確是，聽說國公爺在全國尋找名醫，皇上的病情卻不見好轉。」

英國公無奈地道：「瞧瞧，真是謠言惑眾，說什麼的都有。皇上前兒的確是有些病了，不過這些日子用藥已經見好了。這會兒不過是我奉旨代行批閱奏摺之事，皇上若是好起來，定然還如從前那樣。我前兒還與皇上說呢，如今年紀也不小了，也是該親政的時候了，可皇上還是貪玩，不聽我的。」

英國公一副滿腔的委屈，無奈孩子太頑皮的模樣。

霍十九連忙感同身受一般地頷首。「就知道謠言紛飛，我是聽說皇上病了，特地回來看看，而且當初皇上旨意是說我身子不好，需要將養才讓我回了封地，如今我的病好了，也不需養身子，自然就回了京城。」

霍十九客氣地對英國公道：「還煩勞國公爺引我去見見皇上，多少也為我美言幾句，往後我還希望能繼續給皇上效力呢。那錦州，比咱京都城冷清許多，我還是不習慣。」

英國公聞言，捋順鬍鬚笑著點頭。「那就煩勞錦寧侯在此處稍候，容老夫先去更衣。」

「多謝國公爺。」霍十九行禮。

眼看著英國公進了府，門子將英國公府的門都關嚴實了，霍十九唇角便彎起了一個淺淺的弧度。

焦忠義佩服地道：「我看侯爺此番是要兵不血刃解決大問題啊！就不信咱們的人馬就立在此處，他敢不從。」

他知道英國公是會退讓的。霍十九理了理衣袖，抿唇垂眸。

英國公就算再強硬，總歸手底下養著的人也是鞭長莫及。他今日若是露出半點反對的意思，霍十九手下這三千營的精銳就能立即殺進去，說什麼也要弄個魚死網破才甘休。他之所以不動手，是因為現在還不知道皇上的情況。

英國公想要那個至高無上的地位，可是他也希望全家人都能活，否則一個人的成功無人分享，豈不是要孤獨一生？

不過，英國公事情已經做到這一步，霍十九依然不相信他能那麼輕易就讓外人見到皇上，少不得宮內的埋伏已經佈置好了呢。

不多時，國公府的大門開了。英國公換上了官服，乘著轎子帶著隨從出門。

霍十九就回頭對焦忠義低聲吩咐了幾句，隨即翻身上馬，跟隨其後。

那五十名三千營的精銳騎兵，就分散在英國公與霍十九的周圍，整齊有序地保護著二人往皇城去。

轎子裡的英國公額頭上冒著汗。縱然他身旁的隨從都是武林高手，可好虎架不住一群狼，再者，誰知道除了在明處的這些人馬之外，暗處還有沒有埋伏了？

失策，失策！

他早早控制了皇上，本以為這計劃天衣無縫，可最後竟然是壞在霍十九手裡，他如何也想不到，小皇帝會將虎符交給霍十九！

如今他佈置的局，就猶如射出去的箭，最強的力道已經過去，現在是力竭的趨勢，偏偏力道最強的時候，霍十九因病致政離開了京都躲過一劫，否則豈能有他還在這裡礙手礙腳「乘虛而入」？

英國公只覺氣得肋扇疼。他明白這個節骨眼上千萬不能露出絲毫的破綻來，否則霍十九握著京畿周圍防衛的那些兵權，要踏平英國公府簡直易如反掌。

想不到啊，他竟然會敗給一個手無縛雞之力的年輕人。

霍十九跟著英國公，很順利地進了皇城。

一路順暢無阻的，不多時就到了御書房。

霍十九帶領著人站好位置，焦忠義就配合地道：「回侯爺，其餘人馬都已經準備就緒。」

霍十九笑著道：「忙什麼。」又對英國公道：「國公爺，一同進去與皇上說說話吧。」

英國公自然好奇霍十九會與小皇帝談論什麼，就吩咐了一個小內侍進去通傳。

不多時候，就見皇帝身邊的大太監景同小跑著迎了出來，遠遠地看到霍十九，眼神晶亮又驚喜，語氣如常地道：「錦寧侯，您回來了。」

「是，惦念著皇上，就來看看。皇上可好？」

景同機靈地諂媚道：「多虧了英國公一心為了皇上，如今已經尋來名醫，皇上服藥之後已經痊癒了。」

霍十九敏銳地發現景同剛才給他使的眼色，便轉回身與英國公謙讓著上了丹墀，客氣地對景同道：「煩勞景公公通傳。」

「不敢，不敢。」景同連連行禮，秀氣的面容上有得到重視的開懷和得意，更多的卻是恭敬和客氣。「請國公爺與侯爺稍候。」

英國公就對著景同擺擺手。

二人站在御書房門前的丹墀，同時負手望向月亮門方向。隨霍十九前來的焦忠義與紅鳳，正與那五十輕甲騎兵林立在朱牆琉璃瓦之下，人人神色凜然，關注著御書房方向，恍若英國公稍有異動，這五十餘人就能立即化作虎狼奔撲而上，啖其肉，飲其血。

英國公這一生經歷頗多，但如此森然的壓迫力還是只有先帝在時才感覺到。那之後，他就有所警覺，致力於保護自己，而保護自己最好的辦法就是剷除敵人……

今日在那素來對他畢恭畢敬的霍十九面前，他竟再一次感受到如此強烈的壓迫！

英國公方正的臉上雖然沒有任何情緒波動，背脊上卻是泌出冷汗。他禁不住在想，若是他前些日子一念之差對皇上下了手，今日結果會如何？

「真是英大哥回來了？」屋內小皇帝的聲音隱約地傳出格扇。

霍十九心頭一震，卻是十分平靜地轉過身去。

宮殿的朱漆菱花大門被緩緩推開，身著正紅錦繡常服的小皇帝愉快地大步走了出來。

月亮門外，焦忠義遠遠看到皇帝無恙，熱淚湧上眼眶，單膝跪地，山呼萬歲。他身後的五十名騎兵齊齊翻身下馬行禮。漢子們的高呼聲足以讓人熱血沸騰。

小皇帝面色紅潤，膚色白皙，好像這些日養尊處優將他養得白淨不少。見了霍十九，就如同小時候一樣，歡喜得像是出籠的小鳥，手舞足蹈地圍著俊美若謫仙的霍十九轉了一圈。

「英大哥，你怎麼回來啦！」

「皇上。」霍十九撩衣襬，雙膝跪地行大禮。

這一刻，看著自己悉心照料的孩子重新出現在面前，霍十九的心才算真正放下了。他當然不會忘記當初他是如何離開京都的，這孩子的故意疏遠、故意設計，一切用心良苦都是為了保全他，即使那一計策無心牽涉到蔣嫵使她受了傷，可那也並非他的初衷。他們不僅是君臣，也是同甘共苦的夥伴，先皇與他是結拜兄弟，小皇帝雖然死活不肯承認，硬要他做大哥而非叔叔，但是在霍十九心裡，小皇帝始終是當年那個拉著先皇的手、羞怯地對他微笑，隨後如小大人一般與他說話的孩子。

霍十九的激動與放鬆都掩藏得極好，額頭貼地的瞬間，皇宮中冰冷的地磚讓他心智更加清明，帶了些哭腔道：「臣聽說皇上病了，國公爺昭告天下為您尋名醫，就怎麼都在錦州待不住了，日夜兼程趕了回來。皇上沒事，當真是太好了！」

小皇帝哈哈大笑，雙手拉起霍十九，道：「英大哥不在，朕也怪想念你的呢，多虧了英國公，朕現在痊癒了，這些日也真是偏勞英國公了。」

英國公忙拱手行禮，道：「老臣能為皇上分憂，是萬分榮幸，肝腦塗地亦使得。只是請皇上萬萬保重龍體，我大燕國國本才得保障啊！」

小皇帝連連點頭。「英國公說的是，朕也的確是該好生保重，所以朝堂上的事還要繼續勞動你了。」

小皇帝竟然不趁此機會親政？霍十九心中驚愕萬分，不過他也瞭解小皇帝，他是絕不會打沒有把握的仗，或許他還有什麼把柄落在英國公手裡。

英國公便假意推辭。「皇上龍體日漸安泰，老臣哪裡敢踰矩呢，這也不符合規矩。」

「規矩是人定的，朕是天子，朕說什麼就是什麼。」小皇帝皺著眉頭，一副十分不耐煩的模樣。

英國公立即誠惶誠恐地跪地叩頭道：「是，老臣遵旨，定不辱使命。」

小皇帝這才彷彿察覺自己有些太過急躁了，咳嗽了一聲，大有彌補之意道：「英國公勞苦功高，朕心底都是明白也感激的，快快請起吧。」

「老臣惶恐。」英國公站起身，垂手而立。

小皇帝就笑望著他，既不說讓他離開的話，也不與霍十九說話。

英國公見繼續留下也無用處，少不得還惹皇上反感，便識相告退了。

他一走，小皇帝就對著遠處的焦忠義等人擺擺手，示意他們平身，隨即拉著霍十九的袖子急切地讓他進了御書房。

景同自然留在門外把守著，不許任何人靠近。

小皇帝與霍十九在臨窗的圈椅上相對坐了，一時間竟都無言。

許久，霍十九才道：「皇上近來可好？」

「朕很好，英大哥怎麼回來了呢，朕不是說過不讓你回來嗎？朕用心良苦將你送走，你就該好生待在錦州，又何必回來？且還是這般強勢回來，與他這般針鋒相對，將來朕就是想要保護你也是難上加難了。」

「臣豈能明知皇上情況危急還置之不理？皇上以為臣貪生怕死嗎？」

「你縱不怕，現如今你也有了自個兒的家，你有兒子、老婆，還有你爹娘要靠你，朕已經是這個樣子了，看看現在燕國的江山，內憂難除，外患強悍，朝廷上下一片混亂，百姓日子也是難熬，朕就算有心，卻總處在劣勢之中舉步維艱，朕真的是無奈也沒法子了。」

小皇帝如今才剛十五，可蒼老的神態和疲憊的語氣卻像他已經五十似的，讓霍十九心裡一片生疼，忍不住長臂越過小几，拍了拍皇帝的肩膀。

「皇上，您是天下之主，先皇交給您的重任您還沒有完成，江山待整，奸臣待除，您尚且年輕，最是該意氣風發的時候，如何有此嘆息？」

霍十九隨即放軟語氣，輕聲道：「皇上且放下心，無論如何，臣都會陪著皇上。」

「英大哥……」小皇帝看向霍十九，眼神無助又徬徨，聲音哽咽顫抖，竟流了淚。

「我、我不知該如何是好，我以為我會死了。」

霍十九想不到，小皇帝會哭著說出委屈，連自稱為「朕」都忘記了，心底就像是有一萬隻手抓著旋擰，疼得他透不過氣來，情不自禁起身到了小皇帝跟前，蹲在他面前，握著他的雙肩，仰望著他道：「皇上莫怕，有臣在，萬事都有臣在。」

小皇帝哽咽著，淚眼矇矓地看著霍十九英俊如昔日的臉，記憶中，也有那麼一天，他孤單地坐在寢殿的圈椅上，雙腿還搆不著地面，無聊地搖晃著。

那是個冬天，寢殿的宮人躲懶，不曾燃炭盆，龍床上的被褥有些泛潮，就算鑽進去也許久暖不過來。他沒了父皇，過得比宮外那些尋常百姓家的孩子都不如。

就是那時候，宮門被推開，陽光照射進傍晚沒有點燈的宮殿裡，將一個俊美的身影拉得修長。

那時的霍十九剛二十出頭，容貌絕色，氣質矜貴若謫仙。他披著大氅進了殿內，見了沒點燈也沒炭盆的宮殿，狠絕下令杖斃了怠忽職守的宮女和小內侍，隨後蹲在他面前，溫柔地說：「皇上莫哭，還有臣在。」

他那時才反應過來，自己已經是哭得眼淚、鼻涕都灑落衣襟。

那時的他是略微仰視那個蹲在自己面前的男人。

如今的他，已有足夠的身高，可以在坐下時俯視這個男人。

可是對上他俊美如昔的容貌、關切如昔的眼神，他就再也忍不住，寧可只做一個只能仰望他的孩子。

小皇帝吸著鼻子，一下子撲到霍十九身上，雙手摟著他的脖子，哇的一聲哭了。

霍十九安撫地拍著他的背，心疼得無以復加，只喃喃道：「皇上莫哭，臣會護著皇上。莫哭……」

景同站在御書房門前，半垂著頭，面無表情地盯著自己的鞋尖，聽著屋內的動靜，卻也難免鼻子發酸。

等了片刻，屋裡的哭聲終於弱下去，隨後傳來低低的談話聲音，又過片刻，霍十九走了出來。

景同紅著眼，又給霍十九使了個眼色。

霍十九想要走下丹墀的腳步就略有停頓。「景公公？」

景同清秀的面龐因焦急而有些泛紅，但他依舊沒有多言，只是搖頭示意霍十九噤聲，又指了指他現在站的地方，眼神示意他先不要走。

霍十九看懂了景同的意思，點了點頭。

景同便回身進了書房，還將御書房的門關好了。

霍十九披著披風，站在景同方才的位置，這才發現這個位置選得很巧，御書房的窗扇就算全開，這裡也是個視線的死角，除非屋內的人走到臨近的窗邊來探身往外看，否則是看不到這裡有人的。而對於外頭，這一處的視野也是極好，既能看清正門外的甬道，也能看清月亮門外整齊的列兵和巡防的侍衛，但是由於大紅朱漆的廊柱恰好就在他身前，那兩處的人未必就看得清這裡還站著一個人。

霍十九暗自讚嘆景同果真是個精明的人，就於此處站著，小心地保持安靜。

他知道，景同是有什麼事情要告訴他，又怕他不信，想讓他親眼看到。

正當這時，屋內突然傳來一聲瓷器破碎的聲音，隨後便是一陣暴躁的怒吼。「滾！滾！沒用的奴才！」

「皇上息怒。」是景同告饒的聲音。

隨後就是小皇帝在變聲期後低沈略有些沙啞的嗓音，聲嘶力竭一般的怒吼。「混蛋！朕宰了你們！一群蠢材！叫你端個茶水都端不好，朕要你這樣的廢物何用？拿朕的鞭子來！」

隨即就是一個陌生的聲音，聽來是個小內侍，聲音十分細嫩，顫抖著道：「求皇上饒命，皇上饒命！」

然後就是一陣鞭打的聲音和小內侍疼痛難忍之下的慘叫。

小皇帝每鞭打一下，就會暴吼著罵一句。「殺了你！」

他的吼聲，在御書房寬敞的屋內帶了一些回音，站在屋外清晰可聞。

霍十九簡直不敢相信自己聽見了什麼。

如此暴躁的小皇帝，還是方才那個委屈地在他面前落淚，又理智地壓抑委屈與他分析朝局的皇帝嗎？

如今的他就像是一隻發狂的獅子，那一聲聲大吼彷彿要將積壓的怒氣都散發出來，彷彿在藉此發洩著難以抑制的情緒。

那被抽打的小內侍幾鞭子之下就已經沒了動靜，隨即就是景同的勸說聲。「皇上莫要動怒，莫要為了這等事氣壞身子，您還是坐下歇會兒吧。」

小皇帝的聲音已透出了一些疲憊，道：「去，朕的那個藥拿來。」

「皇上……您再忍一忍吧，那個藥不是什麼好東西，英國公怕是不安好心。」

「你如今差事辦老了，都管到朕頭上了？」

「皇上息怒，奴才這就去。」

霍十九擰著眉，雙手緊緊握拳，他依舊站在門前沒動，聽著屋內的動靜。

不多時，就聽見小皇帝彷彿很舒坦地吁了口氣，聲音慵懶沙啞。「每一次朕吃了這個藥，心裡就舒坦了，身子好像也好了。景同，你去告訴葉婕妤預備著吧。還有，讓這沒用的東西滾下去。」

「遵旨。」

景同應了，不多時殿門就被推開，先是兩名小內侍進去，將一個被抽得皮開肉綻的十一、二歲小內侍抬了出來，隨後景同側身出來關好朱漆的菱花格扇，垂首目不斜視地下了丹墀，好像那處根本沒有霍十九這個人。

他剛一入宮時，景同就給他使眼色，方才又那般急切的模樣，然後竟讓他發現了這不敢相信的一幕。

英國公給小皇帝的藥，到底是什麼？不吃會暴怒，吃了就控制得住脾氣，還渾身舒坦，更立即想要寵幸妃嬪……

小皇帝才十五，這樣的事做多了，豈不是會被掏空了身子，何況還是在藥物的作用下？

霍十九想了許久，腦海中只閃過了一個詞「五石散」。

這種藥原本是治病的，後來因五石散有養顏的功效，後宮的一些妃嬪也在用。但因為五石散藥性屬熱，前朝後宮中曾有個貴妃服了五石散又用了冷酒，當日就死了，所以前朝皇帝才重視起來，下令再不得引這種「妖邪」的藥入宮。

想不到，英國公竟然將前朝的禁藥弄到了手，還將它給小皇帝服用。

怪不得他入宮來的路上如此平順，連個埋伏的探子都沒遇到，原來英國公早已經胸有成竹，給皇上服用這種藥，時間久了必定會使人心智迷亂，若是在這種藥中摻上一些能夠使人上癮的藥，往後皇上還不是在他的控制之下，想讓他做什麼就得做什麼？

霍十九這時候恨不能去宰了英國公！

衝動之下，霍十九再也顧不得那麼多，直接推門進了御書房。

「這麼快……」小皇帝衣衫半敞，秋日裡的天氣即便是白日，也不似夏季時那般炎熱了，可小皇帝卻是脫了外袍，只搭著一件中衣，露出了白淨的胸膛。而比從前白皙了不少的容長臉上，帶了一些驚訝和尷尬，似想不到霍十九會在這個時候進來。

「英大哥，你怎麼回來了？可是還有事？」小皇帝故作鎮定。

霍十九沒有說話，屋內這時已經看不到方才小皇帝發過脾氣的痕跡了，可是小皇帝心虛的笑容告訴霍十九，他剛才聽到的不是幻覺。

「皇上，您服用的是什麼藥？」

「什麼藥？」小皇帝裝傻。

霍十九也不回答，大步上前走向鋪設明黃色桌巾的黑漆桐木書案。他記憶力極好，這些年來在刀尖上舔血的生活，讓他每到一處，對周圍的環境就愈加觀察入微。剛才他進御書房的時候，桌上分明沒有那個紫檀木的精緻小木盒，定然是方才景同拿來，並未收起來的。

小皇帝眼見著霍十九大步走向案桌，當即就急了，忙去阻攔。

可霍十九身高腿長，動作卻快了一步。他一把拿起木盒打開來，裡頭是紫紅色的藥丸，還有兩顆。

湊到鼻尖聞了聞，霍十九面色大變。「這是什麼？」

小皇帝皺著眉不言語。

霍十九怒氣攻心，抓了木盒揚手就要摔。

小皇帝卻在這時著急了，忙上前搶奪，他不及霍十九的身高，卻仗著一股服藥之後的力氣，跳起來就抓住了木盒。

霍十九不肯放手，小皇帝也不肯放手，二人竟然扭打了起來。

「皇上，你放手！」

「朕不放，霍英，你不要命了！你敢跟朕動手！」

「就算皇上殺了微臣，臣也絕對不能眼看著皇上深陷泥潭！」

「這不是泥潭，這是藥！」

「這分明是五石散！就算是藥，用錯了也是毒，再者蔡京給的藥，皇上也敢服用？您還不趕快懸崖勒馬！」

「你多管閒事，朕命令你放開！」

「不放！不放！」

往常就算小皇帝動手揍他，霍十九都不會有任何怨言，今日卻不同，在經歷過大悲大喜之時，在聽到小皇帝那般暴虐之後，霍十九哪裡還能平靜下來，他現在就只想將如此毒害小皇帝的人碎屍萬段。

小皇帝畢竟只是個剛滿十五歲的孩子，他正值叛逆的年齡，又怎麼禁得起這種藥的誘惑？

二人扭打之中，藥盒落了地，裡頭的兩顆藥丸一下子滾落出來，霍十九憤怒地爬起身，將那兩顆藥丸踩在腳下，碾得粉碎。

小皇帝穿著髒污的明黃色中衣，敞開的襟口露出白皙的胸膛，氣喘吁吁地坐在地上，憤怒地瞪著霍十九。

霍十九也喘著粗氣，訓斥的話到了口邊，卻如何都說不出來了。

他能怪皇上禁不住誘惑嗎？這些年來皇上經歷的一切他都看在眼裡，疼在心裡，他縱然有意志不堅的成分在，更大的錯誤卻在於他，若非是他無能，英國公怎麼會有機可乘！

想要開口勸解，可是方一張口，發出的聲音便已梗在喉嚨。眼眶一熱，眼角就有了濕意。霍十九忙噤聲，別開了眼。

小皇帝原本生氣，可見霍十九這般模樣到底是有些心虛的，站起身來想說什麼，又覺得拉不下臉來與臣子道歉，場面就僵在那裡。

「皇上。」景同進屋來見二人如此，心裡已經明白了，不敢多言，垂手而立。

霍十九深吸了口氣，也不想多言，是非對錯他相信小皇帝心中是有數的，只是他無法控制自己的行為而已。

今日的藥已經吃了，再怎樣都來不及，重要的是往後。

霍十九理智地控制住自己的脾氣，行禮後轉身離開了御書房。

小皇帝和景同二人沈默相對，半晌，外頭就有小內侍來回。「皇上，葉婕妤來了。」

他哪裡還有興致？這會兒就像是做壞事被發現的孩子，全心都在想著怎樣才能將事情圓過去又不跌了體面。

小皇帝就不耐煩地擺擺手。「讓她滾！」

皇上又生氣了！內侍們都怕成了小皇帝鞭子下的出氣筒，忙連滾帶爬地退下了。

楊曦收到的裴紅鳳的信，正是焦忠義帶去錦州的。焦忠義將信交給楊曦之後，便快馬加鞭到了侯府。

「夫人安好。」焦忠義起身給蔣嫵行禮。

蔣嫵還禮，急忙問：「怎麼這會兒焦將軍在此處？京都那邊事情已經解決了？」

「是。」焦忠義讚嘆道：「侯爺做事單刀直入，效率驚人，如今皇上已經無恙，那日的行動非常順利。侯爺說往後要幫襯皇上，錦州是萬萬不能回了，是以讓我帶著人回來問問老太爺的意思，最好是三日之內就啟程，請全家人都往京都城去。」

霍大栓聞言，緊緊地皺著眉。「京都城裡現在風頭緊，也不知道情況到底是怎麼樣了。那些人萬一要是對阿英不利，咱們這些人豈不是成了累贅？嫵兒丫頭武藝高強也就罷了，像我和他娘可都是累贅。」

焦忠義連連搖頭。「老太爺說的哪裡話，就是因為要讓侯爺放心，才越發應該籌備著回京都去啊。您想想，若是距離這麼遠，侯爺是想看都看不見，要是在眼皮子底下好歹心裡有個數。況且您放心，侯爺見了皇上，皇上還如從前那般信任侯爺，還特地囑咐我定然要好生保護好侯爺和他的家人。我若是讓您和貴府上的主子們出了半點差錯，可就成怠忽職守了，那是要殺頭的。」

霍大栓沈默了。

蔣嫵卻道：「既如此，就按著焦將軍說的，我們回京。」

霍大栓聞言便遲疑地望著蔣嫵，沈思了半晌方道：「既然阿英這樣決定，就必然是有自己的考量，咱歲數大了也不能給兒女添亂啊！這便回去吧。」

蔣嫵見霍大栓想通了，便含笑道：「既然爹這樣說，咱們就預備起來吧。」

蔣嫵與焦忠義又客套了幾句，就命人安排焦忠義下去休息了，又隨即叫了聽雨進來，囑咐道：「妳去一趟唐家，親自見了楊姑娘，就說咱們過些日子要啟程回京都了。若問具體的日子，妳就說還沒確定下來。」

聽雨領命出去，蔣嫵就吩咐冰松去幫襯唐氏整理行裝，自己則是披上件小襖，就往前頭去了。

那日兩名假扮的捕快，如今正被囚禁在外院的一處偏僻院落中，有專人把守著。他們的下巴被卸下，全身都被固定捆綁，求生不得，求死不能。蔣嫵也不讓人審問他們，只在暗無天日的屋內關著他們，讓他們數著自己的心跳孤獨絕望地等日子。

這樣不打不罵，真是比動了刑罰還要讓人難以忍受。

蔣嫵來到這處院中，正見幾名侍衛在門廊下說話。

遠遠見了蔣嫵，幾人都行禮，看向蔣嫵的眼神很是崇拜，畢恭畢敬地道：「夫人。」

「嗯，那兩個還好吧？」

「回夫人，他們死不了。不知夫人有何吩咐？」

「把他們好生看管好了，預備一輛馬車，我要將他們安全帶回京都。你們也都準備準備，咱們不日就要回京。」

幾人聞言齊齊行禮。

蔣嫵又去見了趙氏和唐氏，商議了一下此行要帶什麼物件，又要帶什麼人。

安全防護一類的事，蔣嫵就全然交給焦忠義和他的人。

到了傍晚，聽雨帶了楊曦的信回來。

楊曦在信上並未詢問蔣嫵等人幾時啟程，就只道她在家中已隨時準備好同行，只請蔣嫵出發時千萬要帶上她，又說明她身邊沒有別人，絕對不必擔憂走漏消息不安全。

蔣嫵就明白，楊曦的婢女跟著去京都保護曹玉了，她身邊沒有可信的人，跟著他們一同進京也不為過，於是就讓人去轉告楊曦，讓她預備著。

第五十一章　為了嫵兒

錦州的侯府準備著要回京都的時候，霍十九正帶著裴紅鳳，端坐在蔣家的明廳裡喝茶。

他連續來求見了三、四日，今日才被允准進門。只不過蔣學文只讓他在這裡吃次等的茉莉花茶，水已經續了三、四次，都喝得沒味了，也沒有見到人。

裴紅鳳百無聊賴地站在霍十九身後，雙腳輪流踢霍十九的椅子腿，也不說話，似個頑皮的孩子在發洩心中不快。

霍十九卻彷彿感覺不到異樣，如玉俊顏平靜寧和，專注地把玩著白瓷茶碗的蓋子，好似那茶碗是蓋世珍品。

「你可真沈得住氣。」裴紅鳳終於受不了，諷刺地道：「那個破茶碗上面有兩道裂紋，裂紋裡還存污垢，碗蓋上有三道裂痕，你再看它就碎了，不知道你老丈人會不會向你索賠呢！想不到啊，堂堂的蔣家，連個待客的茶碗都沒有！」

裴紅鳳那日在宮中見聞，內心已經篤定霍十九並非傳聞中人人得而誅之的大奸臣。謠言傳得再難聽，然而這些日子活生生的「大奸臣」就在她面前晃悠，她哪裡還看不出實情呢？

奸臣會為了皇上肝腦塗地嗎？奸臣能讓皇上安心交託虎符嗎？奸臣能被皇上那樣如父如兄依賴嗎？奸臣能讓焦忠義那樣鐵錚錚的漢子信服嗎？奸臣能讓曹玉那等俠義之士甘心追隨嗎？

不過，就算知道他這個人或許沒那麼不靠譜，可到底先前的印象也是先入為主，她又看不慣他一副被老丈人欺負也無所謂的模樣。這會兒真想請問他，之前在外頭的那些威風都去哪兒了！難道那些什麼令人「聞風喪膽」、能使小兒止哭的傳言都是浪得虛名？

霍十九卻十分淡定地笑著。「稍安勿躁。」

一句話終於點燃裴紅鳳的怒氣。稍安勿躁？她都陪著他來這裡吃了幾日閉門羹了！還勿躁呢，她勿躁得起來嗎？

裴紅鳳甩袖子就想走人。

霍十九卻道：「岳父大人既然需要時間來整理心情，好與我解釋為何要謀殺親生女兒和外孫，我自然要給他老人家時間考慮要如何辯白。妳也知道，在下的岳父是清流名臣，賢名早就在外，如果讓世人知道他竟有這等謀殺親人的癖好，還不知天下人怎樣想。」

裴紅鳳詫異地轉回身，看向一直都默不作聲的悶葫蘆，正納悶他怎突然開竅了，後頭的藍布夾竹棉簾被撩起，蔣學文端坐在木製的輪椅上，在一名眼生的小廝服侍下，緩緩來到了前廳。

多日不見，蔣學文已擺脫最初斷腿時的憔悴，也走出了髮妻與之和離、長女又執意嫁給奸臣兄弟的憂傷，眼神又如從前一樣精明睿智起來。

看向錦衣華服的霍十九，身穿棉布袍子的蔣學文反而覺得自己身上穿的才是鑲金掛銀的華服，冷哼道：「你不必在此胡言亂語企圖激將，既然你不怕老夫罵你個狗血淋頭，老夫就出來見見你這個人神共憤的奸佞！」

「人神共憤不敢當，岳父大人當真抬舉小婿了。」霍十九站起身，俯視坐在輪椅上的蔣學文，面上掛著嘲諷的笑。「與岳父大人相比，披著人的外衣，卻做連畜生都不如的事，在人前還能夠冠冕堂皇地戴著忠貞之士的帽子，此等厚顏無恥，小婿甘拜下風，還要多學學呢。」

「你！霍十九，你莫要以為老夫怕了你！你以為你正值盛寵就能為所欲為嗎？你難道還想再關老夫一次詔獄不成，哼，老夫會怕你？」

「我如今不是錦衣衛指揮使，若是，我這次就真的關你，不僅要關你，還要將你的心肝挖出來看看到底是有多黑！」

霍十九雖在罵人，面上卻依舊掛著微笑，說話也是慢條斯理。「岳父大人，您到底是忠還是奸呢？您做的事，是為了成全您清流名臣的名聲，還是真的為了皇上考慮呢？您帶著您的班子一次次挑起事端，激怒英國公，讓英國公將矛頭對準了皇上，皇上還要考慮您是忠貞之士想方設法保全您的性命，難道您就一點自覺都沒有嗎？」

蔣學文聞言先是一愣，內心劇烈震動，面上卻不服輸。「胡言亂語！」

「胡言亂語是嗎？那還有更亂的呢！您為了自個兒清流名臣的名聲，不管女兒的死活，先送一個去臥底，臥底失敗了又眼見另一個選了你認為不該選的人，就命人暗下砒霜。如今兩個女兒都出閣了，其中一個也做了母親，你卻連親情都不顧，還與你最初要抵抗的英國公同流合污，命人去截殺霍家，連你自己的親生女兒和外孫都不放過。」

霍十九秀麗的眼眸中蘊含著銳利的刀鋒，那般高高在上地俯視蔣學文，彷彿要將他一刀刀凌遲，說出的話更是一句句都戳他的良心。

「岳父大人，請問，您這樣也算清流，也算名臣之風嗎？虎毒尚不食子，您可真是比虎還毒，與您比毒辣，十個霍英捆起來也不是您的對手啊。」

「胡說！一派胡言！老夫只是利用了奸狗，命人去剿滅你的老巢，還特地吩咐了要帶回嫣姊兒和嫵姊兒，你……」說到此處，蔣學文語音一窒，恍然大悟，喃喃道：「奸狗騙了我！」

「您這麼好騙，不騙您騙誰？他就是要利用您的刀，殺了我和您都最親近的人。」霍十九微笑著說出更嚴苛的話。「也難怪晨哥兒受不住您這樣的性子，對您失望透頂才要離家出走，若我有這樣的父親，恐怕會恨不能斷絕父子關係。」

「你算什麼東西，也配來我家裡指手畫腳！」

「我的確不配。但我好歹還是個人。」霍十九緩步走至蔣學文身前，負手俯身，緩緩與蔣學文平視，溫和地問：「您呢？披著忠臣的皮，做著齷齪的事，親生女兒和外孫都不放過，又拋卻清流的正氣與奸臣為伍，我看您不僅不配做清流名臣，更不配做人！」

「放肆！」

「還有更放肆的！」霍十九猛然直起身，拂袖走向門外。「若你再敢動嫵兒一根寒毛，我定有一百種法子讓你悔不當初，我霍英說到做到！」

蔣學文雙手抓著木製輪椅的扶手，全身顫抖著乾瞪眼，卻顫抖著說不出一句話來。

他並沒有想殺了女兒，他派去的人的確是要帶回女兒的。一定是英國公背地裡下了命令，安排了人……

他只是想剷除奸臣，斬草除根而已，他何錯之有？錯在英國公，是他利用了他！

「老爺！」

蔣學文正愣神時，銀姊突然快步進了屋，緊張到舌頭打結，結結巴巴道：「老爺，姑爺派了十多個下人來伺候您，從小廝到粗使的長工，但凡咱用得上的都安排了！」

「你說是霍十九安排的？」

「正是侯爺！」

「叫他們滾！」蔣學文用力拍著輪椅，狠狠罵道：「我蔣家何時要他來插手了？讓他們滾出去！」

「蔣大人息怒。」一名魁梧的黑臉漢子不請自來進了前廳，恭敬行禮，隨後道：「侯爺說了，您與虎謀皮不成，怕您反被虎吃，是以安排了我等前來貼身保護。我等共二十人，每日換班十人，定會保護蔣大人的周全，也會阻止蔣大人再繼續做出傷害夫人的事來。」

「放屁！你們算什麼東西，走狗！都是走狗！」

「我等只效忠侯爺一人，侯爺吩咐，我等照辦。蔣大人若無其他事情，就請回去歇息吧。」說著，上前來接管了輪椅，往內室裡推去。

銀姊看得目瞪口呆，他們家這就被光明正大地「接管」了？

院門前，霍十九翻身上馬，淺灰色的披風映襯著他俊秀的容顏，氣質清泠尊貴。

一身紅衣的裴紅鳳策馬跟在他身旁，笑嘻嘻地道：「想不到你厲害起來還挺鐵腕的呢，方才我以為你是個懼怕你岳丈的軟蛋，是我小瞧你了。」

霍十九只是淡淡地點了下頭。

「看來我家姑娘選人的眼光還真是準。自從她看上了曹墨染起，我就擔心曹墨染跟了個奸臣，怕也不是什麼好東西，如今跟著保護你這些日，我也看出一些端倪，回頭也可以放心地與姑娘傳話了。」

霍十九又點了下頭，裴紅鳳能這樣想，他的目的就達到了。

回到位於什剎海的霍府，霍十九逕自去了外院的書房，卻見書房所在院落的廂房並未點燈，便擔憂地問隨從。「曹公子呢？」

四喜就指了指身後的屋頂。

霍十九回頭，正看到曹玉穿了身單薄的褂子，正一腿伸直一腿曲起，坐在屋頂抱著酒罈子牛飲。他頭髮凌亂，來不及灌下的酒水順著下頷流入領口，染濕了一整片前襟。

臨近十月，京都的秋季夜裡是很涼的，曹玉傷勢還未痊癒不能飲酒，如今卻穿著單薄上屋頂吃酒……

霍十九蹙眉看著曹玉片刻。「墨染，下來吧！要喝酒咱們回屋裡去，我陪你。」

「爺。」曹玉搖了搖頭。「爺自去休息吧，我坐會兒就去歇著了。」

語音清明，根本不似喝了酒的人。

四喜低聲道：「侯爺，要不要吩咐人將曹公子帶下來？」

霍十九聞言搖頭。「去取梯子來。」

「爺，您……」
「快去。」
「是。」
四喜不敢違背霍十九的意思，忙去拿了梯子擺在廊下，見霍十九擺手，他只得領命安靜地退了下去，遠遠地守在外頭不讓人靠近聽了霍十九與曹玉的對話，暗中乞求老天，可千萬別讓侯爺磕碰到，否則皇上還不扒了他們這些人的皮。
霍十九踩著梯子上屋頂，小心走到曹玉身畔，先將自己身上淺灰色的大氅摘了披在曹玉肩頭，隨後與他並肩坐下，接過他懷中的酒罈灌了一大口。
酒並非什麼香醇的美酒，而是熱辣辣的烈酒「燒刀子」，一股熱流入口便竄入腹中，連帶著全身的血液都要跟著沸騰起來，只覺得周身上下都爽利起來。
霍十九仰頭又灌了一口，隨意抹掉下巴的酒水，將酒罈遞還給曹玉。
二人相視一笑，曹玉又喝了一大口，爽朗道：「好酒！」
「的確是好酒。」霍十九仰頭看著秋日傍晚漸漸展露的明月和繁星，看著天邊漸漸散盡的晚霞，嘆息道：「雖不如名酒醇香，卻能帶給人一種勁爽之感。這麼些年，不論你我，缺少的就是這種爽快。」
「所以才說千金難買一醉。」曹玉又將酒罈遞給霍十九。
二人便如此分食一罈燒刀子，半晌後酒罈子空了，他們也不管許多，就躺在屋頂的瓦片上看著天空。

霍十九這才道：「墨染，你有心事？」

「是啊。」曹玉平日裡是不會如此直白地坦露心事，今日或許是酒的作用，他藏在心裡的事就那般說了出來。「我心悅一個女子，她是我所見過最特別的女子。嫻靜時如嬌花照水，需要時，她也可以如魔鬼煞神令敵人聞風喪膽。初見面我以為她是個少年，再見面我們就處在敵對面，後來，我也不知為何這顆心就偏向她了，她明明嫁了人，明明心裡只有別人，我卻管不住我自己。朋友妻不可欺，她的丈夫是我的主子，亦是我的生死之交，我……我滿心鬱結不知該如何發洩，這份愁腸也不知怎麼破解。想放下，放不下，想忘掉，忘不掉……」

曹玉說著閉上眼，痛苦地道：「爺，你教教我應該怎麼做。你足智多謀，這些年來與奸佞周旋亦游刃有餘，你定有辦法的。」

霍十九平靜地看著天上最亮的一顆星，許久才道：「人生如一夢，何苦太執著？無論如何，你都是我的兄弟。」

「人生如一夢，何苦太執著……」曹玉喃喃著，隨即苦笑道：「若要你放開她，告訴你人生一夢，最後都是一場空，你放手嗎？」

「所有的感情終點都是放手，早晚而已。」霍十九道：「我只想在有生之年，做我能做之事，為她，也為一切值的人。當真有一日天都不容我了，我至少不留遺憾。墨染，我與其他人不同，我從沒想過自己會有福氣壽終正寢。你所說的『放手』，這種分別我曾經十分懼怕。但現在我也已經看開，我只想盡最大的努力去完成使命，去與她在一起而已。至於其他，一切都是天定。」

「那麼我是否也應該不留遺憾？」曹玉說著又搖搖頭，道：「有些遺憾是注定的。不過有我在，你也未必就不會壽終正寢。」

「你就那麼篤定？」

霍十九側頭去看曹玉，恰好曹玉也轉過頭來，二人四目相對。

曹玉真誠地道：「我的意思是有我在一日，必定會護你一日周全，然我也並非是全無敵手的，將來我若有個萬一，就不能保護你了。」

他並非怕死，言語中雖有悵然，更多卻是對霍十九的擔憂。總覺今生既與他相識一場，又做了承諾定會保護他，就絕不會食言而肥，死亡於他又並非多麼可怕的事情。

只是想起蔣嫵，曹玉心裡依舊泛酸，話語中也多了些苦澀。「不過你也知道……她的性情，就算我某日身死，她也會代替我保護你，就算再次陷入絕境，她也絕不會放棄你，她是寧可自己去死的。」

曹玉的話，讓霍十九想起當日在三千營，曹玉和蔣嫵對他的不離不棄。當時他們二人任何一個都可以先丟下他逃走的。患難見真情，他們已是共患難過多次了。

霍十九眼角發熱，心裡更熱，卻是故意喪氣道：「敢情在我身邊就要做好必死的心理準備？我也太失敗了，於朋友是這樣，於妻子也是這樣。」

「說的什麼話。」曹玉翻身而起，略有焦急地道：「正因你的好，我才會甘心追隨你，我想她也是一樣。」

原本他擔心霍十九多想，可見他正含笑望著自己，一副欠揍的模樣，曹玉又好氣又好笑地別開臉。「你還有心思逗我，你現在不是該很生氣嗎？」

「我是不舒服，但並不生氣，更不會怪你們。你沒有做錯，嫵兒也沒有。而且你肯與我坦言，我很感激。你不乘虛而入，我也感激。」

曹玉苦笑道：「若是她心裡有一丁點我的位置，你當我還會在這裡喝悶酒嗎？」

霍十九聞言噗哧笑了。

曹玉認真地道：「隱瞞你那是對朋友的侮辱，我曹墨染也不屑那樣做。今日能與你攤開來說，我雖然糾結於感情之中無法自拔，但在你面前卻是輕鬆了。我承認，對她一時半刻很難放得下，但總有一天我能看開的。」

他說的是總有一天能看開，但是沒有說能放下。

霍十九只覺十分悵然，又對曹玉付出的感情有些心疼。「墨染，你值得一個優秀的女子全心愛護。」

「或許吧。」站起身，緊了緊身上的大氅，曹玉飄身而下，輕盈站在院落當中，回頭對屋頂的霍十九擺擺手道：「我去睡了。」

霍十九有些詫異，平日曹玉是不會將他孤單地留在高處的。

眼看著曹玉回了廂房，霍十九笑著搖了搖頭，起身到了房檐邊，踩著梯子回到地面。

遠處盯著的四喜終於鬆了口氣。若是霍十九當真鬧出個好歹，他們這些人回頭還不得被皇上剁去餵狗。

「四喜，請大夫預備著，墨染帶傷飲酒，怕夜裡傷口要發作。」

四喜凜然行禮應是。

果然如霍十九所料，曹玉到了半夜裡就發起高熱，因他傷口並未痊癒，當初又失血甚多，這一下就引起了炎症，間斷的發熱持續了四、五日，到他完全脫離了危險、平穩地睡去時，莫說他自己消瘦了一大圈，就連幾名大夫都跟著熬夜得兩眼深陷。

沒辦法，其餘大夫雖診出曹公子沒有生命危險，卻被「霍爺」很「溫和」地警告過，如果曹公子有半點閃失，他們全族都得跟著陪葬。

當朝能張口就要滅人族的，除了皇上，恐怕只有霍十九和英國公了吧？

「爺，錦州方向的消息。」四喜將奏報雙手呈給霍十九。

霍十九一聽錦州二字，忙接過信紙展開，上頭是焦忠義回報他們路上情況。看信上的地方，再想想霍大栓他們一行人要回來，拖家帶口行程必定不會很快，約莫也要再兩、三日才能到京都。

霍十九便有些抓心撓肝的感覺。他已經離開蔣嫵身邊快一個月了，不知道她現在如何了，也不知七斤長大了多少？

正想著，突地隱約聽見了一陣馬蹄聲。

霍十九有些納悶，平日也就曹玉會在前面的校場裡遛馬，但也不會將馬騎到書房這裡來，而且他再次回府，侍衛都是重新挑選且靠得住的死士，又精細布防過。除了曹玉能策馬在府中行走，再沒人能被他們放進來了。

放下信紙，霍十九緩步走向門前，撩起天藍色竹節紋夾竹門簾，正看到一匹棗紅馬一聲長嘶，前蹄揚起停在院門前。

馬上的女子身著淡黃褙子、頭戴白紗帷帽，只在馬鞍上掛著小巧的包袱。不必看到臉，只看身段霍十九也看得出是誰。

「嫵兒?!」

「嗯。」蔣嫵翻身下馬，隨手摘了帷帽丟給四喜，提裙翻進門檻，先是站在原地打量了霍十九一番，然後便笑了。

她這會兒衣衫染塵，鬢亂釵橫，著實狼狽得很。可她一笑，霍十九就只能看到她的笑容，哪裡還在乎其他，三兩步到了近前，一把摟住她的腰將她按在懷裡。

「嫵兒，妳怎麼來得這樣快？」霍十九的大掌揉著她纖弱的背，心一下子就安定了。

「可是想為夫了？」

四喜等人忙都退下，將空間留給了二人。

蔣嫵臉上紅透，推開霍十九，咳嗽了一聲彆扭地道：「才不是，誰想你啊，我是、我是著急出恭。」

霍十九忍笑忍得很辛苦。

蔣嫵越發覺得窘迫。「笑什麼笑？」

霍十九連連點頭道：「好、好，我伺候夫人出恭。」

「才不用你。」蔣嫵彆扭地進了正屋。

霍十九緊隨其後，揚聲吩咐人去預備熱水湯浴。

坐在書房外間的暖炕上，蔣嫵也覺得自己有些好笑，分明就是不耐煩隊伍慢吞吞的，眼看著明明就一日的路程卻要走兩日。她不耐煩等，這一路焦忠義又將防備做得天衣無縫，她還察覺暗中有文達佳琿的人一直跟隨保護，安全是萬無一失，全不用她擔憂，索性就稟告了霍大栓，自個兒騎馬先趕回來了。

縱然歸心似箭，卻一見到霍十九便覺得難為情。

這時候下人已提了水壺來，霍十九揮退了小廝，親自去兌了溫水，絞了帕子拿來給蔣嫵擦臉。「我已叫人將瀟藝院整理出來了，待會兒帶妳回去……出恭。」

蔣嫵狠狠地瞪了他一眼，奪過他手中的帕子隨便擦了臉。

霍十九見她被溫水洗淨過，變得滑嫩如昔的臉龐，禁不住屈起食指在她臉頰與脖頸上遊走。「嫵兒。」

「做什麼？」蔣嫵臉上滾燙，就見不得霍十九對著她露出這種表情。

「我前兒，找了個好繡匠。」

「啊？」蔣嫵望著他溫柔的雙眸，心中迷醉，思維有些跟不上他的進度。

「選了好料子，給妳做了身大紅旗袍。」霍十九湊到她唇邊偷走一吻。「咱們回去，妳試穿看看那旗袍合身不？」

蔣嫵被「偷襲」，又聽他這般說法，當即啼笑皆非。「你不是回來做正經事的，還有心思有時間去做旗袍？要穿你去穿，我可不穿。」

想不到霍十九竟然毫無異議地點頭，認真道：「好，那下次我來穿。」

蔣嫵腦海中不自禁地就勾勒起霍十九的緊致肌膚以及修長的身材。他看來是瘦的，可脫了衣裳並不瘦……

紅著臉甩甩頭，蔣嫵忙起身來到窗邊站定，讓霍十九的妖孽笑臉離開她的視線。

霍十九雖然想念她，但也不是那樣魯莽的人，免得下人對她有不好的傳言，就只得「望梅止渴」一下，坐上圈椅，欣賞她站在窗前嬌柔楚楚的背影和玲瓏凹凸的身段。

蔣嫵道：「錦州的事你聽說了吧？」

「我已知道了，這次又是我連累了妳。」

「什麼連累不連累，又不怪你。我若恨，也只恨英國公和我爹。」

霍十九驚訝地抬頭看向她，他原不想告訴她這一件事與蔣學文有關，想不到她竟然自己知道了！

蔣嫵無奈地笑道：「我活捉了兩個刺客，這次也一同帶回來了，回頭你好好審審，也算做到心裡有數。」

「嫵兒，委屈妳了。」霍十九來到窗邊，將蔣嫵攬入懷中嘆息道：「若非是我，也不會讓你們父女成仇。」

「他的性情，就算不是因為你，早晚我與他也會有意見不同的一日，只是想不到他會有如此激烈的行為。」

霍十九又是長嘆，攬著蔣嫵的肩膀不作聲。

二人靜靜相擁，片刻後霍十九才問：「爹娘可好？七斤呢？」

「七斤在娘那裡。焦將軍和文達佳琿的人都在保護，我是確定無恙才趕回來的。你呢？此行是否順利，皇上到底如何？」

霍十九將臉湊近她的耳畔，呼吸她頸間熟悉溫暖的馨香，隨即躬身將她抱在懷裡，幸福地嘆道：「妳一下子問那麼多，我要先答哪個？我很好，皇上也還好，縱然一路上有什麼不順利的，現在也一切都順利了。咱們不必在錦州度過寒冷的冬季，可以繼續留在京都，也不必因為相隔甚遠而對皇上牽腸掛肚。如此，妳還有什麼好擔憂的？」

他的懷抱很溫暖，蔣嫵十分留戀地轉過身摟著他的腰，將臉埋在他懷中盡情地呼吸他身上清爽熟悉的味道。

不過人再眷戀，頭腦還是清楚的，蔣嫵的聲音從他懷中悶悶地傳出。「你說皇上還好？皇上怎麼了？」

霍十九一愣，想不到她竟如此觀察入微。

見他不言語，蔣嫵便退後一步離開他的懷抱，道：「我進門時就見你眉間似有鬱色，皇上是怎麼了？」

「皇上他生命無恙，只是這段日子服了五石散。」

蔣嫵驚愕。「皇上好端端的用那勞什子做什麼？是英國公的手筆？」

霍十九頷首。「這種藥服用之後能讓人精神煥發，還能養顏，更有增添房事樂趣的功效，皇上畢竟年輕，我怕他食髓知味，用久了怕對身體有害。」

「若單純是五石散也就罷了，我擔心的是有人在五石散中摻入一些能讓人上癮的藥，到時候皇上想要戒掉就難了。」

「我也是擔心這個。不過好在皇上肯聽我的勸，已在減少服用的量了。」

蔣嫵坐在炕沿，略有些愣神。

小皇帝這個年歲的少年人，肯定會食髓知味，何況他還是精神上一直受到壓迫的人，急需發洩的空間，能有一個東西讓他在沒有達到目的之前體會到爽快的感覺，怕想要戒掉是難上加難。

霍十九這麼多年的努力，難道就要因為那麼一點藥就前功盡棄了嗎？

不，小皇帝應該不會的，作為一個皇帝，對皇權的期望，應該比任何人都強。

「不必擔憂。」霍十九見她發呆，攬著她肩膀。「所以我才不願與妳說朝廷裡的事，妳這丫頭總愛操心，妳照看好自己，帶好七斤，其餘的就交給我。我雖不才，好歹你們都在我的眼皮子底下，也是能保護得了。」

「知道了。」蔣嫵乖巧地靠著霍十九的肩膀。她懂得什麼時候給她的男人發揮才能的空間，況且霍十九本來就是長久浸淫在官場中的人，比她有手段得多。

二人相擁之時，外頭已有人來回。「熱水備好了。」

蔣嫵站起身，道：「我先回去了。」

霍十九壞笑著掐了她腰間一把。「要不要為夫伺候夫人沐浴？」

蔣嫵無語地瞪了他一眼，認真道：「阿英，你學壞了。」

「我哪裡學壞了？」

「你學會調戲人了。」

「我調戲自家夫人，怎能算調戲？」霍十九無辜地道：「與妳商議叫調戲，不與妳商議就不算了，來，我服侍夫人沐浴。」說著，直接將蔣嫵抱了起來。

蔣嫵快馬加鞭地回來，的確是有點累了，索性就賴在他臂彎上，將他的肩膀當作枕頭。

霍十九的心柔軟得都要融化一般，抱著蔣嫵健步如飛地離開書房，徑直往瀟藝院而去。途中所遇僕從皆迴避，隨後又低聲議論著，婢子們大多都為之豔羨。

當日，蔣嫵與霍十九是在瀟藝院用晚膳。

到了傍晚，蔣嫵熟睡後，霍十九才回到外院書房，卻見曹玉已在院中練劍。雖大病初癒後消瘦許多，但更多了些仙風道骨的飄然之氣。

霍十九斜倚廊下看了許久，見曹玉如往常一般，好像並未有太多牽掛，這才略微放下了心。

第五十二章　父女情斷

次日清晨，霍十九如常進宮探望小皇帝，與之閒聊散步，談論一些無關朝政的趣事，就有個小內侍到了廊下，與景同低聲回著什麼。

小皇帝好奇地問：「何事？」

景同忙領著那小內侍進屋，給皇帝行了大禮。

小內侍回道：「皇上，是錦寧侯家，有點事。」

霍十九斂額，以詢問的目光看向小內侍。

小皇帝也道：「快說是何事，吞吞吐吐做甚！」

「回皇上，是錦寧侯夫人將娘家的房子燒了，這會兒五城兵馬司的人和水龍局的人都已經趕去了。只不過天乾物燥，還不知道火勢能否控制住。」

小內侍越說聲音越弱，這等「好」差事就輪到他平日裡不得臉的來做，弄個不好錦寧侯覺得家有悍婦，顏面無光，回頭宰了他滅口。

這麼一想，小內侍的眼淚就淌下來了。

小皇帝一下子躥了起來，興奮地道：「唉唷！姊姊這是要鬧大事情呀！她敢燒她親爹的宅子，咱去看看，去看看！」

「皇上。」霍十九十分無奈，別看他面上淡定得很，心裡卻是波濤洶湧。

沒有人能比他更瞭解蔣嫵，她能燒了娘家的老宅，便是對蔣學文命人屠殺霍家人且連外孫都不放過的行為失望透頂了。

她這一次，算是與蔣學文徹底斷了父女關係。

「走啊、走啊！」小皇帝已讓景同去取了他的常服，焦急地換著衣服。「姊姊這麼靠譜，朕得去給她撐腰，別回頭再讓人欺負了。」

小內侍將頭垂得很低。怎麼皇上……好像還很希望蔣大人家被燒？

霍十九站起身。「皇上，待會兒您萬不可距離火場太近了，免得有危險。」

「知道知道。」小皇帝擺著手，將頭上的九龍金簪子摘了，換了根白玉簪，理了理天藍色外袍的袖子。「快走！遲了就沒好戲看了！」

霍十九只得吩咐下去，安排了侍衛隨行，護送著小皇帝出宮，往蔣家方向快馬加鞭地趕了過去。

只過了帽檐胡同，就已看到蔣家方向沖天而起的黑煙。

半個時辰前。

蔣嫵穿著真紅盤領雲錦對襟素面褙子，月牙白的挑線裙子，手持馬鞭面色凜然地站在蔣家門前。風吹亂她鬢角的髮絲，拂動她的長裙，將她身形勾勒出玲瓏的曲線，只是她眼中的銳利卻無法隱藏。

「讓開。」

「夫人，不能讓啊，侯爺吩咐了小的，務必要保證蔣大人的安全。」

「我是他親生女兒，難道回個娘家還要你們來插手？」蔣嫵也是這會兒才知道霍十九在她娘家安排了人。表面上看來，似乎是張揚跋扈的大奸臣控制了忠臣的言行，可實際上霍十九何嘗不是在保護蔣學文的安全？他與虎謀皮，暗殺不成，還將派去的人都折損了，難道英國公不會回頭來報復？

蔣嫵心裡暗自為霍十九不值，對生父當真是又恨又怨，憐惜他為了報國導致身殘，又恨他迂腐。

「夫人，這個……」小廝抿著唇，不知是否該放人進去，畢竟這會兒怎麼看夫人都是想殺人的眼神……

蔣嫵見此人不放行，揚手就是一鞭子。

小廝嚇得驚叫一聲，躲閃之前，已經被蔣嫵推開。眼看著夫人進門，再低頭一看，前襟的外袍到裡頭的中衣都齊刷刷地破了口子，可肉皮卻沒事！

聽雨眼見著蔣嫵怒沖沖地進門，忙吩咐車夫等候，也隨著衝了進去。

院落中，蔣學文在一壯碩的小廝攙扶下拄著枴杖走了出來，望著站在院中一身紅衣、容光煥發的女兒，有一瞬的慌神。

想不到再見之時，蔣嫵好似變了模樣，容貌比從前更加妍麗嫵媚，眼神也比從前更加疏遠冰冷。

「爹。」蔣嫵強壓怒氣，給蔣學文屈膝行禮，隨後笑著道：「看爹的氣色如此之好，我就放心了。原本我還在擔心爹是否會因為女兒和外孫都慘死而傷感過度。現在看來，您好像還很失望，嗯？」

「嫵兒，妳回府來就是要與爹這樣說話的嗎？」

「虧您還知道您是我爹。」蔣嫵噗哧笑了，笑得既嘲諷又悲涼。「您想要殺了我和大姊，想殺我兒子的時候，怎麼不知道您還是我爹？」

「蔣嫵！」蔣學文直呼蔣嫵名諱，怒斥道：「妳適可而止！難道跟了奸臣，妳就連好壞都不分了嗎？」

「分不出好壞的是爹您！」蔣嫵道。「在我心目中，您一直是有頭腦、精於朝務的大忠臣，以您的聰慧怎麼能看不出蛛絲馬跡？您難道看不出這一次英國公威脅了皇上嗎？難道您不知道，您被英國公利用了嗎？難道您看不出，正因阿英及時趕回來，帶了兵馬駐紮，才讓皇上脫險嗎？就連您現在身邊這些人，說是控制了您的行動，難道不是為了保護您？這麼聰慧的您，為何就是看不出！」

蔣嫵閉了閉眼，緩緩搖頭，疲憊地道：「您並非看不出，只是不願意承認自己一直堅持的是錯的罷了。從小您就教導我們『知錯能改善莫大焉』，可最頑固、最知錯不能改的就是您！」

「放肆！」

「更放肆的還有呢！」蔣嫵憤然一揮馬鞭，空中一陣風聲。「我早前敬佩您，恨不得幫您完成心願，縱然深入虎穴也使得。現在我卻瞧不起你！你如今，已經不配稱為忠臣，不配稱為清流文臣！你做的是清流該做的事嗎？啊，謀殺長女，謀殺次女，謀殺么女，謀殺前妻，謀殺外孫……畜生都沒你毒！」

「蔣嫵，妳給我滾出去！」蔣學文憤怒地指著蔣嫵，想不到多日不見，再見面就得來女兒這麼多的指責。

四個兒女中，他最中意的就是蔣嫵，可是最不聽他的話、讓他失望的也是蔣嫵。蔣學文這會兒又哪裡受得了蔣嫵如此犀利、針針見血的指責。他所堅持的那些，難道都是錯的嗎？

「我會滾的。」蔣嫵冷笑道：「在我燒了這裡之後！」

「什……」蔣學文一句話都沒問完，就見蔣嫵紅色的身影已眨眼間閃到了灶間。

不多時，她就一手拎著家裡的油罈，另一手抄著從灶裡抽出且已點燃的柴火走了出來，不等霍十九安排的小廝阻攔，她已將罈子摔在柴禾堆上，隨手將火引丟上去。

天乾物燥的秋季，柴草上又沾了銀姊一大早才打的油，還不是沾火就著？

只見火苗「呼」地一下騰了起來，黑煙竄升。

所有人都呆愣住了，誰能想得到，出門的閨女回娘家一趟，三言兩語之下就點火燒房子了！

蔣學文憤怒地指著蔣嫵的鼻尖。「妳、妳、妳這個畜生！」

「滅火，快滅火啊！」下人們已經慌亂地去提水滅火。

火光映著蔣嫵白皙的臉，她劍眉倒豎，眼露凶光，恨恨地道：「這就是畜生了？爹，你可知道當日侯府的大火有多可怕？你可知道那些走狗殺了多少無辜的人？你可知道你女兒險些被砍死，你外孫差一點喪命？我今日不過燒了你的柴火就是畜生，那你不分好歹濫殺無辜，豈不是連畜生都不如！」

「混帳！」蔣學文腋下撐著枴杖，揚手就要摑蔣嫵巴掌，手腕卻被蔣嫵一把擒住了。

「看在你是我爹的分上，我不揍你。若是個外人，想殺我孩子，殺我丈夫，還想殺我的親娘親姊妹和疼惜我的公婆，我一定會將之剁成肉醬！」

蔣學文氣得嘴唇發抖，一句話都說不出。

蔣嫵則憤怒地盯著蔣學文，眼中卻有了熱淚。

這裡曾是她的家，是給過她溫暖的地方，她清楚記得在這裡成長的過程，嚴厲儒雅的父親，勤儉持家的母親，懂事的大姊，好學的二哥，還有可愛天真的小妹。這個家給了她太多美好的回憶，可到底是什麼毀了它？

好像，自從父親不顧他們勸阻去彈劾霍十九開始，原本的平靜就被打破了，從那之後，他們每個人的人生軌跡都在偏離，到如今，二哥出走不知去向，家也散了，她的父親也已經不再是原來那個令人敬仰的父親了。

看著蔣嫵眼角不肯落下的淚，蔣學文一瞬覺得無力。

蔣嫵所說的這些都是他最近在反覆思考的，她所戳破的事實，都是他既懷疑又不願意承認的。難道真是他錯了？難道真的是另有隱情？

「蔣大人，夫人，還是請二位離開此處吧！這火一時半刻應當是滅不了！」

小廝心急如焚，想不到夫人竟然這麼「猛」，真敢燒娘家房子……這樣的悍婦，恐怕只有侯爺才駕馭得了吧？

蔣學文卻著急了。「我的書！快去書房，我的藏書都在裡頭！」

「請老爺先去安全之處，我等自然會盡力挽救您的書。」有人推來輪椅，強制地將蔣學文按在上頭，急匆匆地推了出去。

這時街坊鄰居發現著了火，有去衙門裡報告的，有去尋水龍局的，也有幫忙來滅火的。聽雨擔憂地勸蔣嫵。「夫人，這裡不安全，咱們還是先離開吧。」

蔣嫵望著這個曾經帶給她無數歡樂和溫馨的地方，又看著蔣學文離開的方向，終歸還是忍不住落了淚，隨後就用手背抹掉，堅決地道：「我要去外頭看著這裡燒成灰燼！」

無論如何，敢殺她丈夫，殺她孩子，殺她的生母與親姊妹，殺她的公婆和小叔、小姑子，這樣的滔天惡行，只燒房子都算是便宜了凶手！

這場火因為點燃了柴草，一時間當真難以撲滅，好在風向將火引向了沒有鄰居的東方，讓周圍趕來幫忙滅火的鄰里鬆了口氣。

不多時，五城兵馬司與水龍局的人都趕來了，詢問起火的經過，蔣學文只咬著牙搖頭不語。

誰敢說是錦寧侯夫人回娘家縱火的？

就在蔣家門前一片混亂之時，一輛簡樸的青帷馬車也緩緩向著帽檐胡同奔了過來。

馬車上，霍十九商議道：「皇上，再往前恐怕就不安全了，您要不要留在此處，臣安排人貼身保護著您。好歹您是萬金之軀，千萬不能靠近火場。」

「哎，英大哥，你也太囉嗦了，不是說好了嗎？朕要去看！必須要去看！蔣石頭這會兒的表情一定精采萬分，被親閨女燒了房子不知是什麼滋味？」小皇帝興奮地掀起車簾，遠遠就看到街邊有百姓駐足，向著冒著黑煙的方向議論紛紛，撫掌大笑。「姊姊真是太厲害了！哈哈！」

霍十九無語得很，回身吩咐人去告訴五城兵馬司和水龍局的人控制火勢，又與小皇帝捺著性子道：「要不臣就陪著皇上在此處看看？」

「不行，靠近點，我還要去看看我姊姊到底是被蔣石頭氣成什麼樣子了，如何就想燒房子了呢？」小皇帝回頭看著霍十九，眼神中竟然有些調侃和憐憫。「我說，英大哥……」

霍十九被看得毛骨悚然。「皇上？」

「你老婆這麼凶悍，平日裡你們兩個，到底是誰說了算？」

「呃……」

「是你在上嗎？」

馬車緩緩來至帽檐胡同外，霍十九與小皇帝順著車窗，遠遠地就看到站在一輛華麗馬車旁，頭梳隨雲髻、身著真紅褙子的嬌柔身影，以及由小廝下人陪同、坐在輪椅上滿面淒然的蔣學文。

霍十九的眉頭擰了起來。

嫵兒哭了！那樣強悍的女子，平日裡就是受了傷都不會皺下眉頭，就連生死都置之度外的女子，現在竟然會流淚？

若非皇帝在身旁，霍十九定然要去將她摟在懷裡好生安慰一番。他這輩子最難忍受的就是他家女人流淚。

小皇帝卻沒注意到蔣嫵的淚痕，只是看著已經被撲滅的火苗、騰騰冒煙的屋子而搖頭嘆息，彷彿很是遺憾蔣家沒有完全燒毀似的。

二人下了馬車，在一群侍衛的保護下，漸漸穿過人群來至蔣學文跟前。

蔣學文一見到小皇帝，像是被打了一巴掌似的一下子清醒過來，激動得滿臉通紅，就要下地行禮。

小皇帝卻是擺擺手，比了個噤聲的手勢。

霍十九低聲道：「皇上是微服出宮的。」

蔣學文已被蔣嫵一番質問說得內心稍有動搖，可見到霍十九就在眼前，他還是忍不住生恨，冷冷地哼了一聲。

五城兵馬司和水龍局的人滅了火，霍十九也不靠近，只吩咐隨行之人去叮囑了幾句。不多時，周遭圍觀的百姓就被疏散開來，滅火的鄰里也都帶著木盆木桶回家去了。

蔣家門前清靜了，燒毀一半的房屋顯得更加破敗。

蔣嫵這時已經看到小皇帝與霍十九來了，就與聽雨一同到了近前，先給皇帝行禮。

「姊姊，快免了吧。」小皇帝笑嘻嘻地擠眉弄眼，問蔣嫵。「姊姊，妳怎麼想的？」

原本是一句玩笑話，蔣嫵卻沒有將之當作玩笑，認真地道：「人不犯我，我不犯人，人若犯我，我必十倍奉還！我自己怎樣都無所謂，可若有人膽敢動我兒子和我丈夫一根寒毛，我要他悔不當初！」

「嫵兒。」霍十九握住了蔣嫵的手，既心疼又動容。

小皇帝也斂了玩笑之色，感慨地道：「得了姊姊為妻，是英大哥的福分。」又看向蔣學文。「蔣石頭，如今你家也不能住了，朕在什剎海那兒還有個宅子，你就搬過去吧，也方便英大哥照看你。」

蔣學文行禮。「臣感激皇上美意，只是臣住慣了茅簷草舍，不願意挪地方，況且臣也不需要錦寧侯的照顧。」

小皇帝搖了搖頭，嘖嘖道：「真頑固，果然是臭石頭。」俯身在他耳畔哼了一聲。「英大哥要是不『照顧』你，你以為你現在還有命嗎？」

小皇帝說完，隨後直起身子道：「去吧，可別讓朕覺得你在抗旨。」

蔣學文心頭一震。抬頭看向面色如常的霍十九，又看向笑容燦爛的小皇帝。難道真是有什麼出乎他認知和意料的事情，在他不知道的時候發生了？

「臣，領旨。」蔣學文只得行禮遵旨。

小皇帝這才滿意地點了點頭，認真地道：「在朕的心目之中，英大哥就是親人，誰要是想對英大哥不利，就是要對朕不利。」嘲諷地笑了，又以只有他們幾人能聽得到的聲音自嘲。「反正要害死朕的人也不少，也不在乎多一個少一個了。」

小皇帝的話很重。對霍十九不利就是對他不利，蔣學文暗殺之舉，豈非等同於刺殺聖駕？

「皇上，老臣罪該萬死！」蔣學文跌落輪椅，只有一條腿的他平衡能力極差，側身摔在地上，掙扎著費了很大的力氣才擺出跪俯的姿勢。「老臣萬萬不敢。」

蔣嫵別開了眼，不願意看到蔣學文原本那般儒雅意氣風發的人，如今卻成了一個這般狼狽的殘廢。

霍十九握著她的手又緊了緊。

小皇帝負手而立。因此刻路旁已經被霍十九的人肅清，再也沒有圍觀的百姓和閒雜人等，都是皇上從宮中帶出的侍衛以及霍十九的死士，是以他也不需要繼續藏著掖著，只沈默著看向一旁，既不讓蔣學文起身，也不說定他的罪名。

蔣學文趴伏在地，已是老淚縱橫。還不到五十歲的人，散亂的頭髮中已可以看到那些遮不住的銀霜。

其實這一年來，他也受了不少的苦，導致此身如此，也是因為一心效忠於朝廷。縱然有些時候偏激，有些時候也的確是做錯了，可不改他是個忠臣的本質。

小皇帝也知道蔣學文是一心為了大燕國的昌盛，而且現在朝廷裡敢像他一樣與奸臣對著幹、不怕報復不怕死，還為了朝廷弄得妻離子散的人，已經沒有了。

小皇帝嘆息了一聲。「罷了。此番之事，朕便不再追究，希望蔣卿能好自為之。」單手做虛扶的手勢，立即有侍衛上前來，將滿身泥污狼狽的蔣學文攙扶起來，扶著他坐回輪椅上。

「皇上，老臣……」蔣學文抹了把臉，一時不知該說什麼。女兒方才凜然的氣勢和縱火燒了宅院的狠辣，對蔣學文來說已經是太過強大的衝擊，何況蔣嫵方才說的一席話，和小皇帝那些意味深長的話，令他的心很亂。

「蔣愛卿。」小皇帝再一次俯身湊近蔣學文身邊，低聲以只有二人聽得到的聲音說話。「蔣愛卿上了年紀，可也不至於老眼昏花吧？睜開你的眼睛，好生看看這個朝野，看看這些人吧。」

蔣學文一時找不到話來應對。

小皇帝便轉向蔣嫵，笑著道：「姊姊隨朕來，朕有話跟妳說。」說著走向馬車。

霍十九擔憂地望著蔣嫵。

蔣嫵對他安撫地笑笑，就跟著小皇帝上了樸素的青帷小馬車，與皇帝相對坐下。

皇帝隨意盤膝，蔣嫵則是跪坐。

「姊姊，妳今日未免也有些太胡鬧了。」雖是笑著說話，可語氣十分嚴厲。「若是這場火控制不住，燒了周圍百姓的財物，再或者有人死傷，妳待如何？若是真有那時，縱然妳是朕的姊姊，朕也是要治妳縱火之罪的。」

蔣嫵便叩頭道：「臣婦知罪。」

小皇帝又道：「看妳如此行事霸道，朕當真為英大哥擔憂，妳在府裡不會欺負他吧？」

蔣嫵無語，怎麼話題竟拐到這兒來了？

「不過，朕還挺欣賞妳的暴脾氣，不愧是被朕認作姊姊的人。」小皇帝哈哈笑了，方才緊張嚴肅的氣氛立刻緩解。

蔣嫵垂眸，道：「妾身慚愧。」

「妳倒是真該慚愧。朕以前知道妳身上好似有些功夫，可是沒想到妳的身手會那般厲害，朕聽焦忠義說，妳在千軍萬馬之中還凜然不懼，殺了朕許多三千營的將士？妳可知道，朕培養三千營那些精兵費了多少力氣，卻讓妳說殺了就殺了？」

真是變臉比翻書還快，這便是傳說中的伴君如伴虎嗎？

蔣嫵真開始佩服霍十九與皇帝能相處得那般融洽了，嘆息道：「當時也是情況所迫。」

這逼著人不得不去殺人的情況，還不是小皇帝製造出的？他縱然是出於好意，到底那情況也不能全都怪在蔣嫵頭上。

小皇帝語塞，心道：霍十九的老婆的確是厲害。

「是啊，情況所迫。那姊姊這一身所學，也是情況所迫了？」

蔣嫵一愣，抬起頭看著小皇帝似笑非笑的容長臉，內心驚濤駭浪，面上不動聲色。「那皇上是懷疑妾身？」

「蔣石頭的那些能耐，朕還摸得清，他要是認識那等厲害人物，能培養得出妳這樣在千軍萬馬之中都不懼怕的俠女，恐怕早就將英大哥和英國公碎屍萬段了，還會等到今日？」小皇帝眼眸一厲，冷聲道：「說吧，妳這身功夫是怎麼來的！是誰給了妳這樣大的膽子，欺瞞了兩邊的人！」

小皇帝話音方落，黑漆漆的天空便被一道紫色的閃電撕裂了一道口子，隨即雷聲轟鳴。

蔣嫵卻十分平靜的模樣，根本沒有被皇帝懷疑質問的緊張和委屈，嘆息著道：「妾不過是有奇遇罷了，您說的對，我爹是沒有這個本事培養我。皇上若是不信我，大可以殺了我。」

蔣嫵的無奈和所言，都是真話。她的確就是有奇遇才到此處的，至於這個奇遇是什麼，她不能說，就由人去猜吧。

小皇帝想不到蔣嫵被懷疑了還如此鎮定，方才還板著臉，這會兒又撫掌大笑。「好，好！不愧是朕的姊姊，果然與眾不同。罷了，只要妳好生跟著英大哥過日子，對英大哥好，妳的底細朕就不查了。妳要知道，朕手下有些諜子，朝中大臣昨兒夜裡跟哪個小妾燕好，穿了什麼色的褲頭，朕都有本事調查得一清二楚，要想知道妳到底是什麼時候學了功夫，太容易了。妳也不想朕告訴英大哥，他媳婦有點問題吧？」說著寬容她、既往不咎的話，實際上還是懷疑她的。

蔣嫵有苦難言，只平靜地道：「皇上大可放心。」

「是啊，朕放心，妳肯為了英大哥燒了娘家的房子，肯為了英大哥力敵千軍萬馬，身負重傷險些身死，朕知道妳有此舉，哪裡還能不放心。何況……當初在黃玉山，在萬軍中衝殺，炸毀金兵輜重，砍斷金國軍旗的那個英偉少年也是妳吧？」

蔣嫵倏然抬頭看向小皇帝。他怎麼會知道？

小皇帝嘿嘿笑了。「姊姊，妳是朕心目中的女英雄，朕當真羨慕英大哥，能有此奇女子心甘情願為伴。為了嘉許妳的英勇，朕回頭有賞賜給妳。」

「妾身不敢。」

「朕給妳，妳就收著，況且本來也是妳的。」小皇帝拍了拍蔣嫵的肩膀，嘻笑道：「下車吧，再待會兒，英大哥恐怕擔心到腦袋上要長出大包了。哈哈！」

說話間，小皇帝已撩起車簾，讓蔣嫵下車。

蔣嫵給小皇帝行過禮才輕盈躍下。

「皇上，變天了，似有雨要來，臣送您回宮吧。」霍十九關切地到了近前。

「英大哥不如送姊姊回家吧？朕自己回宮也是一樣，有這些護衛呢。」

「不，臣送皇上回去。」霍十九回頭吩咐侍衛道：「送夫人回府，另外送蔣大人去別院。」

「是。」侍衛恭敬地給霍十九行禮，又規矩跪地，恭送聖駕。

蔣嫵隨著眾人行禮，目送霍十九上了馬車，馬車啟動之時，小皇帝還撩起窗紗對著蔣嫵揮揮手，霍十九則是滿心擔憂地望著她。這場面，著實讓蔣嫵心裡溫暖得緊。

眼看馬車離開，蔣嫵這才轉身走向她所乘的那輛華麗的馬車，聽雨立即扶著蔣嫵的手臂。此時，已經有豆大的雨點稀稀疏疏地打落下來。

「嫵兒……」才走幾步，背後就傳來蔣學文遲疑的聲音。

蔣嫵回頭，只是面無表情地看了蔣學文一眼，隨即快步到了馬車跟前，不待隨從拿出踏腳用的木凳，她就已一躍上了馬車，掀簾而入。

傾盆大雨倏然落下，華麗的馬車啟程。

另有小廝撐著油紙傘為蔣學文遮雨。

蔣學文雙手死死抓著輪椅的扶手，眼看著印有「錦寧侯霍」標徽的華麗寬敞的朱輪華蓋馬車緩緩消失在雨幕之中，他才頹然放手。

「大人，皇上的旨意，咱這便去別院吧。」

蔣學文既已經應下，自然不能反駁，只順從地隨著僕從上了馬車，冒著大雨趕往什剎海方向。

小皇帝的那處別院，距離霍府很近，但占地不及霍府的十分之一，大小不過是一間尋常的三進院落。但能被小皇帝稱之為別院，其中景致自然非尋常宅院可以比擬，其中雕梁畫棟，流觴曲水，可謂是一步一景，處處皆可入畫。

因為方才得了霍十九的吩咐，下人們早就預備下了，都是從霍府臨時調來的僕從，蔣學文的生活起居自然不必擔憂。

錦寧侯府門前。

一列車隊停妥，車輪積泥，車身髒污，顯然是風塵僕僕而來，而周圍身著勁裝、外罩蓑衣斗笠的漢子們，正整齊地翻身下馬。

——那都是焦忠義帶來的三千營精兵喬裝的。

霍大栓和趙氏先後下了馬車，立即有僕婢上前來為之撐傘。

蔣嫵此時恰趕到門前，忙下車，還未等聽雨拿油紙傘出來，就快步走了過去，笑道：「爹、娘，想不到你們的腳程這樣快。」

蔣嫣打趣道：「我們的腳程原本也不慢，不知是誰那麼焦急，撇下爹娘姊妹兒子就跑了。」

耳根子發熱，蔣嫵白了蔣嫣一眼，道：「若是二弟出遠門，妳還不也一樣。」

霍廿一笑道：「大嫂可別牽扯我，我可沒打趣妳啊。」

待到了上房，一眾人都分別坐下，吩咐人去安排行李，又有僕婢上了茶，屋裡就只剩下了家裡人和焦忠義。

霍大栓這時好奇又關切地問：「才剛回來，怎聽人說帽檐胡同那兒著了大火呢？嫵丫頭，妳娘家沒事吧？蔣大人可還好？」

家裡人也都關切地看過來。

蔣嫵面色如常。「沒事，不過是房子燒了一半，蔣大人很好。」

幾人都分明聽出她話中的不妥。蔣嫵沒有稱呼蔣學文爹或者父親，而是稱呼他蔣大人。到底是知女莫若母，唐氏看蔣嫵神色立即察覺有異。「嫵姊兒，怎麼回事？」

「沒事。」蔣嫵淡定地接過趙氏懷中的七斤。「不過是我看蔣大人昏聵得不像話，放把火讓他清醒一下。」

「……」眾人皆沈默。

半晌，霍大栓好像才找回自己的聲音。「嫵兒丫頭，妳瘋啦！回娘家燒房子，妳怎想的妳！」

蔣嫵沈默，只逗著懷中的孩子。

她的沈默，讓霍家人摸不著頭腦。

唐氏和蔣嫣卻是對視了一眼。她們都深深知道蔣嫵的性情，她雖然行事犀利了一些，到底不是會無理取鬧的人。回娘家燒房子？能逼迫她下了如此狠手，必然是蔣學文將事做絕了。

蔣學文利用她，她沒惱；要逼死蔣嫣，她只將人救走了，之後不理蔣學文，也沒見她回去燒房子啊。

燒房子。大火。

唐氏和蔣嫣同時想到錦州的那場噩夢。雖然事情已經過去這麼多天，她們心裡的陰影怕是一輩子都除不掉的。若非是有蔣嫵的「朋友」來幫忙，全家怕是都要葬身火海，不然也要被匪類殺死。

難道，這件事後頭另有隱情，還與蔣學文有關？

唐氏是瞭解蔣學文的，畢竟夫妻一場這麼多年，他的心思她哪裡不知？蔣學文雖然沒有這麼強的能力，能將胳膊伸長到錦州去，可他卻有這種心，他是恨不能將霍十九這樣的奸臣碎屍萬段。

若真是他與清流那些人背地裡做了這件事，也怪不得蔣嫵會一怒之下回去燒房子了。

唐氏的臉一下就黑成鍋底，強忍著才沒有爆發出來。

蔣嫣也眉頭緊鎖，眼神透著一股悲涼。

她沒有蔣嫵的狠辣，縱然蔣學文要用砒霜毒死她，她也只是之後下了狠心不再理會他罷了。可三妹不同，他們家的三姑娘，素來不在乎外人怎麼看她，也不在乎什麼名聲香臭，她只是肆意做自己想做的事。

說實話，她的做法雖然離經叛道，但是如此一報還一報，還是覺得出了一口惡氣。若是蔣嫵不這麼做，說不定蔣學文將來還會做出更過分的事。

「老太爺，太夫人。」廊下來了人回話。「外頭來人，說是奉皇上的旨意，給夫人送賞賜來。」

蔣嫵聞言，立即想起方才在馬車上小皇帝說的話。

霍大栓吞了口口水，怎麼燒了娘家房子，皇上還有賞？

這樣的兒媳婦惹不得，惹不得啊！

一家人都向外走去。到了院中，正看到景同笑咪咪地撐傘而立，而在他身後是一匹神駿非常的黑馬！

那匹馬通體烏黑，無一根雜毛，毛色黑亮就如同上好的黑色錦緞。此時那匹馬正高傲地仰著下巴，好似很瞧不起眾人。

蔣嫵心頭一震，驚呼道：「烏雲！」說著將七斤交給趙氏，自己快步迎了上去。

烏雲似認得蔣嫵的聲音，耳朵動了動，一下子轉過頭來，大眼睛先是迷茫，隨後就看清走近自己的人，長嘶一聲，聲音透著喜悅。神駿的黑馬一甩脖子，轠繩就從景同手中拽了出來，牠圍著蔣嫵轉了兩圈，又依戀地用臉去蹭蔣嫵的臉。

蔣嫵喜笑顏開，一下下順著烏雲脖子上剪短整齊的鬃毛。「好孩子，好樣的。」

「黑毛果然是夫人的坐騎。」

黑毛？蔣嫵詫異地看著景同。

景同笑道：「是皇上給牠取的名字。這匹馬流連在三千營外的樹林不肯離開，將士們起初發現了牠，攔了三道絆馬索都沒抓住，本以為將牠嚇唬跑了，可回頭牠又出現在那片林子。看牠上了馬鞍，就知道是有主兒的，許是主子不在了，之後費了許多力氣才逮住了牠圈養起來，見牠神駿，就獻給皇上，因此馬烈性，後來皇上看上牠，牠都不給騎，抽牠鞭子牠不肯，給糖吃也不肯。皇上倒是對這匹馬生出些好感來，說牠的主子說不定也是這樣烈性忠誠，就給養起來了。今日皇上心情好，特地吩咐奴才將黑毛送來賞給夫人……果然，皇上沒猜錯，這匹馬是夫人的坐騎，當初在黃玉山……」景同住了口，轉而對蔣嫵施了大禮。「奴才叩謝夫人當日捨身救主之恩。」

蔣嫵摸摸烏雲的頭，給景同還禮。「景公公的話，妾怎敢當，還請進來喝杯熱茶暖暖身子。」

「奴才還要回去給皇上覆命，就不多留了，多謝夫人的美意。」景同給蔣嫵行禮，又給霍大栓等人都行了禮。

霍大栓和趙氏連忙都學著蔣嫵客氣地回了禮。

景同就笑道：「皇上留了侯爺在宮裡用膳，剛侯爺說了，請夫人自行用膳不必等他。如今老太爺和太夫人都到了，侯爺若知道必定歸心似箭。」

蔣嫵便舉步與景同客套著，送他出去。

烏雲依依不捨，寸步不離蔣嫵身邊。

看了看身旁忠心耿耿的大傢伙，蔣嫵問景同。「景公公，那個……皇上說牠叫『黑毛』？可是牠有名字，叫烏雲，這個黑毛好像……」

「夫人，皇上就算說牠是紅毛，牠也得是紅毛啊。」

蔣嫵無奈地道：「是，那便是黑毛吧。」

送景同離開，蔣嫵同情地抹了把牠的長臉。「可憐的黑毛。」

馬兒像是聽得懂似的，彆扭地別開臉。

第五十三章　癮症又發

這天一家人吃了頓團圓飯，原本想早些歇息，誰知才剛躺下，景同就登門來，以皇上邀請二人看歌舞為由，將霍十九與蔣嫵接進宮。

寢殿外，侍衛守備森嚴。站在廊下，聽到屋內傳來女子的慘叫。那種淒厲的叫聲，彷彿是那女子正承受扒皮抽骨的痛苦，讓聞者也跟著背脊上的寒毛都豎起來。

蔣嫵蹙眉，與霍十九對視了一眼。

推開格扇，屋內燈火通明，只見鋪設著大紅燙金、牡丹花開地氈的廳中，杯盤狼藉，桌椅翻倒，小皇帝正在用腰帶一下下鞭打地上一名女子。

那女子身上血痕交錯，鬢髮散亂，釵環落了一地，臉上橫豎幾道痕跡，已經是被抽得毀了容，這會兒只因為難以忍受的疼痛而失聲尖叫。

她越是叫，小皇帝的抽打就越是近乎瘋狂。

「皇上，住手！」

霍十九快步上前，一把拉住了小皇帝的手臂。

蔣嫵則是在一旁蹙眉觀察情況，以防突然有變。

小皇帝緩緩轉過頭，當霍十九看到他被掩蓋在亂髮中那雙近乎瘋狂的眼睛，他的心一瞬被揪緊、旋擰，好像要將心血都擠壓出來那般難受。

「皇上，您……」

「藥……英大哥，給朕藥，給朕吧！」小皇帝扔了腰帶，拉著霍十九的手臂搖著頭道。「朕難受、好難受，控制不住……控制不住，這個葉婕妤，她、她說朕不行，她說朕離開藥就不行。英大哥，朕不多吃，就吃一顆，一顆！」

抖著手，在身前比了一根手指，全身都在發抖，恍若癲狂。

蔣嫵忙看向倒在地上的女子，仔細看，果然是葉澄！她忙到近前查看。葉澄這時哭著抓住蔣嫵的手，嗚嗚咽咽地道：「救我，救救我！」

蔣嫵的心已經沈落谷底。

葉澄怕是活不了了。她碰上發狂的皇帝，或許也從言語之中探聽到一些不該知道的事。小皇帝現在是不舒服，若是恢復正常，又怎麼可能讓葉澄活下去？

霍十九卻是望著小皇帝，扶著他的雙肩，道：「皇上，您答應過臣，不再沾那個藥的，五石散就算不服也不會致命的。您只要挺過去……」

「騙人！你這個騙子！」小皇帝不等霍十九說完，就一把推開他，雙手抓著頭髮，好像要扯下一縷頭髮似的，鼻涕眼淚一同往下流，顫抖著嘶吼。「朕現在很難受，很痛苦！你說不吃不會致命，可朕現在就是要死了！你是不是也希望朕死？」

「皇上，臣怎麼會？」霍十九再一次拉著小皇帝，內心早已恨不能將英國公立即碎屍萬段。

那五石散中加入了能令人上癮的藥物，且是放了很大的劑量，否則小皇帝不會這樣快就上癮，如此無法自拔。

蔡京狗賊！他恨不能現在立即提刀衝去英國公府。

「你這個混蛋！騙子！」小皇帝用袖子抹了一把鼻涕，隨後就將霍十九推倒在地，騎在他身上甩了他一個巴掌。「你們都希望朕快點死！都希望朕死了，你們就可以做皇帝！你混蛋！混蛋！」

蔣嫵一見霍十九被小皇帝壓著打了個耳光，白皙的俊臉立即腫了起來，怒火一下冒了上來。

到了近前，她一把提起小皇帝的領子，將他拉離開霍十九身邊。「你冷靜點！」

小皇帝被提著領子轉了個圈，就看到了面前的蔣嫵。

他眼睛已經昏花，神志也不甚清楚，只看到一個女子嬌美的輪廓和淺粉色的錦緞衣裳，恍惚地笑了，顫抖著就要去解褲子。「美人兒，朕讓妳看看朕不服藥行不行！妳看……」

「混帳！」蔣嫵毫不猶疑，反手就給了小皇帝一個巴掌。

「啪」的一聲，小皇帝跌坐在地，眼神更加迷茫，暴怒地罵道：「妳這個下作娼婦！妳敢打朕？」

「打的就是你這個昏君！」蔣嫵俯身就要再抽小皇帝幾個嘴巴，霍十九卻將她拉住了。

「嫵兒，夠了！」

蔣嫵心疼霍十九挨打，可也知道小皇帝在霍十九心目中的分量，他又是一國之君，她自然也不好再打，便撿起地上散落的衣物撕成了布條，俯身就將跌坐在地的小皇帝給綁了起來。

小皇帝掙扎，霍十九阻攔，葉澄也虛弱地訓斥蔣嫵大膽。

可蔣嫵依舊是將他給捆成了粽子，毫不手下留情地一把扔在地上。

小皇帝肩頭磕到翻倒的桌子，疼得他慘呼一聲，雙目赤紅地狠瞪著蔣嫵，怒聲罵道：「混帳！妳要謀逆不成？給朕抓起來！混帳！」

皇帝的嘶吼門外林立的侍衛當然聽得到，然而他們都是霍十九一手培養出的人，自霍十九回京後逐漸更換進宮的，為的是保護皇上的周全，他們深知皇帝對霍十九的信任，更知近來皇帝用藥後的變化，有景同在宮門前攔著說無恙，這些人自然也不會多事。

「皇上還是好生冷靜冷靜為妙。您這樣為了一點藥就暴跳如雷，還算得上明君？可對得起阿英這些年為您的付出！」蔣嫵蹲在皇帝身前，與他平視，冷然道：「皇上若是自己不爭氣，不但對不起這些年為您付出的人，更對不起先皇！阿英捨不得跟您來硬的，我卻不能眼看著您沈迷下去。是男子漢，您就撐過去！幾次不吃，自然藥癮就慢慢解了，若是您自己都不曉得控制，放縱自我，那還有誰能幫得了您？」

蔣嫵這一番話，對於一個長期處在壓抑之中的帝王來說是極重的。

小皇帝自踐祚至今，就一直是「窩囊」過活，壓抑地過到今日，用盡心機剷除了身邊的探子回到宮裡居住，卻又瘦胳膊擰不過英國公的粗大腿，不能親政，還要繼續裝混，又被英國公慫恿著用了這樣的藥。

他縱然有天大的抱負、海深的胸懷，在如此壓抑的環境之下也已處在即將崩潰的邊緣。蔣嫵和霍十九都清楚，不論是五石散還是額外加了讓皇帝上癮的藥，都不過是個誘因而已。他這些年積壓的憋悶早就已如岩漿一般沸騰，而今有了一個突破口就噴發出來了。

他的暴躁，發洩一般鞭打妃嬪，還都算是好的。

小皇帝搖著頭，頭髮散亂地奮力掙扎。「放開，放開！」

霍十九心裡就像是被燒紅的烙鐵般燙，疼得恨不能當場閉過氣去，不去看被折磨的小皇帝。他是君主，更是他陪伴著長大的孩子，小皇帝雖執意稱呼他為大哥，但是他與先皇結拜，心裡是當小皇帝為子姪一輩，眼看著他受苦，自然受不住。

「嫵兒，皇上這般掙扎……能不能綁得鬆一些，我怕傷了他。」霍十九的嗓音沙啞。

蔣嫵卻是搖頭。「不吃些痛，怎能長記性。」

葉澄身上衣不蔽體，臉上鞭痕交錯，血跡斑斑，見蔣嫵與霍十九膽敢這般對待皇帝，抖著嗓子喝斥道：「蔣嫵，妳好大的膽子！妳敢這麼對皇上，不怕滿門抄斬嗎？妳還不將皇上放開！」回頭又轉而對小皇帝諂媚地笑。「皇上，您別擔心，臣妾在這裡，臣妾定想法子救您。」

滿臉血痕的葉澄，笑容端得稱不上美麗，倒是比鬼怪還要嚇人。

不過無論美醜，小皇帝都沒有心思欣賞，他的身子蜷縮成一團，渾身發抖，嗚嗚咽咽、語無倫次地罵著，到後來似已失去意識，只是一雙眼還半張著，身體間或抽搐，無意識地罵上些不堪入耳的字眼。

等小皇帝徹底安靜下來，已是淩晨。

蔣嫵和霍十九一同為他解開身上的綁縛，與景同一起將人抬上軟榻，蓋好絲被。至於傷痕累累的葉澄，則是披了條被子蜷縮在角落。

她想離開，但是也知道自己闖不出去，想將事情鬧大，又見霍十九和蔣嫵連皇帝都給綁起來了，大有要謀逆的意思，自己吵嚷幾句也無濟於事。

她只能等，等皇上醒來為她作主。

安頓好小皇帝，蔣嫵疲憊地揉了揉眉心。霍十九拉著她在偏殿尋了個鋪設厚實坐褥的羅漢床坐下，又讓景同去預備炭盆抬來。

雨夜之中，空曠的殿內冷風陣陣，吹得炭盆中的銀霜炭冒著明明滅滅的紅光。

蔣嫵靠著霍十九的肩頭，道：「阿英，你在想什麼？」

霍十九搖搖頭，攬著她的手臂緊了緊。

他不說，蔣嫵也隱約猜得出他內心的擔憂。

今天她膽大妄為，不但搧了皇帝的耳光，還將皇帝綁起來罵了一頓，這件事若是傳出去，被御史言官抓住了把柄，定個謀逆之罪是逃不掉的。

「我知道你在想什麼。等天亮了，皇上清醒了，看看皇上的態度再說吧，你也不必這麼早就開始擔憂。」蔣嫵輕鬆笑著。「皇上若怪罪，我領罰就是了。」

霍十九又搖搖頭，嘆道：「妳不必擔心，我會保護妳。我也不是在擔憂這個，我只是……」

他說不出心裡的感受，類似於沮喪，再或者是惆悵、失望、迷茫？一個男子，怎好在妻子面前說出自己已經疲累的話，怎好將心裡認為自己最不應給人看到的一面展露出來？

可是就算霍十九不說，蔣嫵也明白。對於小皇帝，霍十九如師如父，他們多年來擰成一股繩，硬撐過多少磨難坎坷，霍十九一切奮鬥的希望，都是為了小皇帝，可如今小皇帝卻染上了五石散，如此落差，霍十九怎能不失落。

二人相擁靜坐，蔣嫵不知不覺睡著了，再醒來時，已經是天色大亮。發現自己還是在偏殿的羅漢床上，身上不僅蓋著薄被，還蓋著霍十九的大氅，蔣嫵一下子坐起身。

殿內十分安靜，沒有宮人來往服侍，透過窗紗，隱約可見窗外伺候的人與昨晚來時並無其他變化。

正因如此，正殿方向的對話聲才顯得格外清晰。

「皇上，臣罪該萬死，請皇上治臣之罪。」是霍十九。

「你是有罪，朕哪裡想得到，朕的英大哥竟然如此對朕，不但打朕，還綁著朕！抗旨不遵，還敢謀逆欺君，這些年朕是不是太縱容你了？」小皇帝聲音十分氣憤，說話中還吸吸呼呼，似牽動了傷口疼痛難忍。

隨即便是霍十九恭敬的聲音。「皇上治臣的死罪吧，左右這樣下去，眼看著皇上一步步走下坡路，臣也生不如死。臣愧對先皇，也想下去給先皇請罪。」

「你……」

蔣嫵聽到此處，已不能忍耐下去了。霍十九如此低落失意，還不是這不省心的傢伙一手造成的？為了他的皇圖霸業，她家阿英的犧牲難道不夠多，做得還不夠好？

蔣嫵拿著霍十九的大氅來到正殿，正看到葉澄披著薄被，顫抖著趴在地上。而小皇帝正怒氣沖沖地坐在首位，由景同服侍往肩膀上搽藥油。

霍十九則是直挺挺地跪在地當中。

見蔣嫵出現，小皇帝更生氣了，哼道：「朕的好姊姊，就是那麼用大巴掌疼朕的！」

蔣嫵輕笑著，將大氅披在霍十九肩頭，隨即提裙襬跪在霍十九身旁，道：「皇上要治罪，妾不敢有半分怨言。妾身也不敢說皇上臉上的指印和身上的傷痕不是我造成的。只是妾身想問皇上，您是要做個明君，還是要做個亡國之君？」

「妳好大的膽子！」小皇帝憤然起身，一把推開景同的手。景同手中的藥油險些灑在地上。

小皇帝疾步走到蔣嫵面前，憤然握拳道：「朕勵精圖治，忍辱負重，外人不瞭解、質疑議論朕也就罷了，怎麼連妳也問出這般愚蠢的問題！」

蔣嫵道：「皇上所作所為，妾身真心佩服，若換作另外一人，未必有皇上的胸襟和隱忍。可是您這麼些年都忍過去了，在外頭裝瘋賣傻都做得了，那樣的屈辱都能忍受，為何現在就敗給了一味藥？您難道忘了，這些年走過的路，是多少人的鮮血鋪成的，是您在乎的人犧牲良多換來的。若是多年努力，被歹人一味藥就給毀了，皇上，妾身甘願與阿英一同領罪，就賜死我們吧，也免得看著個不爭氣的皇上心疼。」

蔣嫵一番話，說得小皇帝臉上紅一陣白一陣，他自己也知道那種藥癮一旦上來，自己是很難控制情緒的。可是她的話如此不留情面……當真是一點面子也不給他留。

霍十九嘆息道：「皇上，身上還疼嗎？」

小皇帝看向霍十九英俊的臉，感覺到他的關切，心裡湧上一股暖意，臉頰也跟著發燙。用了這樣的藥還難以自控，他大多時候都覺得無法面對霍十九。

「還行吧，你們都起來吧。」

蔣嫵挑眉。好在小皇帝不是個昏君，這會兒神志還清醒。

她站起身，看向同樣披著棉被且要起身的葉澄。

小皇帝便道：「送葉婕好回去吧。」

葉澄昨日挨了打，這會兒見皇帝終於恢復正常了，便委屈地道：「皇上，您記得來看臣妾。」

蠢蛋！

蔣嫵恨不能去踹葉澄一腳。這個時候，應該盼著皇帝想不起她才比較安全吧？難道她一點都沒有自知之明，不知自己昨日不留神看到了皇帝最不想示人的一面？看到了不該看的，還知道了不該知道的，這會兒居然還敢繼續邀寵，真是不知死活。

因著多年來的交情，蔣嫵是不想看著葉澄去死的。

她還想著先暫時躲過這一關，回頭怎麼與霍十九商議一個法子，讓葉澄平安出宮。

可眼看著小皇帝眼中有惱怒之色閃過，蔣嫵就知道她救不了葉澄，皇帝未必會讓葉澄離開這個房間。

葉澄知道現在她的模樣很狼狽，可她的狼狽卻是她的男人、她的君主造成的。她昨兒來侍寢，又窺得了皇帝的秘密，只覺自己與皇帝又貼近了一些。皇帝又不是凶神惡煞，他見到她如今的傷勢，必然會心疼內疚，而得到皇帝的心疼，足夠讓她在後宮之中穩得盛寵。

因此她淚眼朦朧地望著皇帝，一副被遺棄的小貓小狗模樣，就是希望得到主人的愛撫。

蔣嫵見葉澄如此急切地邀寵，無奈地扶額。她無能為力了。

小皇帝的容長臉上突然出現一個極為溫柔的笑容。

「今日是朕對不住葉婕妤，妳且去吧。」

「臣妾不敢，只希望皇上心中有臣妾。」葉澄淚盈於睫，嬌羞溫柔地道。

小皇帝點了點頭，道：「朕自然會記著妳。妳去吧。」

「是，臣妾告退。」葉澄千嬌百媚地行禮，送上了一個媚笑。只是在她如今這張臉上著實看不出嫵媚罷了。

轉身，她抬高下巴，輕視地白了蔣嫵一眼，得意地往殿外走去。

她終於在蔣嫵面前展現出自己的地位，不用總覺得被她踩下去了！

小皇帝則是看了景同一眼。

景同立即會意，跟上了葉澄。「奴才送葉婕妤。」

葉澄是極瞧不起閹人的，縱然景同是小皇帝身邊的紅人，且還生了張清秀討喜的俊臉，她依舊是看不上，只高傲地仰著下巴「嗯」了一聲。

景同跟在葉澄身後，服侍著她上了代步用的精緻馬車，一路跟隨著出去。

蔣嫵原以為自己動手打了皇帝必然會受罰，可小皇帝竟似十分疲累，先前發了那些脾氣彷彿用光了體力一般，又似不願意讓霍十九見他如此，就吩咐他們二人退下了。

次日，宮中就傳出葉婕妤暴斃的消息，然而不過是死了個小小的婕妤罷了，又能如何？葉家只能哭一哭而已。

皇帝如此沈迷五石散，且已有了藥癮，這才是霍十九與蔣嫵最為犯愁的事，難道他們能每次發作都在皇帝跟前嗎？

藥癮可以慢慢戒掉，然而剷除英國公卻刻不容緩了。

「阿英，既然你手中握有虎符，可以調動三千營、神機營和五軍營。當初你和墨染先回京來又能讓英國公迫於威懾、心甘情願讓步，你為何不調兵來，直接將英國公府圍了，將那老不死的宰了了事呢？你若是真這樣做，我願做你的先鋒，先去給你打頭陣，殺他個措手不及。」

這樣的話，還真的是蔣嫵的性子會說出的，霍十九禁不住失笑。

她靠在他肩頭，感覺他身子的震動，聽著他喉間發出的愉悅聲音，無奈地道：「我說了什麼好笑的事，竟讓你笑成了這樣。」

「不好笑，不好笑。我是覺得我家嫵兒可愛得緊。」霍十九右手食指和中指屈起，輕夾了她的面頰，這才正色道：「嫵兒，妳說的這個是不可能實現的，如今的情勢根本不允許。

若是我可以這樣做，豈不是剛開始就這麼做了？」

「那就請侯爺為妾身解惑，妾身這就去給您倒杯茶來潤潤喉。」蔣嫵嘻笑著。

「妳這壞丫頭。」霍十九忍不住咬了她的唇瓣，這才意猶未盡道：「我雖握有能夠調動三千營、五軍營和神機營的虎符，然而如今唯一能夠聽我調配的，卻只有三千營而已。五軍營和神機營，都是英國公的人在掌控。」

「什麼？」蔣嫵驚愕。「京畿重地，三大軍竟有兩個是被英國公掌控的？難怪他會如此猖狂。」

「還不止。」霍十九苦笑。「不只是五軍都督府的中軍都督是英國公的門生，如今未必會聽我調動，就是中、東、西、南、北五城兵馬司的指揮和四名副都指揮，如今也都是他安插進去的。尤其是指揮戴琳，也是英國公的門生，是他的死忠。平日裡不出事，五城兵馬的人各司其職，也沒有出過什麼大的亂子，可一旦有事，他們都會倒向英國公一方，更何況，在京都城不遠處還駐紮著京畿營的十萬兵，統軍將軍也是英國公的人。」

蔣嫵咋舌，這樣一來，負責城防的五城兵馬司、神機營，還有京畿營中的人，豈不都成了英國公的中堅力量？

「難怪當初皇上想方設法希望你離開京都，去錦州封地。如此一來英國公豈不是隨時都有可能篡位登基？」

「妳說的是。」霍十九又是嘆息。

蔣嫵卻更疑惑了。「既然如此，你只不過帶了三千營的人來，怎麼就能將英國公給嚇退了呢？嚇走他是不可能的，他並不懼怕，難道……」

不等霍十九回答，蔣嫵已經愕然道：「難道他真的是有心皇位，擔憂將來榮登大寶之後落下個篡位謀權的罵名，這才希望能夠名正言順一些，正巧藉你回來故意示弱，反正皇上那時候也服用了五石散，且上了癮。」

「我家嫵兒真聰明。」霍十九獎勵一般親吻她的額頭。「妳說的沒錯，英國公的確是存了這個心思。我在外人眼中，是攛掇皇上玩一些新奇玩意兒、專門亂政的寵臣，一旦皇上服食五石散的消息傳出，就算英國公不故意嫁禍給我，天下大部分人都會認為是我給皇上下的藥，英國公藉著為皇上除害的名頭也可以滅了我，到時候皇上怕也活不成了，對外宣稱是被我害死的即可，英國公屆時登位，就名正言順多了，雖民間也會有議論，總好過他直接篡位。」

蔣嫵越聽越覺得心驚膽戰。霍十九為了皇帝，犧牲了名聲，犧牲了一切，若是真的有一日皇帝服食五石散的事情宣揚開，那霍十九豈不是又要多揹一個黑鍋？難道霍十九天生就是揹黑鍋的命嗎？

蔣嫵坐直身子，凝眉道：「這樣下去不成。英國公還沒動手，是他太自信，也是他還沒找到時機來宣揚開皇上的事，一旦讓他先下手，你的名聲糟了不說，還會讓你與皇上多年來的隱忍和鬥爭都功虧一簣，我們必須先下手為強！」

霍十九摟過蔣嫵，隔著中衣揉著她僵硬的背脊。「好了，這些事情原本也不預備告訴妳，就是擔憂妳會胡思亂想，如今妳放心，我心裡有數，不會讓事情發展到不可收拾的地步。」

方要再安慰她幾句，卻見蔣嫵臉上綻出一個狡黠的笑容。「阿英，你只有三千營可以完全信任？」

「是。」霍十九挑眉。「妳想到什麼了？笑得像隻小狐狸似的。」

蔣嫵道：「要想以弱勝強，還想瓦解英國公的力量，唯一的辦法，就是讓他們自個兒窩裡鬥了。」

「妳有法子？」

「想到個法子，不過要完善，也還要等時機，至少現在不行。」

霍十九來了興致，拉著她一迭連聲詢問，蔣嫵就在他耳邊低聲說了幾句。

霍十九聞言，眼睛一亮，與她探討了許久，竟興奮得睡不著覺了！

若非蔣嫵攔著，他怕是急急忙忙就要進宮面聖去了。

京都城中較為熱鬧且尋常百姓聚集的集市多不勝數，但最為熱鬧的要數城東名師坊報春大街的市集了。這一處集市綿延數里地，每日光地上丟棄的菜葉垃圾，也足夠讓人打理收拾好一陣子。

這一集市上有個最有名的廣結緣茶樓。之所以能成名，就是因為這茶樓中聘了一些有志之士和青年才俊會評論一些時下局勢，譬如朝廷推行了某項政策是否合理，是否利於百姓民生，再譬如周邊的某個國家動向讓人擔憂。

議論朝政，若擱在前朝是不被允許的，可本朝虧得前一陣子皇帝抱恙時英國公攝政，就提出了這麼一個廣開言路、暢所欲言的提議，以示寬仁待下問心無愧，這才給了廣結緣茶樓以此招攬生意的便利。

身材矮小臃腫、模樣不起眼的「猥瑣青年」抄著手蝦腰進屋來，並未吸引到許多人的注意。大家都將注意力放在臺上正在分析金國如今國情的老者身上。

扮演「猥瑣青年」的蔣嫵點了一壺茶、一碟鹽焗花生，就在條凳上架起一條腿嘎吱嘎吱愉快地吃起來。

她的粗魯著實讓周圍的文雅之士皺了眉頭。

鄰桌的兩位年輕公子終究忍不住，同時咳嗽了一聲。

「這位仁兄嗓子不舒服？要不要喝口茶？」蔣嫵壓低聲音，將半新不舊的白瓷青花茶壺遞了過去，還毫不吝嗇地拋了個飛眼。

霍十九險些被自己的唾沫嗆死，忍笑咳嗽著別開眼。

小皇帝捂著嘴憋著笑，連連搖頭，半晌才裝模作樣道：「這位兄臺儀表堂堂、氣質不凡，若不嫌棄，不如同席而坐如何？」

「弟正有此意。」蔣嫵嘿嘿笑答，端著花生米和茶碗就挪了過來。

而小皇帝稱讚的那句「儀表堂堂」、「氣質不凡」，著實讓周圍學子又撇了一回嘴。

畢竟，看重外表是人的本性。

「……是以，老夫覺著，皇上英明，乃是千古一帝，縱然年輕，也辦成了先皇未曾辦妥的大事，著實是可喜可賀，只是金國蠻子虎狼之心，縱然簽訂了三年的和平條約，然他們又怎麼肯甘心？何況如今錦州和寧遠，雖有知府，實際上還是掌握在大奸臣霍英的手中。一旦金國予以重金，霍英那個狗賊還不第一個反了去？」

「罵得好！」

老者話音方落，立即就有學子們應和。

百姓們心地純厚，又多半是容易被煽動的，加之從前聽了許多霍十九「搶男霸女」的光輝事蹟，在場的學子們又多聽聞清流們散播一些霍十九大奸大惡的流言，儘管霍十九從來都沒有傷害過他們，更沒做出什麼實際傷害國本的事，但在他們心目中已將霍十九當成殺千刀的劊子手，恨不能當即抓住此人，將之千刀萬剮了才解恨。

老者得了眾人的呼應，越發覺得信心滿滿，底氣更足，原本對金國局勢的分析話題也轉移到霍十九身上。

「……此人年少時還算好學勤奮，可正因勤奮，又善於鑽營，才辜負了先皇的恩澤，殿試上點了他入二甲，想不到給此人又鍍了一層金似的，他本就調三斡四，專願做些不正經的行當，又因虛榮心盛且生了一張好臉專巴結權貴，有了科舉這一層，他就更得意了！明明一個什麼都不是，活雞都抓不穩的人，竟還當上了錦衣衛的頭子，可真是滑天下之大稽！」

老者一番話，又換得在座百姓和學子的一致贊同，便有一學子好奇地道：「據說霍英狗賊是當朝第一美男子，方才老先生說他容貌也像是真的見過一樣，敢問老先生，那霍英當真是個什麼樣子的皮囊？」

這話，的確問出許多人的心聲。

老者雖有心斥責這位學子太過注重人的皮囊不是好事，可也不願意當眾跌了體面，弄得好似他不認得霍英似的，便咳嗽道：「老夫不才，的確見過那狗賊一次，那人生得的確人模人樣。」

眼神在屋內梭巡一周，最後就落在霍十九身上，善意地笑著一指。「各位瞧見那位穿淡藍儒衫的公子吧？」

所有人就看向老者所指的方向。果真見一身著淡藍儒衫，面如冠玉、臉形秀雅、濃眉秀目、鼻梁高挺、唇形漂亮的年輕公子。他此時面無表情，幽深的眼中看不出情緒，雖只穿了尋常學子那般的細棉儒衫，卻透著一股子高不可攀的矜貴勁。

再加上他身邊還坐了個臉上兩顆大痣、形容猥瑣、身材臃腫的青年。對比之下，著實是謫仙一般的美男子。

「將這位公子比做霍英那狗賊，老夫著實失禮了。」老者先是抱拳拱手，隨即慷慨激昂地道：「即便霍英生了張好臉，又有何用？他做的那些事，天地都不容他！就比方說，他將名臣蔣御史害得斷了腿，被迫辭政，再比方說，他強搶蔣大人家的千金為妻！」

有人頻頻點頭，有人隨聲附和，還有人質疑道：「可霍英強搶的那個蔣家小姐，名聲可不大好呢。」

學子們聚在一起討論國事，附庸風雅之事也是有的，京都城中一些出了名的閨秀名媛平日裡也都是他們的談資。說起那位名聲不好的蔣三姑娘，立即就有人道：「那位與霍英狗賊也真是天造地設、蛇鼠一窩，據說未出閣時就是個不務正業的河東獅，成婚之後更是正事不做。」

「的確如此，可稀奇的是，霍英狗賊竟就愛這樣的調調，為了她連姬妾都遣散了。」

「還不止呢，霍英也是個好男風的，外頭養著的漂亮男孩子們也都一併散了。」

「當今聖上英明，奈何狗賊太狡猾。」

學子們的議論，與茶樓中愛好聽針砭時弊的平頭百姓的議論攪和在一處，自然是「雅俗共賞」。

老者的一席話，將原本就很偏的話題扯得更偏，從金國國情扯到霍十九的奸詐。

「要俺說，你們這群人，都說是有文化、唸過書的，才能在茶樓裡說那麼些個旁人都不知道的事。」

一番褒揚之語，說得學子們均覺熨貼，議論聲也小了下來，都看向「猥瑣青年」。

「俺沒唸過書，斗大的字兒也不認得一籮筐，所以那老先生說的，俺多半不懂，不過你們各位……」蔣嫵手指著方才議論得最歡的幾個學子和漢子。「你們說的，俺可是聽懂了。對了，今兒個是可以想說啥就說啥吧？不額外收銀子吧？」

眾人均點頭，就等著這位青年說出他們心中的想法，痛罵奸臣和狗男女。

方才罵蔣嫵的那漢子哈哈笑道：「你個鱉孫，有屁就放，囉嗦個屌！若要再額外收銀子，本大爺替你付了！」說著就從懷裡掏出一錠銀子往桌上一摔。

「好！」立即有人捧場，大讚道：「罵那驢操出的狗男女，花銀子老子也幹！」

霍十九煞白的臉已經轉紅，似忍無可忍。

蔣嫵卻先他一步開了口。「那俺可就直話直說了。你們說的那些，是親眼看見了？未經證實就胡亂傳言，腦子都讓驢踢了吧！」

「……」眾人愕然，想不到這位竟然不是幫忙罵人的。

蔣嫵語速急如濺珠。「霍英不好？你們誰真受了他給的罪了？錦州和寧遠要得回來，還不多虧了他？你們這些忘恩負義的孫子！要不是他帶兵回來嚇跑了蔡京那個老王八，現在大燕朝都要改姓蔡了！偏有人故意不記住他的好處，專門去說這些沒用的屁話，真他娘的瞎了你們的狗眼了！

「霍英不好，他是嫖了你們，還是嫖了你們家老娘嫂子了？要沒他，你們今日還能曬著太陽、閒嗑牙來罵他？早當了亡國奴給金國人溜鬚舔月腚去了！真他娘是一群狗娘養的！」

又指方才將銀錠子拍在桌上，這會兒被罵得呆若木雞的大漢。「你真有銀子，拿出來捐給國庫、充實內帑給皇上練兵去，才叫真英雄、真好漢呢！這會兒裝大爺來，俺罵人，還要你給付帳了？你也不臊得慌！」

蔣嫵不歇氣，倒豆子一般一通暴罵，連帶著將心中氣憤小皇帝忘恩負義的作為也給指桑罵槐了，這會兒就只覺得爽快！

眼角餘光見茶樓門前，一身淺灰色儒衫的曹玉掀了一下門簾又出去，蔣嫵心中就有了數，邁起大步要往外走。

被罵了個狗血淋頭的學子們這下子都回過神來，紛紛罵蔣嫵是奸臣的狗腿子，更有人大喊著。「我見過這個小子，他是霍府看門的走狗！」

這一句話，就給了學子和百姓們付諸暴力的理由，這些人也顧不上風度，更顧不上什麼氣質了，一擁而上推搡著「猥瑣青年」拳打腳踢。

誰知道那小個子運氣倒是好，摔了個跟頭，竟躲開了大漢揮來的拳頭，漢子暴怒的拳頭就落在一個書生臉上，當即打得他嘴角裂開、吐出兩顆牙來；再彎下身子，又不留神絆倒了剛才兩個罵人最歡的書生……

茶樓裡一時間亂成一團，碎瓷落地聲、桌椅挪動聲、人們叫罵聲嘈雜在一處，「猥瑣青年」卻像是滑不溜的泥鰍一般，左鑽右鑽地到了門前，往外頭跑去。

有許多百姓和學子們也跟著追了出去，邊追邊喊。「打死那個狗賊！那是霍英的走狗！打死他！」

外頭就是長幾里地、貫穿多條街的集市，前頭一個人在跑，後頭一群人在追，雖是冬日裡，賣菜的商販也不少，也不知是哪位百姓特別愛國，連一小籃雞蛋都貢獻出來了。

蔣嫵在人群中穿梭，不能跑得太快將人甩開，又不能跑得太慢被抓住，好不容易費力經過華麗的朱輪華蓋翠幄馬車旁邊時，身上已是一片狼藉。

馬車簾幕撩起，正露出英國公那張方正嚴肅的臉來。

「怎麼回事？」

「國公爺息怒，小的這就去問問，是誰這麼大膽子敢掃了國公爺的雅興。」

「不必。」英國公抬手制止隨從的話，這一瞬，他與那個被追打之人的眼神交會了。

英國公奇怪地皺著眉，那人雖然生得不好，滿身狼藉，可一張臉卻是怎麼瞧都覺得熟悉，他好像在哪裡見過似的。

到底是在何處見過呢？

「去打聽打聽是怎麼回事。」

「是，國公爺稍候，小的這就去。」

英國公便撂下了窗簾，習慣性地從腰間小巧的明黃色錦囊裡拿出象牙梳來梳理鬍鬚。

不多時，隨從便回來了。「國公爺，方才那人從廣結緣茶樓出來，是高聲宣揚錦寧侯的好處，激怒了學子們被追打的。」

「哈！」英國公冷笑起來。「竟還有人給霍英說好話？」

多年來，霍英都是在他前頭頂風、揹黑鍋的那個，怎麼還有個人肯說他一句好？

英國公笑得很是嘲諷，再次撩起窗簾對跟隨在馬車旁的護衛道：「去，查查那個小子，看看他是什麼底細。」

「是。」侍衛行禮，飛快地往方才那人逃走的方向去了。

華麗的馬車再度啟程，往英國公府方向而去。

而已轉過街角的蔣嫵，看著英國公馬車的方向只冷笑了一聲。

這次的計謀能夠得以成功的話，也全仰仗英國公的記憶力，她只要他記住她今日這張醜臉。

她的計謀分為三步，然而第二步卻不好立即執行。因為英國公是個十分多疑的人，動作太近，就只會讓他有所防備。

她不急，她相信小皇帝雖有了藥癮，控制個一年半載，只要能夠有決心戒掉，也絕不會有大礙的。昨日霍十九入宮去，與皇帝說明了這計策，小皇帝不是也答應下來了嗎？

這麼多年都等得了，為了一擊制敵，不過幾個月，他們都等得。

第五十四章　伉儷情深

日子近來過得還算太平，宮中並無大事，英國公因一直尋找名正言順的機會，正巧給了他們喘息的時間。

只小皇帝雖有妃嬪，子嗣上卻一直沒有動靜，這一直讓霍十九心焦不已。可今日除夕晚宴上卻爆出個驚喜，新晉的蘭妃娘娘終於有喜了，且早已有了三個月身孕，只等胎象穩定了才昭告天下。

晚宴過後，回程的馬車中，蔣嫵依偎在霍十九懷中。

「阿英。」

「嗯？」

「你在想什麼？」

「在想，若是要安排爹、娘他們離開，哪裡才是安身之處。」

蔣嫵驚奇地張大了眼，他在想這些，莫非是想通了？

早在今日皇帝宣佈蘭妃有孕，看到霍十九那滿臉驚愕的表情時，蔣嫵就已有想要離去之心了。

不只是今日之事，只是這幾個月來，小皇帝因服了五石散戒藥癮一事心中自卑，多疑更甚，對霍十九已看得出並非如從前那般了。

他們這樣同甘共苦，卻不被小皇帝信任。

「天下之大，難道還沒有容身之處嗎？要出去還不容易，草原、大漠，哪裡去不得？再不成咱們可以悄無聲息地去金國，尋個深山老林定居。」

「金國恐怕不成。」霍十九認真地想了想。「金國皇帝雖對妳特別了一些，但真正發生什麼大事，需要在中間取捨時，身為上位者也當會毫不顧忌地選擇以國事為重，感情為輕。」

「金國不能去也不怕，有許多地方可以去啊，若是不成，咱們還可以出海，去看看海的盡頭有什麼。」

「妳呀。」霍十九被她如天真孩童要出門遊玩的歡樂感染，愛惜地將她摟在懷中。

「真去哪裡都無所謂，只要我們在一起。阿英，你是打算解決了英國公的事後就解甲歸田嗎？」

霍十九笑著道：「若我做不成侯爺，只能做個尋常的莊稼人呢？」

「爹不就是莊稼人，我也沒瞧出哪裡不好了，不過我覺得你更適合從商。若是種地，必然要養雞養豬、挑糞施肥，你這樣喜潔的人能受得了嗎？」

霍十九被說得一哆嗦。想起從前曾經被罰跪豬圈，好像已經有心理陰影了。

「可是士農工商，商排最末。」

「有什麼大不了？士族也沒見有多快樂。」蔣嫵無所謂地道：「就連身居那個令人豔羨、趨之若鶩的主位，也不見得會有多快樂。」

「是啊，皇上的快樂的確不多。」霍十九想嘆氣，可是他知道他的情緒最是能夠感染蔣嫵的，他若這般，難保她不會跟著心情低落，是以強笑著說：「別擔心，退路的事其實我早有想過，只是沒想到居然真的有一天能夠用得上，妳只管好生照顧自己，帶著七斤，我不會讓你們有事的。」

「你還是好生照顧自己才最要緊，家裡人反倒比你還要安全一些。」

蔣嫵笑盈盈伸長手臂勾著霍十九的脖頸，剛要湊身上前，面色卻是一變。

「停車！這是往哪裡去？」蔣嫵突然撩起車簾，卻見馬車正行進在一條滿布積雪的巷子中。木質的車輪在厚實的積雪上步履維艱，兩側是高高的粉牆，牆頭卻無積雪，在除夕夜這樣喜慶的時候，院落中竟然沒有點燈。

蔣嫵覺得不對，立即抽出軟靴中的匕首反握在右手，左手一把拎住了車夫的領子。

車夫是霍十九的心腹，也是武藝高強的死士，平日裡被排了班，每隔幾日就會陪蔣嫵在演武場練功。

「說，為何走這條路！」

他無辜地蹙著眉。「回夫人，咱們走慣了的近路，今兒有許多百姓在那兒圍著放煙火，路走不通。」

話音方落，卻聽有響箭竄上天空，啪地炸開。紅色光芒在漆黑夜幕中一閃即逝，卻讓蔣嫵與隨行的侍從都精神緊繃。

「什麼人！」侍衛的暴喝聲中，突見巷弄兩側有身著尋常百姓服飾、手中卻提著刀劍的漢子，約莫二十多人，左右夾擊往馬車處來。

「快，有刺客！保護侯爺！」

侍衛高喝，便都抽出佩刀將馬車包圍起來。

蔣嫵則退回到車裡，握緊了霍十九的手。「待會兒不論發生什麼，都不要離開我身邊。」

霍十九緊抿著唇，從身側的小几下拿出響箭和火摺子，探身出車窗點燃。

響箭竄上天空，炸開的是藍光，不似方才的紅光那般耀眼，彷彿一瞬就沈默在深藍的夜色中了。

霍十九剛剛收回手，卻有一支羽箭「篤」的一聲釘在了窗框上，若是他再停留片刻，那箭會射中他的頭頸。

蔣嫵驚出了一身冷汗，連忙壓著霍十九。「快趴下！」

隨即就聽見「篤篤」之音不斷，有箭矢不斷射中馬車壁。

尋常馬車僅為木質，箭雨之下怕早就要被穿透，可霍十九的馬車卻是特製的，馬車外壁貼著三層牛皮，還刷了桐油，桐油之上才是錦緞和裝飾，是以堅固無比，尋常的箭矢，也只不過是扎在牆壁上罷了。

然而，堅固的馬車抵擋得過尋常箭雨，卻擋不住火攻。在隨行的十餘名護衛竭力阻擋巷弄兩側攻來的漢子們時，再一輪箭雨襲來，每一支都點燃了火油，黑夜中若流星雨一般燦爛隕落，箭矢尖銳之處扎進了馬車厚實的牆壁，點燃華麗的錦緞，火苗攀上棚頂垂落的流蘇，乾燥的天氣中自然沾火就燃，火光竟比煙火還要璀璨。

熱浪撲來，火苗竄動，駕轅拉套的馬兒都受了驚，紛紛嘶鳴挪動，車廂被拉動得晃動顛簸。蔣嫵費了很大力氣才穩住兩人的身形，不致在馬車中來回滾動。

「阿英，馬車著了火，已經不安全了，但是外頭箭如雨勢，咱們出去的話會被射成刺蝟，你暫且忍耐一下。」

蔣嫵撕下細棉中衣的下襬，手忙腳亂地倒了水囊中的水沾濕塞給霍十九。「堵住口鼻！」

「傻瓜！妳先顧著妳自己，偏這會兒墨染不在，必然是英國公看準了機會行事的！」霍十九焦急地先將濕布為蔣嫵堵住口鼻，濃煙滾滾，自己嗆咳不已。

蔣嫵趁他為自己遮面時又打濕了一塊棉布，轉而為他蒙上，又撕了中衣下襬，將水囊中的水盡數倒在上頭，再給霍十九蒙上了一層，一面嗆咳一面囑咐。「待會兒我帶你衝出去，你千萬不要離開我身邊，千萬別逞英雄！咱們都要有命活著出去了才能算總帳，你可知道！」

「我知道，妳別擔憂我，若實在不成，妳先逃才是要緊！七斤可以沒有爹，但是不能沒有娘！」

箭雨停歇，可燃燒起來的馬車卻驚得幾匹馬亂竄起來，死士們忙著阻擋刺客，哪裡顧得上這方？馬車驟然顛簸，熱浪濃煙湧了進來，蔣嫵看準了馬車衝散了刺客，衝進一處拐角，一把拉住霍十九，護著他一躍而下，兩人相擁翻滾了幾圈，沾了滿身的白雪，貼近牆根，好歹躲開了馬蹄，眼看著燃燒的馬車胡亂奔出了巷子，將大火燃燒時的光明帶往遠處。

「快走！」蔣嫵拉起霍十九就往巷外衝去。

死士們見狀均受鼓舞，更加賣力地阻攔刺客，他們個個都能夠以一抵三，只是刺客雖著平民百姓服飾，卻與他們相同，都是自幼就受嚴苛訓練的高手，且人數相差懸殊，霍十九的死士們只能抵擋一時，儘量減少追出小巷的追兵數量。

蔣嫵拉著霍十九狂奔，遮面的濕布掉了也顧不上，這時她當真恨自己來到古代為何沒有學會輕功，如果現在曹玉在，能夠帶霍十九以輕功離開，她留下對付那些刺客，應該有六成以上逃脫的機率。

可偏偏曹玉留在府中保護其他人，不在他們身邊。

霍十九的手被她柔若無骨的小手緊握著，狂奔時只能看到她散亂的長髮在腦後飛舞，玉色的披風被甩在半邊展開成扇形。

若是她獨自一人，這會兒該已經逃脫了。

霍十九回頭，已看到有五、六個大漢手持刀劍從巷中追來，且人人均會輕功，飛竄著很快就能追上。

「嫵兒！妳別管我，先走！」霍十九用力要抽出手。

可蔣嫵的手像是隻小鉗子，緊緊握著他的手絲毫不肯放鬆。「說什麼傻話呢！要走一起走！」

「不行，妳先走，回府去找墨染！」

「不可能！」

「嫵兒！妳一個人走，逃生更容易，回去帶著七斤和爹娘去金國，達鷹一定會照顧妳的……」

「放屁！這會兒想把我推給別的男人？我是你的女人，就算死了也是！你別胡思亂想，等解決了麻煩，看我怎麼收拾你！」

蔣嫵被氣得不輕，回頭時正看到六名刺客追近，其中一人於牆頭躍下，手持長劍刺向霍十九背後。

旋身，霍十九便被蔣嫵擋在身後，匕首銀光閃過，在他尚未看清時，已聽到冷兵器相交時尖銳的磨擦聲，在寂靜的夜中，依稀可見一道火星。

蔣嫵擋開一劍的時間，其餘五人也先後而至，她深知不能被圍上，否則想要保護霍十九根本不可能，巡視一周，見左後方是個牆角，便快步拉著霍十九退了過去，將他擋在牆角，面朝來人。如此一來霍十九在她身後安全可保，前方之人因空間狹窄，也不可能一齊打上來——前提是她絕不能離開他超過半步，否則會被人鑽了空子。

那六人到了跟前，已經略有氣喘，人人兵刃上都有血跡，將蔣嫵與霍十九包圍在中間，也不急著攻擊了。

「小娘子，我等佩服妳的膽量和勇氣，妳走吧，我們可以饒過妳。我們要的只是這個大奸臣的性命。」

蔣嫵嗤笑一聲。「奸臣？你們這些毫不知情就來充忠義之士的廢物，明明自個兒就是給奸臣賣命的，卻來這裡裝英雄好漢？呸！別讓小女子笑掉大牙！」

「妳！」為首男子氣結。「妳這臭娘兒們，給臉不要臉是吧！老子看妳長得細皮嫩肉，年紀輕輕、所託非人是可憐妳，妳自己有活路不走，偏偏往死路上奔，就別怪我等手下無情！」說著操刀便上。

這六人顯然是經過訓練，配合得極為默契，六人自動變為兩組，三人一組輪流圍攻。蔣嫵雖然利用地形，將霍十九護在牆角之中，可她不能離開他面前超過半步，面前三人的攻擊她又不能閃躲只能招架，著實是束手束腳。還有她的匕首，比起刀劍也當真是太過吃虧。

「蹲下！」蔣嫵以匕首挑開長劍，頭也不回地提醒。

霍十九立即回過神來，蹲在蔣嫵身後。

如此一來，蔣嫵上半身便可閃躲，束縛小了一些，兩腳雖不能挪出這個圈子，倒也能抵擋得住。

圍攻的刺客們見一個女流之輩竟有這等身手，他們六個大男人還自命高手，竟然不能傷到霍十九一根寒毛，著實是將面子跌大了，禁不住呵罵。「呸！霍英，你也算個男人？就知道躲在娘兒們裙子底下！」

「你也是站著撒尿的，躲在娘兒們身後算什麼本事，有種的你出來，讓爺們砍死你，咱還敬你是個好漢！」

蔣嫵生怕霍十九受不得激將。「別聽他們的，你聽著，你要是死了，我絕不苟活！面子是活人才用得上的東西，咱們要活下去才行！」

「霍英你個縮頭烏龜，就躲在你老婆身後一輩子吧！」

「兄弟們，這娘兒們夠勁嘿！咱麼待會兒抓了她來，也嚐嚐滋味！」

刺客們進攻之時，攻心之術也不忘了施展，污言穢語，言詞侮辱，霍十九這樣能隱忍的人也氣得心口疼。他真恨自己不會武功，拖蔣嫵的後腿。偏偏理智告訴他，他現在唯一能做的就是聽蔣嫵的話，蹲身縮在牆角……

一個男人，聽著自己的妻子被人言語侮辱，看著她獨自一人抵擋迎面而來的六名武藝高超大漢，且方才小巷的方向，還陸續有刺客趕來，想來是他的死士已經盡力了。

這麼多的人，只能守住牆角的蔣嫵，落敗似乎只是時間問題。

霍十九的眼神漸漸變得堅定，他絕不能拉蔣嫵一起死，如果他死了，她就不用分心，可以獨自離開，只要回到侯府，她就安全了！

他雖抱有扳倒英國公、匡扶社稷的理想，然而一到如今二人雙雙遇上危險，理想卻變得那般蒼白無力。

是兩個人一起去死，還是保住蔣嫵，留下她這個希望？

他瞭解蔣嫵。即便失去他，也會堅強地完成他未完成的事業。

況且，他真的不能丟開手，放任她為了自己再去犧牲……

霍十九很想再喚她的名字一聲，再一次將她嬌柔的身子擁在懷中，很想再給父母磕個頭，再抱抱可愛的七斤。

但他不能讓蔣嫵發現他有這個心思。他身上沒有兵器，這麼近的距離，以他的力氣和能力，若是一頭碰在牆上成功的機率也不大，還會引起蔣嫵注意，分了她的心。

唯一的辦法只有咬舌自盡。

霍十九毫不猶豫地咬了下去……

蔣嫵背對霍十九，自然看不到。

然而，刺客面對霍十九，眼見他俊俏的臉上，表情痛苦扭曲，唇角血絲順著他下巴留入領口，當即都是一愣。

當後頭的人大笑，道：「咬舌自盡？你也算條漢子！」

同時，蔣嫵終於抓住時機，匕首反握著滑過面前男子的喉嚨。

血劍噴湧！

而她的心也在同時被人掏空了一般。手有自己的反應，飛快地搶過倒地屍體手中的寶劍，匕首反架開凌空而來的一刀，人卻忍不住回頭。

「阿英！」

當看到霍十九靠在牆角，唇角流血時，蔣嫵目眥盡裂地狂吼。「阿英！笨蛋，你這個笨蛋！」眼淚也在一瞬湧了出來，模糊了視線。

蔣嫵的腦海中此刻只有一個念頭，霍十九絕不能死！就算他咬舌了，可在她的認知之中，咬舌之人也不會一時半刻就嚥氣，她必須要儘快讓他得到醫治，就算他咬掉了舌頭從此成了啞巴，她也要他活著！

蔣嫵再不顧及自身，手中多了稱手的兵刃，竟如不要命一般衝了上去，招招狠，刀刀準，即便不能刺入刺客的心臟和喉嚨，也要在他們身上開道血口子。刺客被她突如其來的洶湧攻勢和不要命的狠勁震懾，一時間竟無法立即斃了她的性命，反而還被蔣嫵又殺三人。

只不過，三名刺客倒下，她的錦衣上也多了幾道血口。

可蔣嫵毫不在意。如果不能拚出重圍帶霍十九去就醫，如果讓他在她眼皮子底下死了，她也可以不要這條性命了，是以現在身上的疼痛她根本感覺不到，腦子裡好像有一根弦緊繃著。

她只剩下一個念頭：就是突圍出去，救霍十九。

霍十九的意識尚存，口中的疼痛幾乎讓人無法忍受，可是他為什麼還不死？

他已經下了咬舌自盡的決心，難道竟死不成嗎？那麼他的自盡，只是激得蔣嫵更加不要命地突圍罷了，他等於是在害她！

霍十九滿額的冷汗，意識漸漸模糊，目光焦灼在蔣嫵的背影上，眼見她不避不閃地迎著一人的劍鋒而上，對方的喉嚨被劃開的同時，在他的角度，竟能看到她背後的肩頭綻開了一朵暗紅的血花，在她的月白錦衣上，猶如勾魂攝魄的鮮紅曼陀羅。

他真恨不得自己立即死去……

正當他意識迷離，即將昏厥之際，突然牆頭上有五名黑衣蒙面的漢子躍身而下，兩人阻住從巷口奔向這方的刺客，兩人加入戰團，承接住刺客的攻擊，一人護著蔣嫵退開到後方。

不是他的人！

蔣嫵顧不上自己肩頭染血，丟了匕首和長劍撲到霍十九身旁。「阿英，你怎麼樣！你別嚇我！阿英！」

黑衣蒙面人從懷中掏出一個白瓷小瓶，拔掉瓶塞，掐著霍十九的下巴迫使他張口，便將瓶中的粉末倒進他口中。

「你給他吃了什麼？」

「夫人莫擔憂，這是我們最好的止血止痛藥粉，只要不流血，以錦寧侯舌頭上的傷，性命是無礙的，倒是您身上的傷要趕緊醫治。」

蔣嫵抱著霍十九，肩頭的血滴落在他臉上，卻十分冷靜地抬頭問道：「你是何人？為何幫我們？」

那人似知道蔣嫵的性子，也不多囉嗦，蹲身一把扯掉蒙面的黑布。「在下奉主子之命保護夫人。請夫人將侯爺交給在下。」

「你是達鷹的人！」蔣嫵愕然。

那人打了個呼哨，就將霍十九扶了起來。「請夫人快隨我走！」

蔣嫵拾起匕首和長劍，便跟上此人。

與此同時，就見街角處曹玉與裴紅鳳快馬而來，兩人遠遠見到霍十九在黑衣人的攙扶之下，蔣嫵素衣染血跟在後頭，而遠處黑衣人與尋常百姓打扮的刺客打得難分難解。

曹玉和裴紅鳳策馬到了跟前。

裴紅鳳飄身落地，曹玉卻是滾下馬背的。

「爺！你怎麼樣？」一把扶住霍十九，曹玉眼見他滿口鮮血，嚇得雙手顫抖。

霍十九口中的血已經止住，只是疼痛難忍，意識模糊，眼見扶著他的是曹玉，他想開口囑咐卻不能，只向身後看去。

曹玉這才注意到蔣嫵肩頭染血，方才出門時的披風也不知哪裡去了，月白色的錦衣上有數處破損染血之處。

曹玉恨不能殺了自己，他應當跟著來的。

裴紅鳳看不慣曹玉瞧蔣嫵的悔恨眼神，道：「還愣著做什麼？先跟我走！你們這個樣子也回不得府裡，我家姑娘在這附近有宅院。快來！」

曹玉忙架起霍十九，飛身跟上裴紅鳳。蔣嫵則在那名黑衣蒙面人的陪同下緊隨其後。遠離開「戰場」，刀劍碰撞喊打喊殺聲音漸弱，呼吸著冰冷的空氣，蔣嫵才覺得她是活過來了，可是霍十九口中的傷……

「快請大夫，阿英方才咬舌了。」

曹玉動作一頓，腳步踉蹌，險些摔倒。

咬舌？侯爺想自盡！到底是怎樣的狀況，才逼得霍十九自戕？

他今日該來的！原本是留在府中守護宅院，如果不是楊曦命裴紅鳳去送酒給他耽擱了一些時間，他安排好府中防衛，或許早就能往這邊迎來，也不致看到霍十九發的響箭才慌忙趕來。

裴紅鳳帶著幾人左拐右拐，便到了一座尋常人家的宅門前，叩響門環，不多時就有個身材敦實的老媽子提著燈出來應門。

一見是裴紅鳳，老媽子驚訝道：「紅鳳姑娘，大過年的，您怎麼來了？」

又見裴紅鳳身後跟著一眾人，且還是這般鮮血淋漓的淒慘狀，老媽子嚇得白了臉。

裴紅鳳吩咐道：「他們是姑娘的朋友，被匪徒襲擊了。快請大夫，再預備熱水和傷藥來。」

「哎，好、好！」老媽子慌慌張張地讓路，就去叫人請大夫了。

曹玉快步到了內院上房，將霍十九放在暖炕上，裴紅鳳已經絞了帕子來給霍十九擦拭唇邊的血跡。

黑衣人對蔣嫵道：「妳也該去處理傷口。」

「我不急。」蔣嫵坐在炕沿，拉著霍十九的手。「大夫怎麼還沒到？」

「什麼妳不急。」黑衣人焦急道：「錦寧侯不過是傷了舌頭，死不了！妳滿身傷口，尤其是肩頭的傷，若是傷及大血管該如何是好？」

蔣嫵的臉色也不知是因為失血還是因為驚嚇，此時白中泛著青，十分駭人。

霍十九這會兒已經好些，想開口說話，可一扯動舌頭就疼得他渾身顫抖，心頭上彷彿長了野草般亂，想勸她去包紮止血，想罵她是傻瓜，可偏偏不能開口。

望著蔣嫵，秀麗的眼中便有了淚意。

蔣嫵拉著他的手，二人的手心被黏稠的血液潤澤，眼中酸澀，強擠出一個笑來。「你等著，我說的話你只當耳邊風是吧？我叫你好生活著，你偏偏在這裡逞英雄，咬舌自盡是誰都行的嗎？你這個王八蛋，還敢丟下我……」

話及此，蔣嫵已淚如泉湧，再也笑不出來，長髮凌亂、衣衫染血的她毫無形象地哭成個淚人兒。「你這個不負責任的王八蛋！還想將我推給別的男人，虧你怎麼想得出！你要是敢死，老娘挖你出來鞭屍你信不信！七斤是你兒子，你不養，還想丟給我一個人嗎？我就是追到十八層地獄也不會放過你！」

她聲音哽咽，低柔聲音根本罵不出氣勢來，只讓聞者心痛。

黑衣人擔憂地道：「請夫人務必立即去裹傷，否則後果不堪設想啊。」

曹玉當即道：「紅鳳姑娘，煩勞妳帶夫人去包紮傷口，我在此處陪著侯爺。」轉而對蔣嫵道：「請夫人別讓侯爺擔心了，侯爺這會兒不能說話，妳若不先去治療，侯爺豈不是要急死？況且有我在此處，夫人也該放心才是，今日保護不力，來日夫人要怎樣懲罰曹某都行，只是不要這般不愛惜身子，讓侯爺難過。」

「來了、來了，大夫來了！」外頭廊廡下是老媽子壓低了聲音的回話。

眾人面上一喜，各自讓開。

霍十九的確是舌頭受傷，傷了血管，並無生命危險，只好生養著便能痊癒，唯獨這段日子進食怕是會很痛苦。

蔣嫵身上卻多了四、五處口子，肩頭又多了個深可見骨的傷口，好在她角度掌握得剛好，沒有傷及大血管。

裴紅鳳也是生平第一次，在一個女子身上看到這麼多深深淺淺的疤痕，隱約辨認出有劍傷、刀傷，還有箭傷，且以疤痕上的嫩肉來看，傷口還不是很老。

為蔣嫵包紮傷口時，裴紅鳳手上控制不住力道略重了一些，加之所撒傷藥的刺激，明明那樣疼，蔣嫵愣是眉頭都沒皺一下，只能從她驟然緊繃的身子才知曉，其實她也是疼的，只不過她比較能忍。

裴紅鳳對這位看起來嬌滴滴的貴夫人有了新的認知，也有敬佩油然而生。一個如此剛強的女子，必然不是矯揉造作的庸脂俗粉。

裴紅鳳為蔣嫵穿上中衣，隨後道：「待會兒我再想法子給妳府中報信。」

「不，此事還是不要宣揚。」蔣嫵聲音有些虛弱，卻很堅決。「大過年的，不要讓爹娘平白擔憂，還請紅鳳姑娘稍後命人回去通傳一聲，就說……就說皇上賜阿英假期，我們小倆口去京郊的溫泉湯浴了。」

「這樣好嗎？」裴紅鳳沈吟道：「錦寧侯的傷勢，妳不告訴他的爹娘，仔細回頭他們知道了怨妳。」

「那也是以後才怨的，現在要緊的是阿英的傷著實不好讓他們知道。」蔣嫵不方便與裴紅鳳解釋太多，轉而道：「今日多虧了紅鳳姑娘幫襯著，請代我與楊姑娘傳個話，就說今日相救之恩，蔣嫵他日必將報答。」

「哎，錦寧侯夫人著實不必如此，我們家姑娘心悅曹公子，曹公子又將錦寧侯和夫人看得這般要緊，那麼你們自然也就是我家姑娘需要在意的人了。早前姑娘就與我說過，曹公子心目中，錦寧侯與您的地位極高，要我好生仔細伺候，千萬不可怠慢，我還是謹記於心的。況且我家姑娘又與夫人您交好，不過是舉手之勞，提供個安身之處罷了，夫人何須這般客套？」

「患難見真情，紅鳳姑娘能在此時提供安身之所，我們已經格外感激了。我還有一些事，想求紅鳳姑娘幫忙。」

「妳說。」裴紅鳳佩服女中豪傑，看在蔣嫵身上那麼多傷口的分上，她也會幫忙。

蔣嫵道：「一則，就是我方才說的，給府裡我公婆那處送個信。二則，請紅鳳姑娘吩咐人打探一下街上的情況，尤其是瞧瞧方才發生打鬥的地方，五城兵馬司的人可曾來了，若是來了，是幾時來，幾時去的。三則，還請紅鳳姑娘幫忙，喚剛才陪同我的那個黑衣人進來。」

「都是小事，我即刻就去，我已經讓鄭嬤嬤預備了粳米粥，待會兒夫人吃一些再用藥。」

「多謝妳了。」

蔣嫵費力地披上裴紅鳳找來的棉褂子，不過片刻工夫，門扉便被輕輕叩響，方才那黑衣中年漢子已經穿了大燕尋常百姓的裝束，進門來行禮。

「請壯士這邊來。」

漢子便到蔣嫵身畔垂首而立。「夫人有何吩咐，盡可直言。」

蔣嫵道：「達鷹現在何處？」

「陛下自然是在我國宮中。」

「那麼，是他吩咐你們幾人跟蹤阿英？」

漢子臉上閃過不悅和不平。「夫人不該這樣說，陛下是吩咐我等留下保護夫人，與錦寧侯沒關係，況且我等只為了保護而來，何以夫人以為我等是在跟蹤？」

蔣嫵此刻已十分疲憊，揉著眉心道：「也難為你們平日裡藏得那麼嚴實了。既然是達鷹留下你們，我領他的這份情，只是我還有幾個疑問。」

一聽蔣嫵說領文達佳琿的情，漢子就笑了。「請夫人儘管問，在下必然知無不言，言無不盡。」

「好。」蔣嫵抬眸，眼神光芒銳利，直刺人心。「你說，你們是奉命保護我，就算是怕跟緊了而被我發現，來得慢一些，也不至於來得這樣晚，為何馬車失火衝出重圍時，你們不出現？為何當刺客將我與阿英逼到絕路時你們不出現，偏偏阿英咬舌自盡了，你們才來？」

想不到蔣嫵竟然會問出這些問題，漢子當真被問得啞口無言，眼神不留神與蔣嫵的相遇，竟逼得他堂堂七尺男兒忍不住別開了眼。

蔣嫵見狀又笑了。蒼白的唇抿著，許久才道：「我明白了，是你們的皇帝陛下這樣吩咐的。你們只奉命保護我，是吧？至於我的夫君、我的孩子、我的家人，都不在你們的保護範圍之內，是吧？」

漢子沈吟，不敢多言。他深知陛下對面前這個女子的心意，也知蔣嫵的心思不在陛下身上。他們方才在牆頭觀察下方，親眼目睹蔣嫵與霍十九被包圍，霍十九咬舌自盡之時，蔣嫵是如何拚了性命突圍的。他們原本也是要出手的，只是他略微猶豫之下才決定暫且拖延。

陛下的確沒有旨意要連錦寧侯也一同保護。以他們得到的消息，若是錦寧侯身死，燕國皇帝就等於斷了臂膀，將來三年和平條約期滿，金國要如何行事，豈不是要容易許多，所以他們拖延了時間。

只是想不到，蔣嫵竟然這般為了霍十九豁出性命。要知道今日如果蔣嫵有個三長兩短，他們和他們的家人都會被誅殺陪葬。

蔣嫵見漢子沈默，心中已經有了數，片刻後，已經恢復如常。「無論如何，今日都要多謝你們出手相助，也請代我謝過貴國陛下。」

「是，在下定將夫人的話傳到，想必陛下得夫人的話，也必然會開懷的。這段日子夫人從未主動聯絡過陛下。」

蔣嫵眉鋒一挑，冷笑道：「你們不是都已經監視得清楚明白了嗎？還需要我與陛下聯絡？你們就不怕，我略微多說一句話，就讓你們丟官丟命？」

漢子聞言身子一僵，恭敬地行禮道：「請夫人息怒，在下並無其他意思。」

若是她在文達佳琿面前隨便說他兩句不是，怕是他這輩子也別想翻身。

思及此，漢子單膝跪地，愈加恭敬。「在下的確並無其他意思，請夫人千萬不要多想。」

「你不必如此緊張，此處距離金國千山萬水，你還擔心我與達鷹說什麼嗎？」蔣嫵靠著柔軟的引枕。「無論如何，今日多虧你們及時趕到，這份恩情，我是記得的。」

「保護夫人是我等分內之事，夫人著實不必客氣。」

「那麼，若是我請求你們幫忙做些事呢？」

蔣嫵的語氣溫和，長睫低垂，讓人看不清她眸中神色。

方才的對話，已讓漢子明白，蔣嫵要是想在文達佳琿那裡隨意進一句半句「讒言」，讓他們倒楣也只是時間問題。

「請夫人吩咐。」

「請靠近些。」

那漢子稍有遲疑，就到了蔣嫵身邊。

蔣嫵壓低聲音，在他耳畔說了幾句。

漢子驚愕地道：「夫人，妳這樣做，若是錦寧侯知道定會怪罪記恨妳的。」

「無所謂。」蔣嫵輕嘆。「比起他的性命，這些又算得了什麼？如果今日他當真喪命，這會兒我哭都來不及。」

她雖威脅他，若他去了，她必然會跟著去。可蔣嫵心裡明白，若是霍十九不在了，他的擔子就會落在她的肩頭，她又怎麼能不去顧及他的家人，照顧他們的孩子？

強勢了一整晚的女子面露脆弱，黑衣漢子也覺得心下不忍。

「夫人，主子曾吩咐我等一旦被您發現，就要聽您的吩咐，您所安排之事我等必然會做到。」

蔣嫵聞言，將心中鬱結暫且擱去。「如此有勞了。還未曾請教壯士名諱。」

「回夫人，在下納穆。」

「納穆？是海洋之意，看來你是心胸寬闊之人。你們的名字是後取的，還是父母給你們取的？」

「回夫人，是陛下取的。」

「看來達鷹對你十分愛重。既如此，納穆，我方才說的三件事，就有勞你了。」

「夫人不必客套，在下即刻去辦。」

納穆行禮退了下去，到了廊下，見方才那位身材敦實的老媽子端著砂鍋遠遠地站在院門前，想必是聽了主子的吩咐，不敢在屋內有人談話時靠近打擾，便頷首示意她進去。

鄭嬤嬤笑著進了屋，將砂鍋放在外間條案上，以簇新的白瓷碗替蔣嫵盛了一碗熬得香濃的粳米粥，幾樣小菜一同以漆黑木質的托盤端了上來。

「這位夫人，剛紅鳳姑娘囑咐我給您煮的粥，您好歹用一些，吃飽了肚子待會兒才好用藥。」瞧這位夫人生得嬌滴滴的容貌，弱不勝衣的西施模樣，鄭嬤嬤當真擔憂她不肯吃不肯喝的，回頭紅鳳姑娘會怪罪她侍奉不周。

誰料蔣嫵卻並非那等嬌柔的閨中女子，原本半敞的衣襟還看得到她肩膀上繃帶有血跡滲出，她卻沒事人一般伸手就來接托盤，笑容和氣，聲音溫柔。「有勞鄭嬤嬤了。」

鄭嬤嬤受寵若驚，慌忙地扶著蔣嫵靠著引枕。「夫人可不要動，您這身上的傷若扯開了，將來可要留下疤痕的，萬一再流血可不好了。您莫嫌棄老婆子粗拙，還是讓我來餵您進食吧。」

蔣嫵是不習慣讓旁人餵食的，況且傷口雖痛，她還忍得住，依舊想自己進食，不料鄭嬤嬤卻是個極認真的人，說什麼都要代勞，蔣嫵只好妥協，在鄭嬤嬤的服侍下吃了一碗粥，休息片刻又用了藥。
收起盛藥的白瓷碗，鄭嬤嬤因蔣嫵的配合，笑容更加真誠了。「夫人您先歇著吧。」
「這會兒還不累，煩勞妳取棉氅來，我得去看看我夫君。」
鄭嬤嬤知道屋裡躺著那位也受了重傷，身為妻子，明知丈夫那樣了，哪有自己睡得著的道理呢？這會兒不再阻攔，服侍著蔣嫵披上一件簇新的細棉大氅，又戴上風帽，就隨她去了正房。
屋裡燈火通明，貼了紅色窗花的格扇窗上映出幾人的影子。
蔣嫵平靜了一下心情，才踏上臺階，回首道：「鄭嬤嬤去歇著吧，大過年的，如此打擾實在過意不去。」
「夫人說的哪裡話呢，您快別客套了，屋裡暖和，快請進吧。」
蔣嫵頷首，撩暖簾進了屋。
曹玉見蔣嫵已經更衣整理過，臉色雖蒼白，精神卻好了一些，終於放下心。「夫人不必擔憂，侯爺生命無礙。」
蔣嫵眼神只在霍十九身上，三步併作兩步到了榻前，側身坐下握著他的手，幽幽道：「想咬舌自盡，也不是那麼容易的事。我是心疼他，怕要遭罪一段日子。日後進食該有多痛。」
「好歹是留下一條性命。」曹玉安慰道。
蔣嫵見霍十九昏睡著，慘白臉上滿布汗水，知道他這會兒正在發高燒，便接過婢女手中的冷帕子為他覆在額頭，也同時牽動肩頭的傷口帶來一陣刺痛，但蔣嫵卻覺得這樣痛一痛，心裡卻是舒坦了，彷彿如此能將他身上的痛苦轉移給自己。

曹玉望著她的側影，她的長髮在明亮的燭光之下泛著淡雅的光澤，修長的脖頸與姣好的側顏都被氤氳成朦朧的畫面。她望著霍十九時，眼神中的心痛瀰漫而出，將他也感染在她的情緒中。

沈默許久，曹玉才道：「大夫說侯爺的舌頭，痊癒後應當不影響開口說話，只是或許會留下一些弊端。」

舌頭雖然沒被咬掉，可也算是受了重傷，痊癒後是否能靈活還未可知。

蔣嫵自然早已想到，她心疼他的傷，卻不會有絲毫嫌棄，但她擔憂霍十九那般要求完美的人，會因此傷的後遺症而感到自卑。

無論如何，那都是以後的事了，如今他的性命無礙，她已經能放下一半心。

「夫人，侯爺這裡無恙，您身上也帶著傷，不如去歇著吧。若是侯爺好起來，您卻病倒了那可怎麼好？莫說別的，府裡的事情還指望您，小世子還要依靠您。」蔣嫵肩頭的傷深可見骨，他剛私下問過大夫，雖未曾傷及大血管，可也流了不少血，加之她身上其他傷口加起來也有六處。

曹玉不敢褻瀆她，可卻禁不住在想，她一個年紀輕輕的姑娘家，原本嬌美細膩的胴體上多了滿身的傷痕，他真恨不能以身代之。

曹玉端了銅盆，悄無聲息地出去換水，也不再與蔣嫵交談，只默默地陪同大夫一同照顧。

不多時，蔣嫵覺得自己有些受不住了，渾身發冷，眼前發黑，揉著額頭抬不起頭來。

曹玉忙道：「夫人，還請妳愛惜自己，妳若不放心，我在一旁給妳搬張暖榻來。」

「只能如此了，又要煩勞你。」蔣嫵強打精神，臉上泛著不正常的潮紅。

曹玉看不得她如此，立即去尋來一張貴妃榻，找了鄭嬤嬤，在上頭鋪上厚實的軟褥，以湯婆子焐熱了才請蔣嫵躺下。

明明想睡，蔣嫵卻因放心不下，過一會兒就強迫自己醒來看看霍十九的情況。

鄭嬤嬤都禁不住道：「夫人與她相公真是伉儷情深啊。」

曹玉也深感如此。

不多時，外頭傳來馬蹄和車輪滾動的聲音，鄭嬤嬤出去迎接，須臾，就見楊曦一身錦裘，在裴紅鳳的陪同之下進了門。

曹玉見來人，驚愕道：「楊姑娘，到底還是打擾妳了。」

楊曦微笑，打發了鄭嬤嬤等下人都出去，這才一面脫掉錦裘一面道：「怎能說是打擾，朋友有事，我哪裡還能坐得住。」

到了裡間，見蔣嫵與霍十九一人臥榻一人暖炕相對而臥，還都發著燒，楊曦禁不住嘆息。「怎麼就遇上這樣的事了呢？對了，紅鳳，妳不是剛去幫錦寧侯夫人辦事嗎？這會兒她睡著，妳就回話給墨染也是一樣的。」

楊曦直接稱呼曹玉的表字，倒是讓曹玉有些不自在地紅了臉，他原本生得俊秀，在燈下雙頰緋紅，更秀氣得像個姑娘家。

眼瞧著他那般，總是叱吒商場慣了的楊曦也覺臉熱心跳，不自在地在一旁尋了個空位坐下，別開眼不再看曹玉了。

紅鳳眼瞧著二人如此，心下大樂。「錦寧侯夫人吩咐我去回霍家的老太爺和太夫人，就說皇上給了錦寧侯假期，他們乘機去溫泉湯浴散心了。我瞧著霍老太爺雖滿口答應著，真信了或不信我也拿不定。還有，方才打鬥的地方我也去瞧過了，五城兵馬司的人只是最後去走了一趟過場，並未認真去理會。」

五城兵馬司的指揮戴琳是英國公門生，乃是英國公把握整個京都防衛不可動搖的一枚鐵釘，雖刺殺霍十九和蔣嫵的凶手是誰尚不清楚，但見五城兵馬司的人沒有出來照章辦事，就已可看出些什麼。

英國公的人，難道會在英國公行凶之時出來阻止嗎？

如今，英國公與霍十九已經撕破了臉，還不知道局勢會往哪一步發展。

曹玉沈吟之時，絞了冷帕子為霍十九敷在額頭，猶豫地看向昏睡的蔣嫵，沈思片刻才低聲道：「還請楊姑娘吩咐個隨行的小丫頭來幫幫忙吧。」

楊曦原本在觀察曹玉，見他眼神落在蔣嫵睡得並不安穩的嬌顏上時，心中就猶如積了滿盆的冰一般，她聰慧過人，自然瞧得出曹玉對蔣嫵的心思。能夠就近照顧心愛之人，也的確是個極大的誘惑，更何況也只有趁著這個時機，曹玉才有機會碰觸到他心愛的女子。

可他並未那樣做。他求助於她，不愧是正人君子。

楊曦將精緻的描金珐瑯彩小暖爐放下，親自到了蔣嫵的貴妃榻前，接過曹玉手中的帕子道：「你且安心，我和紅鳳親自來照顧夫人便是，你安心照看著侯爺。」

「這如何使得，楊姑娘的身分哪裡能做這等事……」

楊曦莞爾。「我哪裡不同了？士農工商，商排最末，我只是個商人罷了，況且照顧錦寧侯夫人，能贏得你的友情，這『買賣』穩贏不虧。我是商人，在我的腦海中，只論盈虧，不論其他。」

她本就生得貌美且如今眉眼含笑，眼神溫柔，明明對他心存好感，卻不窮追猛打讓他為難。如此體貼的美人，曹玉心裡也不免動容，誠懇道：「如此就多謝妳了。」

「不必如此客套。」

楊曦溫柔一笑，便專注於手中的活計，曹玉則去外頭安排霍十九暫不能回府時的相關事宜。

曹玉覺得，霍大栓夫婦或許已經猜到霍十九這方有事，或許還不知怎麼個擔憂法，只是他現在心情難以平靜，又自知沒有霍十九那等鎮定，若是這會兒去見二老，難保不會穿幫，就只好安排人好生保護侯府上下，絕不讓人鑽了侯府的空子。

第五十五章　君心多疑

只是曹玉也沒想到，蔣嫵和霍十九夫妻倆當真也是同病相憐，直到正月初六，皇上給的假期滿了，二人才有好轉，不再發熱，卻都是十分虛弱。

霍十九因口中的傷，就只能吃些清粥果腹，眼瞧著蔣嫵就躺在自己身邊，鬢髮散亂，臉色蒼白，想關切一番，偏口不能言，此等煎熬著實令人煩躁。

蔣嫵卻總是能猜得中霍十九的想法，大口吃下鄭嬤嬤方才端來的粥，笑道：「我已經好了，這會兒就是去外頭院子裡跑個十圈八圈也不成問題。」

霍十九蹙眉，因傷而消瘦蒼白的俊臉上明顯擺著不贊同。

蔣嫵失笑道：「只是打個比方，又不是真的要出去，瞧你緊張的。」

霍十九明麗的眼中閃過笑意，毫無威嚴地白了她一眼。

蔣嫵禁不住笑道：「果真是個美人兒，一嗔一笑皆是風情啊。」下地趿鞋坐在霍十九身畔，食指輕撫他生了鬍碴的下巴，又換來「美人」的一個白眼。

霍十九口中疼痛難忍，近日只吃沒味道的溫涼清粥，這會兒氣色很差，但蔣嫵就在他身畔，比起那日走入絕境了一般令人崩潰的場面，現在著實已是欣慰，再不敢奢求了。

他將蔣嫵摟在懷中，下巴輕輕磨蹭她的額頭。千言萬語，都化作了一聲嘆息。

「你安心便是，家裡墨染已經安排過，安全無虞。咱們在這兒養了這段日子，爹娘只當咱們去溫泉了，等回頭再找個法子搪塞過去也就是了。墨染昨兒剛回去，七斤已經會喊娘『奶奶』，急得爹每日見了七斤就『爺爺、爺爺』地教導不停。家裡一切安好，孩子也好，我也很好，你如今只需好生調養，將傷養好才是要緊。」

霍十九點頭，回身在炕几上托盤中鋪設的白紙上寫字。

「假期已滿。」

「這也不難，回頭想法子與皇上解釋清楚便是了。」

霍十九又寫：「擔心多疑。」

「若真要疑心，無論咱們做什麼也都是要疑的。」

霍十九沈吟片刻，頷首，隨即又落筆。「解釋清楚為妙，免其衝動。」

衝動，就會做出令人意外的事。意外的事，往往是驚多於喜的。

他現在與皇上必須要一條心，禁不起再多的碰撞和波瀾了。若是在如此緊要時候令皇帝起了疑心，今後的日子怕更要糾結。

「也對，五城兵馬司那裡近些日並未將除夕夜街市上的事報上去，皇上想必還不知情呢！如今你我都已漸漸好了，也該與皇上商議一番。至於爹和娘那裡，可以暫且不回去，等你傷痊癒再說。」

霍十九默默地點頭。蔣嫵又給他上了藥，他便疲憊地先睡了。

見他呼吸漸漸均勻，蔣嫵穿著妥當，去外頭散步透氣。

誰知剛踱步不到一圈，納穆就回來了。

「夫人。」

「何事這般慌張？」

納穆壓低聲音道：「今日一早，貴國皇帝去了霍府，沒見錦寧侯在家中，又聽霍家老太爺說錦寧侯與您一同去了溫泉湯浴，就命人快馬加鞭去附近的山莊查探，後頭的事我等無法入宮探查，是不知的，只是這會兒，皇帝的車馬和御前侍衛、金吾衛等人已經往這邊來了。」

奇了，小皇帝如何知道他們住在這裡？

楊曦是斷然沒機會去告密的，家中的僕婦這些人始終也沒有出過院落。曹玉是她最信任的人，還有誰有理由、有立場去做這等事？

蔣嫵瞇起杏眼，上下打量納穆，隨即冷笑道：「你不該叫納穆，該叫蘇勒才是。」

納穆聞言單膝跪地。「夫人謬讚了，在下哪裡擔得起睿智二字。」

「達鷹身邊有你這樣有勇有謀的手下，當真是萬幸。只是不知道你違背貴國陛下的意思，私自去做這些事情，陛下是否領情。」

「夫人在說什麼，在下真的不懂。」

「你不懂？咱們在這裡的事情如此機密，有誰知道？除了英國公，就只有貴國有動機挑撥侯爺與皇上的關係。納穆，你這般做，是達鷹授意的，還是你私自決定的？」

納穆連連搖頭，心已經慌了。「請夫人千萬不要多想，誤會了在下。我等奉旨保護夫人安全，待夫人發現我等行蹤就聽從夫人的吩咐，您讓我們做什麼，咱們自然就做什麼，其餘真的是沒有做啊。」

「罷了。」蔣嫵站起身道：「此事我便不追究了。你們想什麼，我清楚，我能做什麼，你們也清楚。今日若非你們幫忙，我或許還走不了這一步棋呢，我該謝謝你們才是。」

納穆的確是有意利用宮裡的眼線將霍十九所在之處透露出來，目的也的確是如最初想的那般，挑撥霍十九與小皇帝之間的關係。只是想不到，秘密被揭穿，蔣嫵竟然還要「謝謝」他們？莫非……

「納穆，如果你還想要活命的話，就帶著你的人速速離開吧，如果無意外，我可以保證不在達鷹面前提起此事，否則，我的能耐你是知道的，就算進了天牢，我也能隨意出入，到時候去你們金國見了達鷹，說起你不聽從他的吩咐，違逆他的初衷，他或許饒不了你以及你的家人。」

納穆背脊已冒了涼汗，拱手俐落地道：「是，多謝夫人！」

他飛快地出門，帶著所有金國人快速離開了。

蔣嫵卻像沒事人一般，散步夠了就回到臥房，爬上暖炕，在霍十九身旁的空位躺好小憩。

迷迷糊糊中，許是剛睡著，也許是睡了很久，蔣嫵就聽見外頭有錯雜的腳步聲和嘈雜的人聲，甚至還有冷兵器出鞘時刀劍鋒利的磨擦聲。

蔣嫵睜開眼，推了推霍十九。

「阿英，來人了，你別怕，這次千萬不可再輕舉妄動。」

霍十九一個激靈醒來，就聽到蔣嫵這句話。

不等坐起身，就聽見喧鬧聲音已經到了院子裡。

「軍爺，我們可都是尋常的小老百姓，哪裡會窩藏什麼逃犯啊！軍爺，您幾位聽我說……」

「滾開！」

怒喝聲之後，房門被一腳踹開，幾名身著金吾衛服飾的青年站在門前。

霍十九一見幾人，就瞇起了眼。

小皇帝身邊的人，霍十九大多是認得的。因為新君踐祚時才九歲，朝中有英國公這般強勢的權佞輔政，他那點心思又是明眼人皆知。俗話說良禽擇木而棲，誰不會掂量一番再作選擇？小皇帝一個九歲孩童，當初若說能壓得過英國公，只會讓人覺得那是蚍蜉撼樹，天方夜譚。而身為一個皇帝，身邊要有自己的部屬，霍十九在給小皇帝選擇心腹時，也著實是下了一番功夫的。

如今在他面前的這些人，十有八九是他當初帶去給小皇帝的人。

今日以這種方式見面，著實令霍十九唏噓。

瞧這架勢，是來抓人的？方才隱約聽見外頭有人說「盜匪」。

皇帝身邊的御前侍衛和金吾衛，難道會隨隨便便出來抓「盜匪」？這樣的藉口，沒有絲毫說服力，只讓他覺得很好笑。

方才闖進門的青年們也在同一時間打量霍十九，見他只著中衣，虛弱地靠著迎枕，形容憔悴，臉色煞白。錦寧侯夫人依著他的肩頭，長髮披散，顰眉抿唇當真形若西子，柔媚可人。

見到這樣的錦寧侯和夫人，他們都有些意外。依著皇上的意思，這會兒錦寧侯不是應當正與金國蠻子密談嗎？

望著蔣嫵愣怔之際，卻覺病弱的侯爺眼神銳利地掃來，若淬冰的銳箭扎在身上一般。幾人心頭都是一跳，忙慌亂轉過身去。就算錦寧侯做錯事，在皇帝還未開口之前，如此盯著人家夫人瞧也是不該。

霍十九抓過放在床沿的襖子為蔣嫵披上，因口不能言，千言萬語也只能用眼神來傳達罷了。他秀麗的眼睛在看向她時滿布歉意和安慰，卻又堅定地將她護在懷中。

今日生變，儼然要將他們再度逼入絕境，他豈能讓她有任何危險？眼角餘光看到曹玉已站在廊下，霍十九略感心安，只可惜這會兒他開不了口，大手轉而摸了摸蔣嫵的頭。

蔣嫵明白他的心意，拉過他的手，滑嫩臉頰在他手心上如貓兒一般蹭了蹭，隨即下地穿上鹿皮軟靴。摸到靴筒之中藏著的匕首，覺得心下安定，垂首悄無聲息地站在霍十九身旁，揚聲道：「既然找到這裡，有何吩咐，就請直言吧。」

為首青年聞聲方敢回頭，看著沈默的霍十九，未等開口，就聽木質的屋門吱嘎一聲被推開。

小皇帝穿著件鵝黃色錦繡仙鶴紋黑貂絨毛領子的大氅，帶著穿了一身鐵灰色襖子的景同進了屋。

原本，霍十九是存了一線希望的。只是想不到他們竟真的以這種方式相見，他甚至不知該說什麼。這會兒他非常慶幸他傷到了舌頭，根本無法開口說話，唇畔逸出苦笑。

小皇帝看到霍十九與蔣嫵這般模樣，也是一驚，愕然問：「你們倆這是……」

霍十九別開了眼，只留給小皇帝一個蒼白的側臉。

蔣嫵笑著屈膝。「皇上怎麼就過來了？可是聽說阿英遇刺的消息了？」隨即歉然道：「唯恐父母擔憂，此事我們並未告知家人，況且五城兵馬司的人應當也沒有將消息傳報上去。本想傷好些之後再回皇上，不承想竟驚動了聖駕親臨。」

蔣嫵晶亮雙眸直視著小皇帝的雙眼，眼神明瞭湛然，竟讓小皇帝感覺非常狼狽，只恨不能立即別開眼，躲閃開她的目光。

可蔣嫵卻不給小皇帝別開眼的機會。「除夕夜離開皇宮，半途中遭遇刺客，因為身旁侍衛不足，我與阿英被包圍在巷中，阿英擔憂我寡不敵眾，勸我先逃，我又哪裡能放下他不管？所以他為了不成為我的拖累，咬舌自盡了，幸好當時在情急之下，或許咬得偏了，也幸好墨染看到阿英發的響箭，帶了人急忙趕來擊退了刺客，否則今兒個我可就不能在這兒給皇上您回話了。」

「英大哥竟然咬舌自盡?!」

「也是情勢所逼。當初還以為再也見不到皇上了，今日得以再見，當真是天見垂憐。」

小皇帝一時尷尬得不知該如何是好。幸而蔣嫵講了個好理由，他便回頭屏退了所有侍從，只留景同在身邊，到床畔霍十九跟前坐下。

「英大哥，你傷如何了？給朕看看。」

這是要驗傷嗎？

霍十九緩緩轉向小皇帝，垂落在肩頭的長髮滑落向一旁，隨即張了口。

小皇帝只看了他口中一眼，就已覺得心如刀絞，再不忍心看下去。

原來霍十九是在此處養傷，並非是與金國人密謀。他得了消息，當真覺得五雷轟頂、痛徹心腑，他真的沒有自信，不知道霍十九會不會一直對他那般忠誠下去。

他只是沒有自信……

「英大哥，朕……」小皇帝聲音哽咽。

霍十九垂眸，沒看小皇帝。

蔣嫵心疼不已，心中想著將靴子中暗藏的匕首插入小皇帝的心臟後會如何，第一個想到的，卻是霍十九或許會心疼，會難過。

「皇上不必難過，大夫說阿英的傷性命無憂，只需好生調養，很快就會痊癒。」蔣嫵為小皇帝斟了一盞茶。

小皇帝這會兒後悔不已，哪裡還有心情喝茶。他接過茶盞放在一旁，回頭吩咐景同。「吩咐下去，請太醫來此處給英大哥診治。無論如何，朕都要英大哥能恢復如常。」

「遵旨，奴才這就去。」景同恭敬地給小皇帝行禮，又關切地看了看霍十九，便退身出去。

小皇帝心虛，不敢與霍十九對視，但關心卻是真誠的。「英大哥，你莫要擔憂，朕一定找最好的大夫治好你。」

霍十九抬眸，不願細想小皇帝今日的來因和態度上的異常，只是淺笑著點了點頭。見他再度對自己微笑，小皇帝心裡終於有了些底，商議道：「英大哥不如隨朕入宮去住吧，在這裡養傷也不是那麼一回事，既然暫且不能回府裡，宮裡不是更好嗎？」

霍十九微微搖頭，依舊微笑。

蔣嫵便道：「其實我們也打算回府去的，這件事起初想要瞞著爹娘，也是因為不確定情況如何，現在阿英生命無大礙，我的傷也無恙，總歸還是要回府去。阿英的傷並非一日、兩日就好得起來，總不能這段日子都在外頭，那樣不但瞞不住，還會讓老人家疑心擔憂。」

「姊姊說的也在理。」小皇帝頷首，隨即眼前一亮。「要不乾脆讓老太爺、太夫人和七斤都進宮來？朕也喜歡人多熱鬧些呢。」

蔣嫵感激不已，卻是猶豫著道：「皇上的厚愛咱們心領了，當真無以為報，只是……還是不要入宮的好，您想啊，英國公那裡如今已經是撕破了臉，我等在宮外，若要行事也方便一些，也不至於讓英國公多猜，逼得他狗急跳牆。」

蔣嫵的理由找得漂亮，小皇帝也不好多勸說什麼，只怕太過熱情的邀請，會讓霍十九和蔣嫵再多想，就頷首道：「左右皇宮是朕的家，朕的家門永遠為英大哥敞開。」

不多時太醫來診治過，與大夫的說法相同，要好生將養著才行。

小皇帝就被蔣嫵勸著回宮去，臨出門前，他還依依不捨地拉著霍十九的手。「英大哥好生養傷，回頭朕來看你，這段日子你就只管調養好身子，千萬不要再勞累了。」

霍十九微笑，一成不變的溫和，點頭。蔣嫵將小皇帝送到了廊下。

直到小皇帝一行人離開，站在廊廡下的曹玉才鬆了口氣，在蔣嫵要進房門之前，使了個眼色。

蔣嫵會意，與曹玉到了一旁。

「夫人，剛皇上的人將宅院徹底搜查過了，並未見任何異狀才甘休。」

「料想他們會這般。」蔣嫵嘆息道。「他是真的開始防備阿英了。阿英為了他付出那麼多，連最基本的信任都換不到嗎？不相干的人幾句挑撥，他就真的興師動眾帶著人來……」

曹玉抿唇，低聲道：「夫人不是早就知道了嗎？」

蔣嫵聞言，便知曹玉或許知道了她與納穆的那段談話，也或許是曹玉看到納穆帶人匆匆離開起了疑心。

對於曹玉，她是完全信任的。

「你別怪我多心，我只是怕阿英被蒙在鼓裡利用罷了。我雖知道他來，卻不知道他是這樣的來法，他要做什麼，我不阻攔。阿英不是糊塗人，只要讓他看到，他自然能想清楚。」

曹玉跟著霍十九的時間久了，對他的性子瞭解頗深，他不是個容易陷入感情的人，但是真正在乎某個人，就會全心全意、挖心掏肺地付出，就譬如當初原本要利用蔣嫵，是以百般示好，可真正喜歡上之後，卻放棄了原本的計劃，生怕傷害到她。

付出的感情越是真摯，受傷就會越深，他與蔣嫵相同，擔心的不是霍十九想不清楚，因為霍十九是個理智的人，知道自己該做什麼，他們擔心的是霍十九受到傷害。

二人便不約而同地看向房門。

曹玉幽幽道：「既然決定了回府，咱們就要儘快挪回去，免得皇上見您拒絕了他入宮的提議還繼續住在此處會多想。可是侯爺那裡，怕不知該如何面對老太爺和太夫人，還有方才皇上來時，侯爺定會多想的，也只有夫人能夠安慰。」

「你說的是，那就煩勞你去與楊姑娘道個別吧。我去與阿英預備回府的事。」

想到楊曦看到他時眸子裡泛起的溫柔，曹玉就覺得心慌，本能想推拒，可霍十九那兒的確是需要蔣嫵照顧，而且他們或許還有話要說。

曹玉就只得點頭，去了前院。

蔣嫵回了臥房，見霍十九已經自行更衣妥當，正坐在暖炕沿上穿靴子。

悄無聲息到跟前，蹲身為他穿好黑色暖靴，蔣嫵蹲在地上仰頭望著他，笑容柔和。「阿英，咱們回家吧。」

霍十九乾燥溫暖的手掌輕撫她面頰，微笑頷首。

「爹和娘知道了，當會理解的。」

而且小皇帝既是去霍府沒有找到人才來此處，那必然是已經驚動了老人家，他們若不出現，難保霍大栓夫婦會怎麼胡亂猜測呢。

人若是擔憂一個人，猜測時只會往壞處想。與其讓他們覺得她和霍十九可能遭遇不測，還不如讓他們知道霍十九傷了舌頭，性命無憂。

拿了棉氅，為霍十九穿好，自己也穿戴整齊，稍候片刻，楊曦便與裴紅鳳隨曹玉來了。

「真的打算這就回府去，不再多住一段時日？」

「已經叨擾多日，再者也是必須回去了。」蔣嫵拉著楊曦雙手，感激道：「此番多虧妳出手相助，他日必將回報……」

「夫人說的哪裡話。」楊曦搖頭，腦後步搖晃動，為她秀麗容顏增色許多。「既然真心相交，就不必如此客套，不過是提供了幾日的食宿罷了，卻能交到夫人與侯爺這樣的朋友，於我來說是只盈不虧的。」

「妳呀。」蔣嫵嗔笑。「明明並非那般逐利的人，偏偏張口閉口都是『盈虧』。」

楊曦有所觸動，回握住蔣嫵的手，關切囑咐了一番好生養傷之類的話，才道：「外頭已備好車馬，還請侯爺和夫人回府後好生將養身子。」

蔣嫵與之道謝作別，依依不捨了一番，才與霍十九一同上了馬車。

因身分不同，楊家的馬車自然不會十分華麗，可內在卻是別有洞天，馬車寬敞，坐褥舒適，還貼心地預備了暖壺和點心，坐褥也是用湯婆子焐熱的，幾本話本放在觸手可及處，也免人途中無聊。

蔣嫵將坐褥上的香球推放在角落，撩起車簾與楊曦揮手作別，待人影漸遠，才回身對霍十九道：「楊姑娘倒是個細心之人，也不知墨染有沒有這個福氣。」

霍十九長臂一伸摟過她，輕輕嘆氣。

靠在他肩頭，透過微涼的錦緞衣料，能感覺得到他肩頭上的骨頭硌得慌。這些日只食溫涼的清粥果腹，怕刺激傷口，旁的一概不能多吃，著實讓霍十九清減了許多。雖看上去他更添了幾分不食人間煙火的謫仙之氣，實際上卻是讓人看得心疼。

「回頭讓人好生煲些補湯給你吃。」

霍十九手指順著她的長髮，再次頷首。

曹玉方才已經派人回府傳了話，是以馬車剛剛停下，蔣嫵和霍十九未等下馬車，就聽見了霍大栓中氣十足的聲音。「……管他是個什麼緣由，大年三十膽敢不回家守歲，還敢找由頭來糊弄我，這個小癟犢子豬圈是肯定跪定了！」

「爹，您消消氣，大哥必然是有苦衷的。」

「臭丫頭，再求情妳也一起去跪！」

蔣嫵同情地看了霍十九一眼，隨即先輕巧躍下馬車，遠遠地見霍大栓和趙氏、霍初六都在，笑道：「爹、娘，怎能勞動你們到門前來呢。」

看到蔣嫵的臉色，趙氏便已擔憂地蹙緊了眉頭，踏雪快步迎了過來。「果真我猜的沒錯，你們定是被事給絆住了，有事你們倆從來不肯與我們講。」說著話，淚已在眸中。

蔣嫵攙扶著趙氏。「娘，我們這不是沒事嗎？」

「妳這丫頭，若是皇上不找來，你們還打算隱瞞到幾時去？」趙氏吸了吸鼻子。「別瞧妳爹口中罵你們，心裡可有多惦記呢，夜裡就看他一袋一袋地抽煙，抽得滿屋子的煙味。」

說話間，霍十九已經到跟前，拱手給趙氏與霍大栓行禮。

幾日不見，霍十九竟消瘦許多，臉色也很差，終究是揪緊了霍大栓的心，縱然剛才罵得很爽快，心裡也是疼的。「怎麼才幾日時間，你就這樣了？」

「爹，」蔣嫵笑道。「外頭冷著，咱們不如回府再說？」

「是啊，爹，你看大哥和大嫂臉色都這麼差。」霍初六擔憂地拉著蔣嫵。「回去歇一歇，喝杯茶再說也不遲。」

霍大栓頷首，一行人去了上房。

待聽聞蔣嫵將事情粗略說了一遍，趙氏與霍大栓早已震驚得沒了言語。

他們在家裡包餃子過年時，霍十九和蔣嫵被圍困在巷中，他們險些就失去了長子……

「那些個狗娘養的！」霍大栓拍案而起。「誰不是爹生娘養的，竟這麼陰損！」

蔣嫵安慰道：「太醫瞧過了，阿英的舌頭無大礙，調養些日子，身體自會痊癒。朝堂上的事自有我們去解決，爹娘只好費心，替我照顧好七斤便是了。」

「那有什麼費心的，跟爹娘還要這般客氣？」趙氏道。「我和妳爹都是粗人，幫不上你們的忙，可看著我大孫子，照看家裡還是做得到的。」

又說了一會兒話，蔣嫵便先與霍十九回了瀟藝院，讓人預備香湯沐浴。

蔣嫵擦身之後還要去服侍霍十九沐浴，被冰松和聽雨合力攔下了。待到一切妥當，蔣嫵就讓人去將七斤抱來。

七斤今日穿了一身嫩綠的小襖，頭上戴了白兔小帽，一見蔣嫵，張開小手就奶聲奶氣清晰地喚「爹爹」，讓蔣嫵苦笑不得，一旁的霍十九禁不住笑，扯動舌頭上的傷口，疼得齜牙咧嘴。

冰松和聽雨更是笑得花枝亂顫。「這些日小世子沒叫老太爺一聲爺爺，卻學會叫太夫人奶奶，怎麼到了這兒，偏學不會叫娘，先會叫爹爹了。」

蔣嫵將兒子抱在膝上，無奈地道：「我是你娘，怎麼這個也分不清，他才是你爹。」

七斤抓著蔣嫵的衣襟，粉嫩臉頰上掛著討喜的笑。「爹，爹爹爹！」

蔣嫵無奈地將兒子塞給霍十九。「他找你，你帶他吧。」一副氣急的模樣，引得霍十九強忍著笑。

眼角餘光見霍十九心情好了，蔣嫵也鬆了口氣，當初正是她一句句教七斤說「爹爹」，竟引得七斤見了她就叫爹，也算她的失策。

第五十六章　渙然冰釋

大地回春。霍十九口中的傷早就痊癒，說起話來也恢復如常了。前思後想，將家人留下卻是危險至極。

這一日，霍十九請霍大栓上座。

「我如今在南方已經安排妥貼，打算秘密送你們離開京都。對外咱們保密，如果皇上知道了，就說是送你們出去遊玩。總之，如今京都城裡風聲鶴唳，我擔心再出什麼亂子來。我雖安排了高手，但是保護得了一時，卻無法保證不出亂子。」

外頭不平，這段日子家人也都提心弔膽。如今霍十九提出要送他們離開，他們心裡卻也不好受，畢竟已在這塊土地上生活過多年了。

趙氏比霍大栓放得開，當即道：「走了也好，阿英便去與皇上請辭吧，咱們再也不管這些煩亂的事情，就算去江南種地，吃糠嚥菜，也好過在這裡提心弔膽的。至於朝廷裡，咱也管不著。」

趙氏的話，唐氏與蔣嫣都贊同地點頭。

霍大栓卻道：「現在要是把小皇帝給扔下，好像不地道。」

「是啊，畢竟先皇與大哥是結拜兄弟，兄弟所託若不能完成，豈不是不仁義？大哥都已經堅持了這麼多年，現在放棄了，也有些可惜。」

「你個榆木腦袋，你大哥都成什麼樣子了！英國公那個老王八蛋現在這般強硬，你還打算讓你大哥去拿著腦袋跟人家石頭碰？」趙氏焦急之下，連語氣都與霍大栓一樣。

霍十九卻道：「爹和阿明說的對，我這會兒是騎虎難下，決計不能離開的，我打算與嫵兒留下，還要將七斤託付給爹娘一同帶走。」

趙氏霍然起身。「什麼？我不准！你說要與嫵丫頭留下，那娘也不走了！左右我老命一條，哪還在乎這些？真有個什麼時候，我手一握也能掐死兩個！」

「娘……」

霍十九很無奈，正欲勸說，霍大栓沈聲道：「這個節骨眼上，咱們留下是兒子的拖累。」

趙氏抿著唇。

「咱們不能幫兒子的忙就算了，如果真來個什麼高手，你說兒子是逃跑還是顧著咱們？如果咱們在外頭安全，兒子也能全心全力去對付英國公那個老王八。」隨後他大掌一拍霍十九肩頭。「你好好幹，爹和娘永遠支持你，咱們就聽你的安排。」

想不到在要緊時候，竟是平日一根筋的霍大栓最能理解霍十九的舉措。

父親的手落在肩頭，霍十九只覺他掌心的溫度透過衣料直傳到身上，經過血液淌過心頭，周身皆暖。

「多謝爹。」

「自家人，做什麼道謝。」霍大栓感覺頗不自在，轉而又對趙氏道：「旁的事聽妳的，這件事就聽兒子的吧，阿英又不是去做那等偷雞摸狗的壞事，外頭人瞎了眼不分青紅皂白地罵他，咱們自家人關起門來還不給兒子撐腰，難道要他光桿兒一個去跟那老王八幹嗎？」

「你說的是，我又沒說不理兒子，我就是想給兒子撐腰才不願走呢。」趙氏心酸地抹了一把眼淚。「你說這都叫什麼事，做著好事還擔著罵名，那群狼心狗肺的，這是要憋屈死我兒子！沒我兒子他們能安安穩穩到現在？早就讓老鬼扒皮抽筋、嚼得渣滓都不剩了，這會兒還恩將仇報，我呸！」

霍十九愧疚不已，提衣襬跪下。「請娘別難過，這件事的確是兒子考慮不周。等事情解決了，咱們就去過娘說的那樣日子，本分地跟爹種地，日出而作，日落而息，男耕女織，不享大富貴，全家平安地在一塊兒。」霍十九說著，也覺心頭發熱，眼眶發酸。他的家人只有這般簡單的要求，可對於他來說卻是奢侈。

趙氏忙雙手將霍十九拉起來。「別跪了，別跪，你又沒做錯，娘也不是怪你。你爹說的也對，娘不跟著添亂，我們都去安全的地方，你也能安心無後顧之憂不是？只是，委屈了咱家嫵丫頭。」拉過一旁蔣嫵的手。

蔣嫵側坐在趙氏身旁。「娘，我哪裡委屈了，能與阿英並肩作戰是我夢寐以求的呢。」

「畢竟妳是個女兒家，舞刀弄槍的不懂危險，還辛苦。到底是咱們霍家對不住妳，自妳進門，就沒讓妳過上好日子。」趙氏想起婚禮上的驚險，愈加覺得對不起蔣嫵。

她當真是好運，遇到這樣厚道的公婆。「也只有阿英才不會嫌棄我這樣子，不懂中饋女紅，整日裡只知道舞刀弄槍，若換個什麼人，誰能受得了我呀！能進霍家門，是我的幸運。」

「這丫頭說的。」趙氏被蔣嫵逗笑，吸了吸鼻子，也覺在小輩面前如此失控落淚著實是不該。

「又不是生離死別，等大哥解決了一切麻煩，一家人就團聚了。」

「是啊！多行不義必自斃，英國公如此逆行倒施，氣數已是盡了。」

眾人你一言我一語的，皆是為了霍十九壯聲勢。

之後，一家人便開始緊鑼密鼓地暗中預備離開京都的一切事宜。

在此期間，霍十九去與蔣學文深談了一次，就將人接到侯府。

蔣嫵心裡過不去的坎兒，霍十九卻不計較了，只希望能夠照看蔣學文，不讓蔣嫵擔憂。

唐氏與蔣嫣雖與蔣學文同在屋簷下，卻因先前的事不肯原諒他。

蔣學文心中苦痛，因誤會太深險些害死女婿全家，甚至是自己的親生女兒和外孫。若非皇上那日當面點醒，有這麼多時間讓他想清楚，確信霍十九並非惡人，還不知他會做出什麼事來。

斷了腿，許是報應……

入府以來，蔣學文大多時候都悶在客院不出來。

白晝黑夜如常輪轉，一日，意想不到的人卻登門了。前廳裡。

「回夫人，侯爺吩咐人來傳話，說是舅老爺回來了，這會兒侯爺已迎去正廳了。」

蔣嫣歡喜地拉著唐氏道：「娘，果真是晨哥兒回來了！」

「是啊，是啊！這沒良心的東西，竟然一走就是近一年，都不知來信！」唐氏歡喜地落了淚。

正廳之中，霍十九正與蔣晨風閒談。

「……想不到二舅哥竟去了那麼遠的地方，著實是讓人佩服。因著岳母大人想念，我早就派人出去走訪探查你的消息，也是近來才知你去了雲南那麼遠的地方。」

「不過是胡亂走動。」出去一年，蔣晨風雪白的面皮變作健康的麥色，英氣勃勃，沈穩內斂。對霍十九說話時並未見親近，但也不疏遠，轉而問：「剛我回了一趟帽檐胡同，卻見家中只剩下一片斷垣殘壁，打聽了一番，聽許多人說了不少說詞，都說是嫵姊兒與我父親爭吵，才會放火燒了娘家的房子，又有人說我父親如今住在皇帝賜的別院享福。」

霍十九不欲在背後說人的不是，過去的事情也不想多提，就只道：「其中是有些緣故的，岳父大人如今住在舍下，我已命人傳話了。」

「什麼？」蔣晨風驚愕不已。

蔣學文那樣的倔強人，竟然會答應住在「奸臣」家中？看來他出門這段時日，發生了不少大事。

「晨哥兒！」門前傳來唐氏激動的聲音。

蔣晨風起身迎了出去，正見唐氏穿了一身剪裁精緻的靛藍色對襟褂子，下頭是茶金色的錦繡八幅裙，頭髮整齊地綰了個圓髻，斜插著兩根赤金的如意簪，打扮得雍容端莊。而在她身畔攙扶的，是穿著一身月牙白色交領素面妝花褙子，不施脂粉不戴頭面卻依舊美得令人不願挪開眼的蔣嫵。

「娘！」蔣晨風三步併作兩步到了跟前，叩頭道：「不孝子給娘磕頭，兒子回來了！」

「你還知道你是不孝子，你還知道回來！」唐氏扶著蔣晨風肩膀，淚如雨下。「娘在家裡頭日盼夜盼，就想你在外頭累了倦了就會回來，可你倒好，娘的心你一點不知，說走就走，說一年後回來就果真不知早些歸來，也不知給娘捎個信！」

「娘，兒子知錯了！」蔣晨風眸中含淚，給唐氏磕了三個頭。

唐氏擦著眼淚，將蔣晨風攙扶起來。

「二哥。」蔣嫵微笑。

蔣晨風笑望著蔣嫵，道：「許久不見，三妹似長高了一點。」

「還長高？都是做娘的人了。」

想起七斤，蔣晨風忙從懷裡掏出個精緻的小盒子來。「這個是我給七斤的，我還想去拜見伯父伯母。」

「應該的，應該的。」唐氏笑道。「我們在這裡多虧了親家公和親家母的照顧，從未拿咱們當外人，一直都只當咱們是自家人一般。嫣姊兒和嫵姊兒是說了門好親事。」

蔣晨風聽著唐氏要將話扯到「婚事」上，忙止了她的話，笑道：「那我這便去吧，對了，怎麼沒見嬌姊兒？」

唐氏被蔣嬌氣得不輕，只道：「她在你爹那兒呢。回頭你去瞧瞧你爹吧！如今他也住在府裡。」

「是，娘。」

蔣晨風與蔣嫵、霍十九一同走在唐氏身後，三人交換了眼神，在唐氏面前，不去提蔣學文。

一行人在下人的隨同之下離開前院，往後宅上房去。這條路蔣晨風當年也走過，當時還是陪著娘和大姊、三妹，一同來求霍十九網開一面放父親出詔獄，今日卻是回家來一般，變得很是親暱熟悉。

那些情緒沈澱之後，蔣晨風心中便多了許多沈穩和思考。正想與霍十九說話，感激他這段日子對父母和姊妹的照顧，突然就聽一聲嬌斥由遠及近。

「你還不給我站住！再混跑，仔細我爹剁了你做殺豬菜！」

「半影，妳還不堵著牠！」

「小姐，我追、追不上！」

突然黑影一閃，就見一隻白底黑花的大肥豬從月亮門處橫衝直撞地過來，後頭正追著兩人。前頭那個穿著一身淡綠色短褂長褲，墨髮包在頭巾之下，濃眉大眼，跑得飛快的人，正是霍初六，身後跟著的是她的婢子半影。

「啊，大嫂太好了，妳在啊！快幫我抓住這個畜牲，爹的豬圈門沒釘牢，竟讓大花跑出來了！」霍初六見蔣嫵一行人，歡喜不已地求救。

誰知道那頭足有二百多斤的大肥豬，竟然直奔蔣嫵、唐氏等人的方向衝了過去。

蔣嫵拉著唐氏側身避開，焦急地問：「妳是要活的還是死的？我要抓牠那可就開膛破肚了啊！」

「啊？要活的、活的！哎呀，你倒是躲開啊！」霍初六前半句是回答蔣嫵，後頭半句卻是在說蔣晨風。

一身淡藍儒衫的蔣晨風，竟被大花豬給瞄上了，他往左那豬就往左，他撒丫子跑開，大花豬竟然還追了上去。

「大花，你是想當殺豬菜了你！你給我停下，不准追那位公子！」霍初六氣結，隨手抄起花罈中的花鋤，奔著大花豬和蔣晨風的方向救援而去。

霍十九與蔣嫵扶著唐氏站在一旁，目瞪口呆地看著院子中上演一齣豬追人，人又追著豬打的戲碼。

待到幾個小廝趕來，弄得滿身髒污地將大花豬給捆回豬圈時，霍初六和蔣晨風早已經一身狼狽，都是跑得氣喘吁吁，鬢髮散亂。

「對不住，對不住。你是我大哥的朋友吧？我家大花衝撞你了。」霍初六爽朗地抹了把臉上的汗，卻忘了手上沾染著塵土，在臉上留下一道道灰印子。

蔣晨風與霍初六見過面，但彼此也沒注意過，自然不怎麼記得長相，況且這近一年時間，蔣晨風不再是從前那個白面書生，而是成熟了許多，氣質變了，膚色也變了，所以霍初六這會兒愣是沒認出他來。

蔣晨風好不容易回來一趟，還被豬給攆得亂跑了一大圈，有些憋氣地抹汗，又見這姑娘露齒一笑，爽朗地露出編貝般的牙齒，還有她臉上如花貓一樣，也覺得哭笑不得，就只道了句。「好說，好說。」

「大哥，我回頭就跟爹說，宰了大花給你的客人賠罪。」霍初六崇拜霍十九，卻也懼怕長兄威儀，抱歉地吐了吐舌頭。

蔣嫵聞言終於禁不住笑，推了霍初六額頭一下。「我的傻小姑子，這哪裡是什麼客人，是我娘家二哥回來了。」

「啊？」霍初六大咧咧地打量蔣晨風，搖頭道：「他是大嫂的二哥？那我豈不是更冒撞了？」臊了個大紅臉。「不行，這豬我要親自殺才行，都怪爹，釘子不好生釘牢靠，讓豬拱了出來！」一跺腳，風風火火地跑了。

一個年輕女孩子，還殺豬……蔣晨風覺得有點接受不能。

後宅中被一隻大花豬鬧得雞飛狗跳，丫鬟婆子無奈之下叫了小子們進來幫忙圈豬，這消息自然傳入趙氏耳中，婢子描述當時混亂的場面，一時間聽得她忍俊不禁，還不等笑一會兒，霍十九和蔣嫵夫婦就陪著唐氏和蔣晨風一同來了。

見過禮，兩廂落坐，婢子奉了熱茶，趙氏便上下打量起蔣晨風。

先前也是見過面的，但當時並未多留神，印象中只道他是個文弱書生罷了，若論俊俏和氣度，不及她家長子；若論男兒氣概，也無法與武藝超群的男兒相較。可今日見了，卻覺此人沈穩之中透著一股毓秀之氣，尤其眉宇間與兩個兒媳婦生得相似，她對蔣嫣與蔣嫵又喜歡得很，瞧著蔣晨風就越發親切起來。

趙氏對蔣晨風多了一些喜歡，笑著詢問了這一年來在外遊學時的趣事。蔣晨風想著生母與小妹都住在霍家，且霍家夫婦對他大姊和三妹都十分喜歡，想著別給大姊和三妹添了麻煩，就斟酌了言詞，說一些趙氏喜歡聽的。

因他在外見識畢竟廣博，言語又逗趣，實是讓趙氏喜歡，聊了片刻，就道：「如今親家都住在這裡，二公子也留下吧。」

「我也正有此意。」霍十九道。「二舅哥好不容易回來，自然要一家子好生團聚。」

蔣晨風蹙眉道：「只是擔憂打擾府上。」

「二哥何必這般見外。」蔣嫵起身到蔣晨風近前，笑道：「爹和娘都在這裡，你獨自一人回去也不方便，再說都是一家人，何必那麼外道。」

一想蔣學文那樣倔強的脾氣都住在霍家了，蔣晨風又重拾方才的疑惑，歷來都與霍十九這種奸臣涇渭分明的人，如今卻留在霍家，這其中必定是有緣由的。

「也好，那我就叨擾了。」

「說的什麼話。」蔣嫵掐了蔣晨風一把。

自小一同長大的親兄妹，自來是親厚，蔣晨風被掐得揉了揉胳膊，心情卻是放鬆了。

蔣嫵道：「爹和嬌姊兒這會兒在外頭客院呢。因爹行動不便，怕得了下人傳話，一時半刻也趕不到這裡來，不如你去看看爹？」

「也好。」蔣晨風雖然生蔣學文的氣，到底那是他的親爹，這麼久沒見很是想念，恰好順著蔣嫵的話，與趙氏作別，先去外院見蔣學文。

到底是父子心性，原本蔣嫵還擔憂蔣晨風記恨蔣學文先前的行為，可回到家裡這幾日，她發現蔣學文父子兩個很快的就和好了。

不僅和好，更因有相同的想法而一起謀劃了起來。

蔣學文打算在城中最知名的廣結緣茶樓辦一場大會，要詳細講述霍十九的為人，嚴批英國公的齷齪。但是他們也清楚，這一日敢來聽會的，未必就有多少。

朝中又有幾個人能像蔣學文這樣大膽與英國公撕破面皮的？

果然，收到帖子來的人不多，沒收到帖子不請自來的卻有那麼一些，英國公與手下幾個門客就在其中。

英國公斜倚著廣結緣茶樓二層臨窗的牆壁，捏著茶碗望著樓下冷清的街道，冷笑了一聲。

「這茶樓，老夫記得原本是城中最熱鬧的一處吧！怎麼今兒個反倒寂靜起來了？若這麼下去，廣結緣還不得關門了？」

「國公爺，您還不知道嗎？」身邊奉承的人笑著道：「自蔣玉茗發帖子，這一處來往的人都少了。」

「就是，敢惹國公爺，敢搬弄這種是非、不要命的人才敢來呢！」

幾人高談闊論時，蔣學文正在二層當間的高臺上慷慨陳詞。「……英國公居心叵測，誣衊忠臣，殘害忠良，其罪狀罄竹難書，老夫只恨自己是文弱書生，沒有那個力氣和功夫，不能為民除害，為皇上解憂，若是我有那個本事，就算沒有懸賞，我也早就去了。」

寥寥無幾的幾個「聽眾」之中，就有一身著寶藍華服的矮個子站了起來。

此人雖穿著體面，一瞧就知非富即貴，看背影也只當是誰家還沒長成的小郎君，可瞧著正面，卻見其形容果真是用「猥瑣」二字難以盡數形容，且他臉上還長了帶毛的大痣，聲音尖細地道：「你這麼說，就對了。當日多少人都在罵錦寧侯不好，我不過跳出來幫著說句話，還讓那些無知小民追了我幾條街。幾個月都沒敢露臉！今兒我可算是沈冤得雪了！看看，可不是我一個『糊塗』，蔣大人可是出了名的忠臣，你都說他的好，他可不是真的好嗎？」

這人說話時眉飛色舞，手舞足蹈，上躥下跳十分激動的模樣。

英國公原本聽著蔣學文的陳腔濫調興趣缺缺，這會兒目光卻聚集在那個猥瑣的青年身上了。

只覺得這人的背影，瞧著有些眼熟。加上他話語中提及的那日……

英國公腦海之中浮現了一個畫面。

他那日經過集市的時候，聽見一陣騷動，然後就撩起馬車的窗簾，正巧就瞧見一個面容猥瑣的青年被一群百姓追著跑。下人去打探，正是如這人所說，不過是為了霍十九說了幾句好話。

當日那人衣飾尋常，只瞧著是尋常百姓模樣，今日看著倒像個富家公子似的。

英國公冷笑著，難免多看了他幾眼。

許是他的注視引起那人的注意，他也回過頭。
二人的眼神相遇只在一瞬，青年就轉回身去，繼續宣揚霍十九的好。
但英國公已經瞇起了眼。面前這個青年的面容，儘管塗得暗黃，眼角下垂，還貼了痣，可「他」分明就是蔣嫵！
仔細一想，英國公憋不住，噗哧笑了。
這父女倆，原來是約好了來洗白霍十九的。
「走吧。」站起身，英國公無聊地道：「就算在這兒瞧著，他們又能說出什麼新意來？」
「國公爺說的是，不過您不在這兒鎮著，就怕那些窮酸會有諸多言語。」
「怕什麼，他們還能掀起什麼浪來？」
英國公帶著下屬隨從下了木質的臺階，腳步聲漸漸遠了。
蔣學文這才抹了一把汗，停下方才的「演說」，目光黯然地環視二層的廳中一周，道：「果真，沒有幾個人來嗎？」
「爹，您何必難過，趨利避害本就是人的本能。」蔣嫵搖著扇子，姿態瀟灑，只是搭配上她那張臉，瞧著就不大好看了。
「我也知道妳說的對，可是……」蔣學文搖著頭道：「我本以為老百姓們都議論這麼久了，想是對奸臣已經深惡痛絕，今日無論如何也能聚集起許多愛國人士來，好為皇上壯壯聲勢，沒想到……我當真想得太天真了。」

蔣學文推著輪椅，緩聲道：「今日一番，沒達到目的，下了帖子的人也都沒來，想來我不但是做了無用功，還有可能將英國公逼急了。他如今算不得個正常人，想事與人不同，我擔心他再做出什麼過激的事。」

「誰說今日爹是做無用功的？」蔣嫵笑道。「我和阿英一早就在愁他不肯出來呢！如今因您的帖子，竟讓英國公從龜殼裡冒了出來，使我們的計劃得以實施，將來若成功，您也是居功至偉呢。」

「妳莫要安慰我了。」蔣學文搖頭，神色黯然。其實他知道小皇帝與霍十九或許是有什麼事要做，只是不知具體要做什麼。

蔣嫵站起身，搖著摺扇走向樓梯，道：「並非是安慰，實事求是罷了。總之今日的計策很成功，多虧了爹。二哥在此處，我就不陪著您了，還有事，先走了。」

話音落下，人已經下了臺階，漸漸瞧不見身影了。

蔣嫵剛剛出了茶樓大門，就已察覺有兩道目光聚焦在自己身上。她閒逛著走了一段路程，果然那兩人跟了過來。若論跟蹤、潛伏之術，她是最清楚不過的了。

蔣嫵佯作停下來買包子，回頭不經意掃了一眼，就已看出跟蹤她的兩人是哪個。

想了想，她反而調整了步調，一直往侯府方向走去。

那兩人跟得很辛苦，若是慢一點，就有可能被甩開距離，可是再快一點，他們不一定跟得上。費了力氣來到侯府門前，眼見藍色的身影進了門，二人才抹著汗回去找英國公回話。

蔣嫵站在門內，一面去掉臉上的化妝，一面低聲道：「他們走了。」

曹玉頷首道：「看來事成了？」

「嗯，也多虧了我爹，否則咱們還不定是哪一日。」蔣嫵恢復素顏的模樣，與曹玉一同緩步走向府中。「原本我就在擔心，畢竟爹娘他們要出去遊玩，皇上未必不會多想。如果要計劃的事還不做下一步，他那個心思沒準兒又歪去哪裡，到時阿英還不知要受多少委屈呢！況且，我也是膩了，早些解決了英國公，阿英也早一些自由。」

曹玉聽著她疲憊的語氣，很是理解。

「那麼這廂事了，侯爺和夫人打算去何處？」

蔣嫵並不回答，而是笑著道：「先不說我，墨染有何打算呢？是否要定居在京都？」

「我？」曹玉搖頭道：「等侯爺真正沒有危險的時候，我就回山中和師父一起了。每日一同練功，精益求精，追尋武學至高，豈不快哉。」

曹玉說話時眼神明亮，似撞進滿天霞光般燦然，意氣風發、信心滿滿的模樣，在俊俏之上又描摹出銳利和瀟灑。這樣一個儒俠，也難怪楊曦會掛在心上，他著實是個優秀的男子。

蔣嫵如是想著，卻不好多勸說他什麼。畢竟她難酬他的一片深情，以她的角度勸他去與別的女子如何，豈非太過分了？

然而越是知道他心裡的念想，她就越希望他能有自己的幸福，而不是因他們的牽絆而耽擱了他一生的幸福。

於大事上，她可以灑脫無畏，這會兒也著實因兒女之情而憂心起來，斟酌著道：「隱居深山，探究武學高意自然是好的，可形單影隻一生，終究是無趣。」

話點到為止，曹玉內心酸楚，卻也不再似從前那般痛徹心腑。「夫人說的是，一切就隨緣吧。」又轉了話題道：「夫人這些日神色似有些倦怠，練功時不如從前迅捷，也該多愛惜身子才是。」

「多謝你掛心，我只是心裡有事，想來將來事了，自然一切都好了。」

曹玉頷首，臨到二門時拱手作別。

蔣嫵便直回了瀟藝院。

第五十七章　有喜臨門

玉橋、落蕊、冰松和聽雨四個見蔣嫵回來，緊忙去預備了溫水伺候她盥洗，又打開了紅木喜鵲登枝的櫃櫥，選了一身淺碧色繡合歡花的交領褙子和瑩白挑線裙子來服侍蔣嫵更衣。在領口別了珍珠蝴蝶的領扣，蔣嫵突然抬眸道：「去請周大夫來給我瞧瞧吧。」

「啊？」聽雨正為蔣嫵綰髮，手一抖，一縷長髮就散了下來。「夫人不舒服？」揚聲吩咐外頭的小丫頭。「快去請周大夫來！」

蔣嫵搖頭，從黑漆粉彩妝奩裡隨意揀了個嵌東珠的金絲流蘇步搖遞給聽雨，道：「我的小日子已遲了十多日了。」

聽雨一愣，臉上緋紅，喜上眉梢。「夫人莫不是……」

「先叫周大夫瞧過了再說吧。」

若非曹玉方才說起，其實蔣嫵也並未放在心上，只不過這段日子練功時，的確覺得有些倦怠，其他並未覺得哪裡不對，她素來生龍活虎的，家裡人只看氣色是斷然分辨不出，也只有和曹玉過招時才能瞧得出來。她本來只覺是這段日子壓力太大所引起，經他方才那麼一說，蔣嫵才想起叫周大夫來。

不多時，小丫頭就將周大夫請來了，蔣嫵與周大夫相熟，故只叫冰松拿了絲帕蓋著腕子，坐在八仙桌旁，請周大夫診過雙手。

細細查探之後，周大夫笑道：「雖尚早，但脈象已可以瞧出夫人是有喜了。」
婢子聞言，個個喜笑顏開。
蔣嫵道：「我先前身子虧損，又用了那麼多的藥，會不會有所影響？」
「這倒不會。」周大夫一面收起脈枕，一面道：「夫人身體底子甚好，看脈象，就知夫人比尋常女子要強健許多，雖早日有所虧損，但這段時日用了溫補的藥，虧空早已補上了，況且用藥時，在下也考慮到這個問題，是以並未用猛藥，夫人大可以放心。不過夫人切記，這胎頭幾個月還未坐穩時，切勿動了胎氣。」
蔣嫵終於可以放下心，莞爾道：「到底是周大夫想得周到。」
「不敢，不敢。」周大夫忙起身行禮。
聽雨便引周大夫去外間開方子、抓安胎的湯藥。
冰松激動地道：「夫人，奴婢去給侯爺報喜？」
「這會兒侯爺在做什麼呢？」
「侯爺陪老太爺在後院除草呢。」
「嗯……還是我親自去吧。」蔣嫵站起身，隨手接過玉橋遞來的葡萄纏枝團扇。
冰松忙道：「夫人您還是去歇著吧，奴婢去就是了，周大夫說頭幾個月胎氣不穩，可要仔細著。」
「哪裡就那麼嬌貴，走幾步路還能累著？大不了這幾個月我不躥上躥下就是了。」
「還躥上躥下？夫人就饒了咱們吧，整日揪著心也不是那麼好受的。」冰松一副快要暈倒的模樣。

蔣嫵被逗得莞爾，團扇輕敲冰松的額頭。「小油嘴，幾時跟誰學來的？」

「跟在夫人身邊，哪裡能一點長進都沒有呢。」

冰松陪蔣嫵下了臺階，隨她走向院門。

蔣嫵邊走邊道：「改日給妳找個婆家，我也就不擔心妳性子耿直讓人欺了去。」

冰松近些日總是被蔣嫵打趣，都有些習慣了，只是頰邊略紅地問：「夫人要乘小轎嗎？粗使的僕婦已經預備好了。」

「不必，妳們不要這麼緊張，若是今兒個不找周大夫來診一診，我少不得要飛簷走壁直接去後院了，也不會有什麼事。如今我就自個兒走過去，累不到哪裡去的。」

「阿彌陀佛。」冰松雙掌合十，憑空拜了拜。「虧得夫人突然開了竅，否則日後就算沒事，讓人知道了還不嚇出一身的汗來？」

是多虧曹玉特意提及。

蔣嫵提裙襬邁過門檻，就道：「我自個兒過去，妳回去整理行李吧。」

「是，那叫聽雨姊姊陪著您去吧。」

聽雨早就跟在二人身後，聞言立即跟了上來。蔣嫵知道不叫人跟著，她們斷不會安心的，也不阻攔，閒庭信步一般往後院逛去。

穿過抱香閣，來到後花園，入目是一片整齊的莊稼地，有些地頭上已經長出蔥綠的秧子，與小草一同競相成碧，除草的下人錯落三兩，晴空如洗，驕陽也並不炙熱，空氣中還有淡淡的植物清香傳來，著實令人心曠神怡，好似能忘盡繁華喧囂和縈繞不去的憂思。

深吸了幾口氣，蔣嫵心情大好，錯落身影中，遠遠地就看到穿了一身藕絲短褐，頭頂著草帽，正蹲在地頭與霍大栓一同拔草的霍十九。

原本知道有了身孕，蔣嫵還很淡定。可這會兒瞧見霍十九，心中立刻被歡喜情緒填滿了，沿著田埂快步而行。

聽雨忙扶著她。「夫人，您慢著些。」

「沒事的。」

「那也不要太快。」

蔣嫵身穿淡雅的淺碧色，髮間珍珠金絲步搖搖擺之下，與她的珍珠耳釘和領口的珍珠領扣一同泛著奪目的光澤，聽雨則是一身洋紅長比甲，腰上打著淡綠色條子，穿淺綠的小襖和長褲，鮮豔得就像一朵迎風而擺的嬌花。

兩人很快就引起霍十九等人的注意。

「嫵丫頭來了。」霍大栓摘了草帽，站起身來當扇子搖，踢了霍十九屁股一腳。「你媳婦來了，還裝什麼傻，不去迎一迎！」

「爹……」霍十九無辜地嘆息。「方才是你說不拔完這一壟的草，不許我站起來。」

霍大栓擺擺手。

「爹。」蔣嫵已經站在地頭給霍大栓行禮。

「欸！」又作勢要踢霍十九。「臭小子，還不過去。」

霍十九站起身，舉著沾了泥土的雙手笑著迎上。「回來了？」

「嗯。」蔣嫵湊近他身前，拉著他袖子去一旁的木桶旁，以木勺舀水服侍他洗手。「事情很順利，剛回來時，英國公的人已經跟了來，想來這會兒已經在回話了。」

「辛苦妳了。」霍十九接過聽雨遞來的巾帕擦手。

蔣嫵將木勺放回木桶裡，笑道：「還有一件事。」

「什麼事？」霍十九只當是公事。

蔣嫵臉上的笑愈加擴大，壓低聲音道：「剛我請周大夫來瞧過了。」

「妳身子不舒服？」霍十九擰眉，微屈身就她的身高。

蔣嫵踮起腳尖在他耳畔說：「我有喜了。」

霍十九一愣。「……什麼？」

「我說，我有喜了，剛才周大夫來瞧過，已確定是有了身子。」

霍十九握住她的雙肩。「咱們又要有孩子了？」

「是呀，你……」

話不等說完，人已被霍十九一把抱了起來，原地轉了好幾圈，耳畔甚至能聽到他的歡呼，引得她也禁不住跟著笑了。

二人衣袂飛揚，在鬱鬱蔥蔥的田間，在晴空之下，又被歡喜情緒包圍，當真是太過養眼的一幅畫面。

不遠處的曹玉見狀，好奇地挑眉。

霍大栓也三步併作兩步到了近前。「啥好事？就把你喜歡成這樣？」

蔣嫵不好說，只顧著笑。

霍十九激動地道：「爹，再過不到十個月，你就又多個孫子或者孫女了！」

「啥？」霍大栓一拍大腿，哈哈大笑，回頭就道：「不行，今兒個必須得殺豬慶祝慶祝！走走走，那個誰，你跟我去豬圈！」

蔣嫵和霍十九看得禁不住都笑。

霍大栓走了幾步，突然停步回身指著霍十九。「渾小子你給我對你媳婦好點兒！拋頭露面的事少讓她去，再敢讓她勞累著，老子窩心腳踹出你屁來你信不信！」

「知道了……」

得了霍十九的回應，霍大栓才嘿嘿笑著，哼著小曲愉快地去豬圈了。

霍十九拉著蔣嫵的手往上房去。「娘知道了嗎？」

「還不知道呢。」

「咱們一道去吧，讓娘也歡喜歡喜。這段日子家裡實在太過沈悶了。」

二人攜手出去，聽雨隨後，不多時就消失在院門前。

曹玉愣了片刻，釋然一笑，快步跟了上去。

聽聞蔣嫵又有身孕的消息，趙氏歡喜地當即去給菩薩上香磕頭。

唐氏則是既欣喜又擔憂地拉著蔣嫵的手道：「這可怎麼好，偏生在這個節骨眼上有了。妳先前受過傷，身子虧損得厲害，如今可都大好了?若是還沒好利索，這胎坐得不穩當，妳做母親的也跟著遭罪。」

「娘莫擔心，剛才已經找了周大夫瞧過，說是並無大礙，況且這段日子阿英以山珍海味、珍饈美食給我進補，若非我動得多，早就成了個胖子，身體早已經恢復了。」蔣嫵靠著唐氏肩頭，嘻笑道：「娘就等著再添個外孫吧。」

唐氏嘆息，摟著女兒的肩頭。「縱然是鐵打的身子也禁不起裡外折騰，妳往後可切勿魯莽行事，不要動輒動手，關鍵時刻要記著妳好歹是做母親的人，莫傷了孩子。」

「知道了，娘。」

「岳母說的極是，往後我會多安排些人來保護，斷然不會讓嫵兒再勞累了。」

霍十九想起當初蔣嫵懷七斤時，恰趕上大燕與金國和談商議和平條約。黃玉山一役那驚心動魄的場面還銘刻於心，不曾褪色，如今又懷了身孕，偏趕上要對付英國公的時間。

他們的計策，如今行了兩步，第一步是讓蔣嫵扮作猥瑣青年與英國公相遇，讓英國公記得這個人。第二步就是今日，英國公認出了那個猥瑣青年就是蔣嫵。下一步，就是真正展開行動，殊死一搏了。而蔣嫵所扮的猥瑣青年，正是計策的關鍵，偏生這個時候她有了身孕……

這個懷孕的時間，可真不是最恰當的時候。

霍十九眉頭擰著，全沒了方才乍聞喜訊的歡欣。

蔣嫵哪不知道他在擔心什麼，笑道：「別想了，平日我會愛護自己，不會耽擱了大事。」

「我哪裡是擔心耽擱大事？我擔心的是妳。我要想想……」霍十九站起身來，在集錦槅子(注)旁來回踱步，道：「總有法子的。」

片刻，霍十九溫柔道：「此番往南方去，我一切都已經安排妥當，妳就跟著家人一同去吧！這方的事我自然會處理妥當，等解決了大事，要麼我接你們回來，要麼我去南方尋你們。妳只需安心養身養胎，就是對我最大的幫助了。」

「說的什麼話！」蔣嫵急切地道：「當日那個計策，如今已經行到最關鍵的時刻，如果這會兒我說我不做了，你們接下來打算如何？再次下套的話，那個老狐狸未必就會上鈎了！更何況且皇上本就多思，你不做什麼他尚且會多疑，若是這會兒不做了，他又要如何去想？更何況，現在已經是箭在弦上，不得不發，咱們若是不能讓老狐狸一次上套給了他反擊的機會，將來恐怕會留下無限的麻煩，想要反擊就會難上加難。」

一口氣說了這麼多，蔣嫵也意識到自己情急之下有些過於急躁了，便深呼吸以平靜內心的激動，這才緩慢而堅定地道：「所以，這個時間我是不能走的。」

「嫵兒，後面的事我想辦法就是，我不能留妳在此處。既然老天給了咱們孩子，就是在間接告訴我，不該讓妳留在是非圈中。」

「你錯了。」蔣嫵飛揚劍眉之下，杏眼湛然奪目，氣勢銳利又充滿自信。「這個孩子的到來，只是在告訴咱們要儘快解決那個老不死的。」

「嫵兒，妳乖……」

「這件事沒得商量。我心裡有數，斷不會傷害到我自己的。我又不是不知進退的魯莽人，難道會拿孩子開玩笑？退一萬步講，就算真要犧牲我一個小女子，只要能換來國泰民安，又不算是大犧牲。」
「妳！」霍十九秀麗眼眸中醞釀著風雨，眉頭緊鎖。
蔣嫵也毫不相讓，仰著下巴盯著霍十九，絲毫不肯退讓。
眼見小倆口這般劍拔弩張，唐氏和蔣嫣都乾著急。
卻突見霍十九張開雙臂，緩緩將蔣嫵摟在懷裡。霍十九生得高大，蔣嫵還不到他耳根高，在他懷中，就像個乖巧的孩子，話語中卻是萬般嘆息。
「是，對於大燕朝來說，對皇上來說，對天下的百姓來說，妳一個小女子，的確不如國泰民安要緊，不如大燕的江山穩固要緊。但是在我霍英心中，有妳在，才有國泰民安，沒有妳，天下太平笙歌或是水深火熱，於我來說又有什麼不同？或許我沒有岳父那樣忠誠，能做到為了國家全然的付出和犧牲。我可以為皇上，為天下，犧牲我自己擁有的一切，包括我最在意的名聲和我的性命，但是絕不包括我的家人，還有妳。」
「阿英……」
「嫵兒，妳能不能聽我的話？我不能失去妳。我知道妳武藝高超，先前之所以同意用妳去下套，也是因為我知道妳的功夫高深，這件事於妳來說未必有危險。況且妳是我的妻子，這個身分真是太好用了，最利於使英國公上鈎，但是現在我覺得後悔，若繼續下去，萬一一個不好動了胎氣，孩子沒了是小事，妳若有個三長兩短，妳叫我上哪兒再去找個妳來？」
霍十九一番話，竟說得蔣嫵眼眶發熱。她並不是愛哭的人，能讓她落淚的從來不是打擊

注：集錦槅子，一種木結構的隔扇，上有多種不同形狀的槅子，可供陳設珍玩古器。

和疼痛，也只有這般動情之時才會如此。

將臉埋進霍十九懷中，眼淚大大方方擦在他肩頭，蔣嫵笑道：「你的擔心是多餘的，因為我是絕對不會有事的。你也不要再勸，若是你執意要我離開，我也有一萬種辦法不讓你發現而留下來。」

她雖明白霍十九的心意，但是她絕不能在關鍵時刻撤離。不用說別人，若知道計劃不成，皇帝就要先收拾霍十九，更何況，拿不下英國公，以後他們哪裡會有遠離廟堂、策馬江湖、遊戲人生的自在日子？

霍十九語塞，已經找不到話來勸說了。

想勸說蔣嫵與霍大栓一起同行的事就一直都擱在霍十九心上，若大石壓得他喘不過氣來，午膳沒用多少，晚膳照舊吃不下，到了夜裡，竟然夢到蔣嫵渾身是血地靠在他懷中，微笑著失去了生命。

在夢中，他緊緊抱著她逐漸冰冷的身軀，她的手漸漸失去力道，她的血卻灑了滿裙襬，逐漸在地上暈染開來，她還在他耳邊輕輕地說了一聲「保重」。

那種絕望到不能呼吸，想哭卻哭不出、想吼卻吼不出的徹骨心痛，幾乎讓霍十九崩潰，猛地張開眼，藉著鮫紗帳外微弱的燈光看到熟悉的角櫃以及身旁熟睡的人，方才明白一切不過是一場夢。

可是，那種心痛卻扎根在他的心裡。

將蔣嫵緊緊摟在懷中，她許是熟悉信賴他，只瞇著眼睡意矇矓地叫了聲「阿英」，就繼續枕著他肩頭睡了。

霍十九卻睡不著，緊緊摟著她盯著床帳一整夜。

次日起身，蔣嫵服侍霍十九更衣時，見他眼下烏青神色倦怠，難免擔憂地道：「阿英，怎麼氣色這麼差？莫不是病了？」伸手探他的額頭。

霍十九將她的手握在手中，湊到唇畔輕吻，低聲道：「嫵兒，妳就跟爹娘一同去江南吧！也算了了我的心事。」

想不到霍十九還在執著此事。

蔣嫵道：「昨日不是已經商議好了嗎？我答應你，絕不會讓自己有危險。你若再提，我可真的生氣了。」

眼瞧著她果真劍眉倒豎慍惱的模樣，霍十九想勸說的話梗在喉頭了。不想讓她涉險，又不想惹她生氣，著實兩難。

蔣嫵沈默地為霍十九繫上帶扣，霍十九也垂眸不語，因長睫低垂，讓人看不出他的情緒，但緊抿著的唇線卻透露了他的不悅。

聽雨和冰松幾人見了也噤若寒蟬，小心伺候著二人用了最沈默的一頓早膳。

送霍十九到了廊下，冰松才回到屋裡，擔憂地低聲道：「夫人，您這樣子怕是不好，惹了侯爺真動了氣，萬一傷了夫妻之間的感情可怎麼是好？」

聽雨不似冰松那般，依仗自己是蔣嫵的媵嫁丫鬟又有自小長大的情分能夠暢所欲言，沈吟片刻，斟酌著言詞勸說道：「夫人與侯爺是真正的患難夫妻，如今感情深厚，自然不在乎一丁點小磨擦，可是侯爺也當真是為了夫人好。您也莫要與侯爺動氣傷了身子才好。」

蔣嫵搖頭，頭上僅戴的一根白玉梨花簪，因她的動作在鬆綰髮髻間滑脫了一些，她隨手扶正，嘆道：「我並非動怒，即便有怒，我氣的也是自己，並非是阿英。夫妻一場，我哪裡不瞭解他的為人？他在憂心什麼，我都知道，只是……如今箭在弦上，為了全家人，我也不能順著他的心意。」

小皇帝那樣多疑，霍十九早已經知道，也開始防備著，如果這時候她離開，使得計劃無法繼續，再要另闢蹊徑，小皇帝保不齊會怎麼想，霍十九所受的冤枉已經夠多了。天下人的誤解並不能真正傷害他，是因為那些畢竟都是陌生人，可是如果一手帶大的孩子也那般呢？

對小皇帝和霍十九來說，計劃不能進行下去，是一把雙刃劍，不但會傷害兩人的感情，小皇帝會對霍家人做什麼就不可預料了。何況多留英國公一日，他們也同樣會多一日的風險。

霍十九在書房待了兩日，也沒有想到一個萬全之策可以替代先前的法子，他自然深深知道，英國公那樣老奸巨猾的老狐狸，下次再要入圈套就不容易了。

可是，他又不願意讓蔣嫵有危險。

他如此沈默著，蔣嫵也並不主動規勸，二人就似冷戰似的，話說得也少了。

到第三日，是霍大栓他們出行的日子。

大清早，一家人就聚集在上房裡一同用了早飯。

待下人撤了碗碟上了茶，霍十九就道：「馬車已經預備妥當了，今次你們先去南方，我早已經將沿途都安排妥當，身邊用的人也都精選過的，你們大可放心，就當作去遊玩也是好的。」

「我們自然自在，遠離京都城，也遠離是非的圈子。只是阿英，你與嫵姊兒留在這裡，也千萬要珍重。」趙氏拉過蔣嫵的手，含淚道：「嫵姊兒，妳真不跟著娘一起去？」

「娘，我主意已定。」蔣嫵笑道：「我只送你們一段路程，因為此行隱密，阿英安排的第一輪護衛會裝扮成商隊，留在距離京都一日路程的易縣，我就送你們到那裡，看你們與侍衛們會合，之後的路，爹娘千萬自己多保重了。」

「欸！」趙氏應聲，強忍著淚笑道：「說不定我們還未遊玩夠，京都的事情已經了了呢。」

「是啊。」蔣嫵也微笑。

下人在廊下回。「馬車已經預備得了。」

屋內寂靜一瞬，霍十九先站起身道：「這就啟程吧。」

因是打算要悄然離開京都，就算被人看到也只說出去遊玩，是以除了主子們，隨行侍奉的下人並不多，霍十九的死士和護衛今日都換了尋常小廝和車夫的打扮隨行車隊左右，看起來就真的只是大戶人家出門去遊山玩水的模樣。

府門前，霍十九與霍廿一相對而立。

霍廿一低聲道：「大哥，你千萬要保重，爹娘雖然口中不說，心裡卻是極擔憂害怕的，你是家裡的頂梁柱，家裡無論如何都需要你，你可千萬不能有事。」

「我知道。」霍十九拍拍霍廿一的肩頭，微笑著道：「從此就要偏勞你了，爹年紀大了，又魯莽一些，你多勸著點，路上我一切都安排平順，到了易縣，自然有我安排的人會引你們前往江南。」

「大哥，我們的目的地到底是哪兒？」

「先不告訴你。」霍十九笑道：「你們只管跟著我的人走就是了，絕對是個山明水秀的好去處，我私下裡辦的產業也在那一處，就算……就算怎樣了，你們在那裡什麼都不做，只吃喝也有三輩子用不完的銀子。」

「大哥！」霍十九如此謹慎，連去什麼地方這會兒都不說，且還將他們的退路完全安排妥當，分明是一副訣別模樣。

霍十九神色依舊，笑擁他的肩膀走向馬車，道：「別這樣，叫爹娘看到了亂想。阿明，往後就靠你了。」

蔣嫵這廂已經扶著趙氏上了馬車，回頭要扶唐氏之時，卻見唐氏神色愕然地看著府門前。

順著唐氏的目光瞧去，就見蔣晨風推著蔣學文的輪椅站在丹墀之上，正向著這方看來。

唐氏眉頭擰著，雖然她口中不說，蔣嫵卻知道，她就算再恨蔣學文，畢竟是年少夫妻且有多年同甘苦共患難的情分，無法原諒，不代表會完全抹殺所有情感。

蔣學文其實也早就存了要與唐氏和好如初的心思，只不過擔心唐氏反感拒絕，不敢貿然行事罷了。

「娘，」蔣嫵道。「說不定爹是有話要說呢。」

「有什麼好說的。」唐氏別開眼就要上車。

蔣嫵卻扶著唐氏的手臂，硬是將她帶到府門前，又叫蔣晨風去一旁，將府門前的空間留給唐氏與蔣學文。

唐氏站在臺階下，蔣學文雖坐著輪椅，但是在丹墀上，二人中間隔著臺階的距離，高度上卻能平視。

蔣學文咳嗽了一聲，道：「淑惠，此番離京，路途遙遠，也不知今生還是否能夠相見，孩子們就交託給妳了，妳自己也要保重。」

「玉茗？」唐氏詫異地看向蔣學文。

對外，他們只說出去遊玩，並沒有告訴過蔣學文他們真正的意圖，因為蔣學文對皇帝忠心耿耿，生怕會將話傳了過去對他們不利，這會兒蔣學文卻這樣說，唐氏哪裡能不驚訝。

蔣學文很是瞭解唐氏的性子，見她這樣神色，就已經明白其中原由，嘆息一聲。「果然如此。」

「你……蔣玉茗，你詐我？」

「妳別擔心。」蔣學文見唐氏橫眉怒目，儼然氣急的模樣，忙連擺雙手道：「我並沒有別的意思，妳千萬別誤會。早前我也知道是我做的事傷了你們的心，其實那些事，我到現在也覺得是正確的，只不過發覺是誤會一場之後才覺得後怕。咱們想法不同，妳不能接受我、原諒我，我也認命了。好歹妳往後好生保重身子，照顧孩子們，也是我最大的安慰了。妳雖不原諒我，在我心中，妳卻始終是我蔣玉茗唯一的妻子。」

唐氏又氣又心酸，眸中含淚，狠狠道：「這會兒說這些又有什麼用，你不會去告密吧？」

「告密？」蔣學文苦笑著搖頭道：「妳將我看成什麼人了。我在官場中打滾這麼多年，難道對留後路的事還看不開嗎？姑爺做的是對的，你們都離開是非圈子，我們在京都城才好放手去搏。淑惠，今生若還能再見，到時候我再好生給妳賠不是。」

到底是多年的夫妻，唐氏聽聞他此言，到底也能分辨得出他是真情還是假意，難過地拭淚，態度強悍地道：「你且安心吧，還說什麼見不到面，難不成你還盼著我們出什麼事？這一家子都不會有事的！」

「妳說的是。」蔣學文也瞭解唐氏，知道她分明是難過還逞強，就只微笑著道：「也沒準兒是我死了呢，世事難料，誰能預測得了誰死誰活。」

「你……」唐氏聽得心裡發堵，縱然恨他，她也不希望他丟了性命，蔣學文此言分明是讓她心疼。「你這個人，這一輩子就改不了這個脾氣，我最是討厭你這樣！」

拂袖走向馬車，唐氏只顧忍著情緒，強迫自己不要回頭，卻沒看到在她身後蔣學文悲傷與欣慰交雜的複雜情緒。

蔣嫵這廂扶著唐氏上車，自己也扶著冰松的手踩著踏腳的漆黑凳子上了馬車，霍十九一直伸開手臂在一旁護著，直到她到了車內，才撩起窗紗道：「嫵兒，路上小心著些，回程路上我安排了人護送妳，妳盡可能慢著些，千萬不要騎馬。」

霍十九這樣說，等於已經不再勸說她跟著去江南了。
蔣嫵笑著拍了拍他擱在車窗上的手。「知道了，你安心就是。」
目光越過霍十九，看向他身旁的曹玉。「墨染，拜託你了。」
曹玉笑道：「夫人放心，有人想害侯爺，除非我死。」
蔣嫵知道曹玉的忠心和能耐，縱是如此，看著他認真的神色和炙熱的眼神，她還是覺得心裡火熱，重重地對他點頭。
這一行人一共預備了五輛馬車，霍大栓與霍廿一的馬車也備好了，只不過二人喜歡騎馬，並未入馬車。時辰一到，下人們都翻身上馬準備出發。
就有衛士喬裝的隨從來回霍十九。「侯爺，已經預備好了，隨時可以啟程。」
「那便啟程吧。」
「是。」衛士回身一揚手，高聲道：「啟程！」
馬車便緩緩地向前行進。
趙氏與霍初六同乘一輛馬車，都撩起車簾對霍十九擺手。
唐氏將窗紗只撩起一個小小的縫隙，看了侯府門前丹墀之上的蔣學文一眼，就放下了窗紗別開眼，剛在外頭忍了這半晌的眼淚，這會兒終於再也憋不住，撲簌簌落了下來。
「娘，您別難過。」蔣嫵與蔣嫣瞧得心焦，低聲安慰著。
唐氏用衣袖拭淚，吸吸鼻子道：「沒事，妳們不必擔心。」一手拉著蔣嫵，一手拉著蔣嫣。「娘沒事，一些事總歸要過去。」

蔣嫵撩起窗紗，看向侯府門前。馬車很快就要轉出街角，依舊可以看到霍十九與蔣學文都還保持著方才的姿勢。雖然她只是將人送到易縣就回來，最多不過兩、三日就再見了，他那樣依依不捨的，也著實讓人心裡不舒坦。

就在蔣嫵打算放下窗簾時，眼角餘光突然瞥見街角處停了一輛華麗的馬車，馬車周圍幾名身著勁裝的精壯漢子，一瞧就不是尋常侍衛，而那輛馬車中的人只將車簾撩起了一半，他能瞧得見外頭，外頭的人卻只能看到他下巴以下的部位。

什麼人會關注霍家人離開，且還在侍衛陪同之下，不敢露面送行？

蔣嫵唇角挑起個嘲諷的弧度，只當作沒有發現那邊的人，將車簾放下了。

小皇帝目送五輛馬車離開，一甩車簾，道：「看到錦寧侯夫人了嗎？」

馬車外就有人低聲道：「皇上，剛才錦寧侯夫人跟著上了車。」

小皇帝不滿到了極點。事還沒做完，她這是要做什麼去？而霍十九這會兒竟然也允許她出門了？

霍十九在這個當下讓家人出遊，實質上必然是讓親人都離開是非圈，可以放手一搏罷了。他也不是不講道理的人，這麼點事他還是看得懂，也不會去計較，霍十九不與他主動來回話，也可以理解成霍十九覺得這件事太小，根本就不值得回。

可是蔣嫵是他們執行計劃的關鍵人物，第三步擇日就可以進行了，她卻帶著孩子離開京都？

霍十九將他置於何地？將國家置於何地？他根本就是將自己的家人、孩子都看得比國家還重，完全就沒有將他放在心上！

看來他的家人根本就是他的拖累，早晚都會讓他離開朝堂，離開他……

雖然，霍十九若走了，他就不用擔心出現第二個英國公，可是這種事情不由自己掌控的感覺，著實太令他難以忍受。他這個皇帝做得太窩囊，從踐祚至今就沒有過主權，現在連霍十九都不服他的管束了！

雖然小皇帝的臉上並未表現出異樣，可身子卻因憤怒至極而顫抖，忍了片刻，他才克制地道：「回宮！」

「是！」

衛士們本以為小皇帝會去見錦寧侯，這會兒都有些意外，紛紛領命護送皇帝回宮去了。

而在正門之前的霍十九，根本不知道街角處小皇帝曾經出現過。

第五十八章 夜雨驚魂

因算準了出門的時間，車隊一行原本到傍晚宵禁之前就能夠到達易縣指定的客棧。誰料想天公不作美，午後竟然下起了大雨，霍大栓與霍廿一都回了馬車中，隨行的侍從則披上蓑衣、戴上斗笠，依舊策馬跟在車隊周圍。

原想著大雨只下片刻就罷了，也並不受影響，可那擾人的雨竟持續了一下午，道路泥濘，馬車行進起來頗受阻礙，等到了晚上來到城門時，天色已經全黑了。

侍從見狀，便自發到蔣嫵與唐氏所在的馬車前回話。

「夫人，城門已經關了，請夫人示下。」

今次出門，他們只做遊玩，並未打著錦寧侯家眷的旗號，是以絕不能亮出身分讓人開門。蔣嫵撩起窗紗，小雨一瞬就打濕了臉頰和衣袖，遠處只見有座類似廟宇的建築，路旁的茶寮草棚根本就沒有能夠棲身的地方。

蔣嫵道：「先派人去那廟宇查探是否能夠暫且安置一夜。若不成，再想法子進城吧。」

「是。」

侍衛立即命人去查探，片刻即回道：「夫人，破廟雖然四面漏風，但遮雨足夠，前殿也足夠寬敞了，裡頭只有五、六個乞兒在烤火。我等已經檢查過，並無任何異常。」

霍大栓與霍廿一這會兒已經都穿戴了雨具到蔣嫵的馬車前，聞言道：「那就暫且去破廟將就一夜，明日再入城也不遲。」

「也只能如此了，就是委屈了爹娘。」

「怕什麼，車上被褥涼蓆什麼的都帶了，吃喝也不缺，不過是雨天誤人將就一夜，怎麼說得上委屈呢！」

霍大栓說著，就回頭吩咐了人，車隊一路往約莫二里遠處的破廟而去。

到了廟門之前，霍大栓就道：「先進去歇歇，馬車暫且尋個能夠避風雨的地方停放著吧。」

侍衛裝扮成的侍從齊齊應聲，翻身下了馬，撐傘的撐傘，搬腳凳的搬腳凳，廟門前立即熱鬧起來。

蔣嫵在繡鞋外套了木屐，輕盈下了馬車，卻是高聲道：「且慢，先去清場，再仔細檢查一遍。」

「是。」

立即有兩名隨從進了裡頭，不多時就看見六個衣衫襤褸、蓬頭垢面的乞丐佝僂著身子被攆了出來。

霍大栓看不過去，忙阻攔道：「這是做什麼？原是咱們來了，打擾了他們，咱們哪能占了這個地方，就把人攆走了，此時下著大雨，叫他們去哪兒住啊！」

乞丐一聽，立即央求道：「求求各位大爺，咱們這些人雖然皮糙肉厚的，但這麼大的雨，一時半刻停不下來，萬一真染了風寒，很有可能就要了命。求大爺開恩。」

霍家人原本都是厚道人，霍大栓與趙氏都是最能惜老憐貧的善心人，本來生逢這個不開眼的世道，沒飯吃、沒家歸就已夠可憐，再經這樣央求，二人都動了惻隱之心。

「那就這樣子吧，咱們在這邊，讓他們在另一邊，反正大殿裡頭這麼寬敞呢。」霍大栓說著就要往廟裡去。

蔣嫵卻笑著一抬手，隨行而來的十餘名侍從立即到了近前，將霍大栓等人阻隔在人牆之後。

蔣嫵笑著對那六個乞丐道：「你們先進去，將東西收拾收拾，騰出個空地來。」

乞丐面面相覷，感激不已地連連鞠躬哈腰。「多謝這位夫人。」

幾人就一溜煙地往殿內去。

蔣嫵看向身邊的侍衛，揚了揚下巴，就撐傘舉步踏上了丹墀，木屐與地面碰出的清脆聲音，被雨落的沙沙聲沖淡了許多。身旁侍衛立即會意，有四人隨在蔣嫵身旁，其餘人都等在原地。

霍大栓笑著道：「出門在外，嫵丫頭也太仔細了。」

霍廿一道：「仔細些也好。咱們……」話還未說完，卻愕然瞪大了眼。

因為剛一踏入殿內的蔣嫵，突然丟下紙傘，銀白的寒光自她手中閃過，隨即就有一聲金屬碰撞的尖銳刺響。

「保護老太爺！」

「有刺客！」

侍從紛紛抽出藏在馬車中的佩刀，將霍大栓等人圍在保護圈內。

在廟門前，蔣嫵與其餘四名侍衛已與方才那六名乞丐交了手，在破廟後的小樹林中，又竄出了十餘名做乞丐打扮卻手持明晃晃鋼刀的漢子。

「啊！」

一聲慘叫劃破寂靜，一名「乞丐」被蔣嫵一刀刺入了胸口。

侍衛高聲道：「夫人快退後！帶著老太爺離開！」

四名侍衛從前都與蔣嫵一同練過功，此時都擋在蔣嫵跟前，抵去面前剩餘五人的攻擊。

而其餘十餘名乞丐，這會兒也即將到近前。

蔣嫵忙下丹墀，衝到馬車旁。「快上車離開！」

侍衛們迎上刺客時，蔣嫵就催著唐氏、趙氏等人上車。

唐氏和趙氏幾人早已嚇得臉色煞白，縱使當日在錦州，一家子也曾遭遇過類似情景，可他們到底也不過是尋常百姓，眼見著己方已有人受傷倒下，敵眾我寡的當下，侍衛只能堪堪擋住刺客的攻擊片刻而已，大家早已經嚇壞了。

蔣嫣慌亂中先抱著七斤上了馬車，霍大栓也一把抓起霍初六往馬車裡塞，又回頭來抱趙氏。「快上車，趕緊趕車快跑！」

「當家的，你呢？」

「爹，你上來啊！」霍初六著急地喊著。

霍大栓已經策馬跟上，令霍廿一去趕車，高聲道：「我在外頭，要是有人敢來，我先跟他們練練！」

蔣嫵這廂扶唐氏和蔣嬌上了車，自行蹲坐車轅旁，甩起馬鞭高喝了一聲「駕」。駕轅的棗紅馬一聲長嘶，提足狂奔，帶著兩匹拉套的馬兒一同奮力，顛簸使得車內的唐氏和蔣嬌都是一聲驚呼。

「娘，沒事吧？」

「沒事、沒事，嫵姊兒，妳快進來！」

「我沒事，妳們儘量趴低扶穩！」蔣嫵趕車跟上霍大栓，又探出半邊身子回頭查看後頭，見冰松幾名僕婢的馬車也在衛士護送之下離開了廟門前，暫且鬆了口氣。

來時，因想著到了易縣就交接，自然有另一大批護衛在等候，且這段路只有一天的路程，他們帶來的侍衛喬裝成下人，也不希望在京都出城時引起他人的注意和懷疑，是以此番只選了十來個精英跟來，想不到竟然在此處遭遇了埋伏。

這些刺客不但功夫與霍十九所選死士不相上下，人數上又占優勢，這會兒還有四名侍衛緊跟在他們的馬車旁，也就是說留下防衛之人遠不及對方勢眾。

留下拖住敵方的人，個個都不要性命一般，然而被打垮也只是時間問題。

「駕！」

蔣嫵雙手抖著轠繩，這會兒跑得快一點，就能將刺客甩開得遠一些，侍衛們已經拚盡全力，甚至不惜犧牲性命去拖延時間，他們若不珍惜能夠逃離的時間，又哪裡對得起他們？

「別讓他們跑了，快追！」刺客眼見霍家人駕車離開，立即留下一半人抵擋。

奈何方才情急之下，還有兩輛馬車留在原地，臨行前侍衛並未來得及將馬放開撵走，刺客得了現成的馬匹，便有六人跨馬急追而去，另又有四個運足了功夫緊隨其後，直奔著那三輛馬車。

地上濕濘難行，就算揮鞭將馬抽得嘶鳴，馬車的速度又如何能敵得過策馬輕裝而上的刺客？很快那六個騎馬的刺客就到了近前，隨行的侍衛只得調轉馬頭與之抵抗，仍舊有兩個刺客急急地追上。

馬車外此刻只有霍大栓最先暴露在外。

蔣嫵一直觀察背後動靜，眼見兩名刺客手中各自斜伸出柄鋼刀，就要朝霍大栓劈去，耳聽著霍初六與趙氏等人的驚呼，她再顧不上其他，將韁繩丟給唐氏，就足尖一點輕盈掠上。

這一掠，光亮的雲錦衣裳在夜色中劃出絢爛的霓虹，馬車上緊張尖叫的趙氏等人，只覺眼前一花，就聽見了兵刃相碰時刺耳的聲音，隨即便是冷兵器磨擦出的尖銳刺響。

火星閃爍中，蔣嫵以匕首格擋開刺客劈來的一刀，另一手提住霍大栓領口用力一推，腳下蹬著馬臀借力，霍大栓驚呼聲未歇，就掉在路旁的泥坑裡。蔣嫵則在落地時旋身擰腰，躲開另一刺客的一刀，兩名刺客因馬上速度不減，就與二人錯開了。

「爹，你快去尋個地方藏好！」

蔣嫵眼瞧那兩名刺客速度奇快，竟索性去追馬車，情急之下又將剛站起來的霍大栓推進一旁泥濘的野地中，轉回身就往最近的一匹馬兒狂奔，一躍而上，顧不得正與刺客糾纏一處的四名侍衛，用匕首扎了一下馬屁股。那馬疼得淒厲慘嘶，四蹄如飛般狂奔。

蔣嫵不敢騎馬，一手抓著韁繩一手扶著馬鞍，渾身肌肉緊繃，輕盈若無物一般傾身蹲在馬背上，如此減低奔跑時顛簸的衝擊，很快就追上了後頭那刺客，看準時機，兔起鶻落跳上那人的馬背，匕首借衝力插入那人後心。

刺客一聲慘呼，屍首轟然倒下，可一隻腳還插在馬鐙裡頭，被狂奔的馬兒拖行著。

「嫵丫頭！」

趙氏與蔣嫣幾人的馬車正落在最後，眼瞧著就要被前頭的刺客追上，不由得發出一聲慘呼。

「娘！躲進去！」

蔣嫵焦急不已，趙氏、霍初六以及蔣嫣和七斤都在這輛馬車裡，他們如果有個三長兩短，這一家就毀了。蔣嫵手中只剩下一柄匕首，另一把現在正插在被馬拖行的刺客後心。她想踹掉這個包袱，偏那人的腳卡在馬鐙裡，蔣嫵當機立斷，俯身，手起刀落砍掉了馬鐙，馬兒少了負重，奔跑加速了起來。

可是，背後已然傳來馬蹄聲。蔣嫵回頭，就見已有三名刺客追上來。

前方的刺客已經逼近趙氏所在的馬車，鋼刀隨時可能砍到車中人。

剛才被她留在野地藏起來的霍大栓，也不知有沒有被刺客發現……

這一瞬，蔣嫵無比懷念她的勃朗寧手槍，這個世界上，有太多人力所不能及的事。

趕車的霍廿一想叫母親、妻子和妹妹都在車中，可趙氏卻出來將他擋住。

「娘！」霍初六滿臉淚痕地嘶吼著，衝出來抱住了趙氏。

「初六，妳進去！」
「娘，妳快回去！」
「要死就死在一起！」
刺客手中的鋼刀在寒光閃爍之下，高高舉起。
蔣嫵也已騰身躍起，即將落在刺客的馬背。
千鈞一髮之際，卻聽見一聲尖銳的破空聲。
蔣嫵落在刺客背後，匕首刺入那人脖子的同時，弓箭也貫穿了刺客的額頭，頓時，鮮血噴濺。
正對面，十餘名黑衣的精壯漢子策馬飛奔，簇擁著端坐在馬上的一人迎面趕來。
而那人身上穿了蓑衣，因動作而露出寶藍色錦緞的衣袖，於夜色下散發著幽暗的光，手中弓箭正呈收勢。
「達鷹？」蔣嫵面露喜色。
因是兩廂對馳，很快馬車就與文達佳琿相遇，漢子們紛紛幫忙停住狂奔不止的馬車，文達佳琿則策馬湊近蔣嫵跟前，威嚴的面容上呈現出難得的笑容，低沈道：「蔣嫵，很久不見。」
蔣嫵焦急地指著來時方向。「達鷹，你快幫我去找找我公爹。」
「妳怎麼不自己去？」文達佳琿頗為玩味地道：「多日不見，妳功夫退步了不少，好似舉手投足都有顧慮似的，這可不是妳啊。」

話雖這樣說，他卻抬起右手，立即有四名黑衣漢子策馬往破廟方向奔去。其餘六人則守候在馬車附近。

唐氏被蔣嬌攙扶著，走在泥路上，繡花鞋被沾掉了都顧不上，跌跌撞撞、氣喘吁吁地到蔣嫵跟前。「嫵姊兒，妳沒事吧！」

「我沒事。」蔣嫵輕描淡寫地笑著。「娘莫要擔憂。」動作小心地偏腿滑下馬背。

「妳懷著身孕，哪裡禁得起這樣折騰！」唐氏一把摟住蔣嫵，後怕地哽咽。「殺千刀的，誰非要置咱們於死地，妳若有個三長兩短，叫娘可怎麼活！娘寧可被那些賊子砍死……」

文達佳琿驚得跳下馬背，連忙到近前擔憂地道：「蔣嫵，妳又……對不住，真的對不住，我並不知妳有身孕了，那日妳叫納穆離開，我知妳不喜歡我的人盯著妳的行蹤，就沒再叫他們潛入侯府……天啊！」

文達佳琿後悔地一拍額頭。

其實自他的人查探到蔣嫵一行往易縣而來，他早就帶了人在附近等候，見他們沒在宵禁之前入城，就知必定是被雨天耽擱了，也發現破廟處的乞丐有些多。

許久不見，他想念她，也記得她當初展露身手時的風姿，一則相信她的實力，二則想看她大戰時的酣暢淋漓，三則希望霍十九安排的人死一死，接下來的路程他也方便護送，沒想到……

如果他早知蔣嫵有了身孕，哪裡會在一旁看熱鬧，早就帶人衝出來了。

「爺，霍老太爺找到了！」

遠方一名漢子奔來，馬背上馱著渾身泥污的霍大栓。

到了近前，霍廿一去扶霍大栓下馬。「爹，你怎麼樣，沒傷著吧？」

「沒有、沒有，就是摔得疼了，嫵丫頭呢？」霍大栓就著雨水抹了一把臉，一瘸一拐地走到近前。「丫頭，妳怎麼樣？」

「我沒事。」蔣嫵笑著。

文達佳琿解下蓑衣披在蔣嫵肩頭，回身問道：「戰況如何？」

「回爺，雙方傷亡慘重，扔在拚鬥。」

「去，給我想法子抓活的回來。」

「是。」

黑衣漢子領命，只留兩人在跟前貼身護衛，其餘人都趕去破廟方向。

文達佳琿便道：「蔣嫵，不如妳先上馬車？」

時值五月，尚且微寒，加之下了一下午的雨，這會兒又是晚上，如今濕衣黏身，郊外夜風襲來，著實讓人覺得從心底往外頭發寒。

蔣嫵分明冷得牙齒打顫，卻仍舊搖頭。「爹娘年紀大了，姊姊身子也並不好，先去馬車上換了乾淨衣裳再說。七斤還小，禁不起驚嚇折騰，娘和姊姊就在車裡好生安撫著孩子，左右外頭也沒事了，就不要再出來。」

唐氏拉著蔣嫵冰涼的手。「嫵兒也上車去更衣吧？」

「我稍後再去。」

就算有文達佳琿的人在，也不證明危險完全解除了。於情，她瞭解文達佳琿對她的厚意，可於理智上，文達佳琿根本沒有理由幫助大燕國皇帝寵臣的家眷。她與文達佳琿相處得又不多，著實不敢確定他是否會做其他打算。

唐氏、趙氏、蔣嫣等女眷都各自上了馬車，由僕婢們伺候更衣。幸好馬車上所帶的行李衣物都還在。

文達佳琿知道她倔強，便也不再勸說，只大咧咧地站在她身旁。

有文達佳琿身旁的護衛加入戰團，一場廝殺很快就結束了，霍十九派來的死士，十餘人只剩三人倖存，且三人也都身負重傷，每一個戰死的漢子無不是身中數刀撐到最後、不能再戰為止。

而刺客一方，竟也與他們一樣，且在文達佳琿的人馬趕到、力拚不敵的情況下，竟都咬碎早藏於口中的藥丸自盡了，竟是一個活口也沒留。

聽了回話，文達佳琿濃眉蹙起，銳利眼中精芒一閃而過，看向蔣嫵時已如往常那般。

「蔣嫵，這事稍後再說，雨勢漸大，不如先去破廟裡安置吧？」

「也好。」這會兒也的確沒有其他地方可以安置這麼多人，況且蔣嫵的確累了。

一行人趕車回往破廟，路上橫豎倒著二十多具屍體，就連霍大栓自詡純漢子，瞧了都禁不住嚇得臉色發白，霍廿一乾脆乾嘔起來。馬車中的女眷們都將簾幕緊閉，沒有人敢向外看一眼。

蔣嫵卻是與文達佳琿並肩而行，面不改色地到了破廟門前。

一路上，文達佳琿毫不避諱地側過頭看她。

她的長髮因方才打鬥而散開，披散在他方才披在她肩頭的蓑衣上，濕潤髮絲黏在瑩潤臉頰上，容顏精緻如昔，緊抿的唇線和微蹙的劍眉表達了她此時情緒。許久不見，她愈加美得讓人不忍移目了。

「蔣嫵。」

「嗯？」蔣嫵揚起頭看他。

被她清澈如水的眼波掃到，文達佳琿心頭怦然，咳嗽了一聲掩飾情緒，道：「這些日子妳過得好嗎？」

「我還好。你呢？」

欣喜她沒稱呼他「陛下」，文達佳琿笑道：「我也很好，如今國泰民安，國庫充裕，兵強馬壯。於內對得起金國百姓，於外不怕外敵滋擾，我這個皇帝，做得還挺順心的。」

「你是有雄才大略的人，治國之道早已深諳於心，如今不過是將早些年的抱負一一實現罷了，這些都是理所當然的。」

她這樣說，比那些朝中大臣們整日裡歌功頌德的話聽來不知舒坦多少倍。

文達佳琿哈哈笑道：「妳與霍英學的，也會捧人了。」

蔣嫵挑眉，詫異道：「我說這些難道是奉承你？難道你不認同我說的話？」

「認同。」揚起下巴，文達佳琿既做得了王者，承受著王者的壓力，就有揚眉的骨氣和傲氣。「我原也覺得那些都是理所應當。」

蔣嫵見了抿唇而笑。

說話間，廟內已被文達佳琿的人清理乾淨。從牆角處堆放的乾樹枝和地上篝火的印跡，可以判斷這座破廟平日裡是真的有乞丐住。

命人點了三堆篝火，文達佳琿就催著蔣嫵去更衣，又吩咐人去外頭調查線索，去後頭樹林掩埋屍首，連帶著做些善後。

隨行僕婦們紛紛抱來蓆子與行李，在靠近裡頭的篝火堆旁鋪設妥當，霍家人就都聚集在裡側。

蔣嫵在馬車上換了身淡藍色的乾淨衣裙，又從唐氏包袱裡翻出一件秋日裡厚料子的茶色襖子披著，披散著半乾長髮回到了破廟。

文達佳琿獨自一人坐在靠近右側的那堆篝火旁，身邊有兩名黑衣漢子守衛著，一副生人勿近的模樣。

而整頓妥當的霍家人都若有似無、好奇地打量文達佳琿，尤其見過他的霍大栓，有心去打個招呼，又礙於他的氣勢不好硬是湊過去，一臉糾結的模樣。

蔣嫵腳步微停，隨即一笑，就往文達佳琿身旁走去，在他身側的蓆上側坐下來。

文達佳琿在看到她走向自己時，已覺歡喜，到她坐在距離自己不遠處，歡喜得禁不住眉目含笑，卻偏不願意露出屬於一個威嚴帝王不該有的表情。

火光照亮蔣嫵的臉，讓她整個人都溫柔朦朧起來，文達佳琿心跳加快，甚至覺得他們不是在野外的破廟，而是坐在鮮花滿布、蝶舞芳菲的花園中。

這是種新奇的體驗，文達佳琿極為珍惜，只是想到今日歷險，仍舊禁不住罵道：「霍英這傢伙，當日答應我的話八成都忘了，根本就沒有好生對妳！」

他行事磊落，如果怕叫霍家人聽了他說話，起初就不會用燕國話，而是說金語了，加之底氣十足，並未降低音量，這一句話讓霍大栓等人聽得清清楚楚，眾人都往蔣嫵這方看來。

唐氏心下暗惱，蔣嫵這位朋友未免太不懂人情世故，他一個男子，關鍵時刻出手相助原本是當感激的，可他當著蔣嫵婆家人的面前說人家兒子的不是，那不是給蔣嫵添亂嗎？何況他一個大男人，這麼說話，難免會讓人多想。

蔣嫵與文達佳琿同樣磊落，雖也知道家裡人會多想，但也並未真去計較太多，只不過他這樣說霍十九，她卻不喜，面對一個屢次救過她家人的人，又不好惡言相向，也不能如初見時直接用簪子做飛鏢去威脅他，只得擰眉道：「阿英已經盡力了，他也是身不由己。我能夠理解，家人也能夠。」

她明明生活得很苦悶，還無怨無悔地對待霍十九，著實讓文達佳琿更挫敗且憋悶了。

「是嗎？那只是苦了妳罷了。」

「爺。」這時，廟門前一名黑衣漢子單膝跪地行禮。

「報。」

「刺客共十八人，經查驗，發現他們右臂都有刺身，且每九人手臂上的刺青是同一種圖騰，兩組圖騰分別為玄武與白虎。」

蔣嫵挑眉，雖不明這些意味著什麼，但她發現文達佳琿面上浮現出怪異的神色。

文達佳琿一揮手，那人恭敬地行禮退了下去。

破廟外沙沙的雨聲清楚分明，好像那些擾人的雨點不是落在屋頂和地上，而是落在人心上。

蔣嫵也不催促，她知道兩人屬於兩國，且金國與大燕簽的三年和平條約已經過去了一小半時間。金國雄踞北方，民風剽悍善戰，莫說漢子，就是女子，抄起棍棒也能充個尋常的燕國士兵，他們對屈居於東北方的區區一隅之地早已不滿足，要擴張領土的心思早就不必掩藏。

文達佳琿是軍旅出身，行軍帶兵多年，有豐富的作戰經驗，又正值年富力強、雄心萬丈的年紀，他原本就是要帶著金國人民走上富強之路，開疆擴土、名垂青史的。

即使必定會站在敵對兩面，他依然能屢次出手相助，已讓她感激不盡、無以為報了。她又如何能強求他再多言？

反正，查出了這個線索，她也可以回去問霍十九。霍十九若不知，總有能力繼續去查。

「蔣嫵。」文達佳琿突然而來的聲音，顯得不似方才那般精神百倍的爽朗，而是有些躊躇。

蔣嫵笑著問：「什麼？」

「妳與我來一下，我有話跟妳說。」

文達佳琿說著已一躍起身。隨手接過護衛遞來的寶藍色厚實大氅，卻未披上，而是遞給了蔣嫵。

蔣嫵也站起身，緊了緊披在外頭那件趙氏的茶色襖子，搖了搖頭。

冰松立即小跑著去趙氏和唐氏那裡拿來一件蔣嫣做被子用的蜜色錦緞棉斗篷來，伺候蔣嫵披好，又拿來紙傘為她撐傘。

蔣嫵接過紙傘，道：「妳在這裡吧！我去去就回來。」

文達佳琿也接過侍衛遞來的紙傘，與蔣嫵一前一後地走向破廟的門前。

看著那一人高大俊朗、一人嬌柔嫵媚的兩個背影，趙氏不由得感慨道：「這位達公子可是對嫵兒很好。」

唐氏和蔣嫣都有些焦急，都怪達鷹太過不拘小節，這不是給蔣嫵添亂嗎？

兩人剛要解釋，趙氏就笑著拉過唐氏的手，安撫道：「姊姊別急，我明白的，咱們家嫵兒是個好的，生得貌美，又有那般讓人驚為天人的風姿，莫說是個男子，就是我瞧見了都覺得心裡喜歡得不得了。傾慕她還不是正常的嗎？再說嫵兒又沒有如何，她為了阿英出生入死，所受的委屈連外人都看得清，咱們自家人哪裡看不清？」

見趙氏言語很是誠懇，唐氏與蔣嫣的擔憂終於少了一些。「親家說的是，嫵兒是什麼性子，我做娘的最是知道的。那孩子沒有那個歪心思，也並不是那種只顧著看門第高低，不在乎感情為何物的人。她與阿英患難與共，不是旁人一、兩句言語就能挑撥的。先前外頭那些謠傳那麼凶，親家不是也都相信她嗎？」

「那是自然。自家人若是連這麼點信任都沒有，還叫什麼自家人？再說那個達公子看起來非富即貴，言語中還聽得出並非咱們燕國人，看他長相，多半是金國人吧？他們那兒民風開放，女人都可以入朝為官，姑娘若是看上小夥子也可以直接表白心思，而且啊，達鷹公子不但是咱們全家的救命恩人，他要是有歪心思，也不會當著咱們的面前說了，對不？我只是感慨，回頭得叫阿英好好對嫵兒，對手可是強硬得很呢。」

趙氏一番玩笑話，讓唐氏和蔣嫣心裡都舒服得很，她們自然是覺得自家女兒、妹子是很好的，也終於放下了心。

而此時廊下，蔣嫵與文達佳琿撐傘並肩而立，與破廟內的溫暖不同，這裡潮濕的冷風陣陣，雨聲也更加擾人。

文達佳琿站在風口，以高大的身軀為蔣嫵遮風，壓低聲音以金語道：「蔣嫵，妳覺得你們燕國的皇帝是個什麼樣的人？」

蔣嫵頓生警覺，仰起頭看著文達佳琿，不願錯過任何資訊。

「為何突然這樣問？」

「妳且先回答我。」

蔣嫵毫不猶豫地道：「忍辱負重，才能平庸，良心未泯，不擇手段。」

「良心未泯嗎……」文達佳琿嘲諷一笑。

蔣嫵有些焦急。「有什麼話，請你直言吧，你這樣話說一半，讓我心裡很是焦急。」

方才在殿內，文達佳琿就已經作了決定。若是不想告訴她，又怎麼會叫她出來說話？在他的心目中，他都捨不得動一根寒毛的女人，哪能讓人隨隨便便就欺負？

他也想過，他們不可能在一起，說不定將來還有兩軍相對的時候，可至少現在，她是他的「好兄弟」，是他今生第一個奮不顧身想要牽掛、捨不得放開的女子，是第一個能這般讓他動心的女子。

縱然他們必定無果，又如何？即便今日之事告訴了她，可以幫助她保護她的丈夫，又如何？

他雖然盼著霍英那傢伙早死早托生，他才可以有機會擁有蔣嫵。可是他畢竟不是糊塗人，他要的是蔣嫵快樂，而並非單純的獨占，更何況蔣嫵這般烈性的女子，又豈能是對待等閒女子的辦法可以對待的？

「罷了。」文達佳琿長嘆一聲，以金語道：「我想妳男人雖是你們皇帝的心腹，能輔佐他這麼多年，但是有些皇家擁有的底牌，你們皇帝也不會告訴妳男人。

「其實我本該不知道的，但也是我經營了這麼多年，也虧得大燕朝漏洞百出，官場黑暗，傾軋甚多，居然也讓我打探出了底細。大燕皇家表面可用的爪牙是錦衣衛與東廠，然暗中還有兩撥人，類似於錦衣衛與東廠的作用，類似於我的暗衛。」

「你的意思是，那些人是皇上的暗衛？」蔣嫵面色沈靜。

文達佳琿頷首道：「沒錯，你們皇帝暗中的勢力有兩撥，一撥是閹人，類似於東廠，我還不知確切人數，但是那些人肯定是隱藏在皇帝身邊的。另一撥就是影衛，共有四部，每一部九人，分別稱為青龍、白虎、朱雀和玄武，我之前也不知這些人還會在身上做什麼刺身。不過我卻知道，這些人平日裡做事若有傷亡，後補的那些就會比武角逐，選出勝者來填補空白。」

說到此處，文達佳琿笑著道：「妳男人也算厲害，養了這麼些絕頂高手，若是等閒護衛，敵得過皇帝的影衛才怪。」

文達佳琿說罷了這些就不開口了，只是端詳蔣嫵的臉色。

蔣嫵垂下長睫，面容平靜地望著漆黑的夜色。

雨聲好像變大了。殿內也不知誰睡著了，還打呼。

遠處有挖掘泥土的聲音和低聲說話的聲音。

蔣嫵甚至聽得到自己的心臟在胸腔內比往常要快速而有力的跳動，呼吸也比平時急促。她閉了閉眼，告訴自己不要生氣，不要動怒，不要失望，不要怨恨，因為這些情緒會摧毀她的冷靜，一旦失去冷靜，就很有可能做出不可預料的事來。

但是她控制不住這些情緒，更加控制不住心痛。

她是為霍十九痛，這件事，必然是不可能瞞著霍十九的。

她無法想像，霍十九若得知自己忠心耿耿保護著、效忠著的君主，竟在他正為他拚死去鬥英國公那樣強悍的敵手的時候，暗地裡對著他家人動刀子的心情。

她這般想著，都覺得身體就像掉進了冰窟窿，就算被撈上來都暖不過來。霍十九付出了這麼多年，背上罵名至今才略有轉機，苦難受過多少不計其數，別的不說，就連她都曾經對他下殺手，何況別人？還有家人的不理解，皇帝的猜忌……

他一個人，到底要背負多少才夠？難道只為了一句承諾，一句「忠誠」，就要搭上一切，身死不夠，還要心死嗎？

「蔣嫵，妳……妳莫哭，我會幫妳想辦法。」文達佳琿焦慮的聲音就在耳畔。

蔣嫵勾起唇角似笑，淚卻如斷線的珠子一般，滴落在她的衣襟，在夜色中，她臉頰上晶瑩的淚光就顯得更加明顯，看得文達佳琿心臟抽痛。

「多謝你。」蔣嫵挺住，深吸了幾口氣，瞪大了眼，才將眼淚逼了回去。

文達佳琿擔憂地問：「妳打算怎麼辦？」

「你若不說，我只是懷疑，若要做什麼卻也是猶豫的，但如今……呵，無所謂的事了。我本就是不懂國家大義的小女子，唯在乎我家人的感受罷了，阿英也不是蠢人，接下來只看他打算怎麼做，他若忠，我便忠，他若奸，我便同他一起繼續被人唾罵，就算遺臭萬年也不在乎。」

如此豪言壯語在摻雜了深濃的感情時，更加能夠撼動人心。

文達佳琿羨慕霍十九能得蔣嫵這般真心對待，同時也被她的豪情和真心激發出潛藏於心中的熱切，不再猶豫，將方才想到的說了出來。「蔣嫵，其實我若是妳，這會兒就將計就計。」

蔣嫵很詫異，文達佳琿竟然會幫她出主意。

原本告訴她那個秘密，他就已經是仁至義盡了，這會兒他所說的，更讓她感激震撼。

文達佳琿便湊近她耳畔，低聲說了幾句。

蔣嫵聽罷，笑了起來，頷首道：「英雄所見略同。」

文達佳琿聞言大笑，大手不含任何兒女私情，純粹欣賞激動地拍了拍蔣嫵的肩膀。

「走吧，咱們回去，免得叫人多想。」

蔣嫵笑道：「我家人都沒有那麼小心眼。」

「是是是，是我小人之心。」文達佳琿撇嘴。「真是好心沒好報。」

「你堂堂一國之君，還跟我在這兒說酸話，也不怕讓你的臣子瞧見。」

「我怕什麼？再任性的事，我達鷹也不是沒做過。」

二人回到殿內，又說了一會兒話，蔣嫵就回到唐氏身邊去了，一行人靠著篝火將就著睡下。

清早時分，雨已經停下，一眾人簡單地用過乾糧後，霍大栓就道：「咱們今兒也該進城去了，阿英不是說安排了人嗎？」

趙氏和霍廿一一想到進了城裡就有霍十九安排的更多護衛，心裡總算安定了一些。

蔣嫵卻道：「爹、娘，咱們今日趕路，卻不是進城。」

「什麼？咱們趕路，要上哪兒去？」眾人都十分驚訝。

蔣嫵笑道：「發生了昨日的事，咱們也不好再繼續走既定路線，留在原地睡破廟顯然也不是辦法，不如咱們繞路，不進易縣，走小路去這附近的茂城。」

「去茂城……也不是不好，不過再趕兩天的路罷了，只是這樣一來，與阿英安排的不相同，就怕有什麼不妥。」

「沒有什麼不妥，到時候咱們再與阿英商議著辦就是了，現在護衛都受了傷，好在達鷹的人都在，咱們避開正路走小路，應當無礙的。」

雖然霍大栓和趙氏是長輩，但是拿主意的人一直都是蔣嫵。見蔣嫵如此肯定這種做法，眾人也不再爭論。

霍大栓笑著去拍了下文達佳琿的肩頭。「達公子，真不知道該如何感激你。這下要煩勞你的人了。」

「霍老太爺不必客氣，我與霍英是朋友，與蔣嫵是好兄弟，朋友有難，我們金國人沒有冷眼旁觀的道理。」文達佳琿喜歡霍大栓這樣性情粗獷的漢子，說話也格外自然。

霍大栓等人早就已被文達佳琿說蔣嫵是他好兄弟那一句逗笑，他既承認自己是金國人，也就大咧咧地問：「達公子在金國也是個大官吧？要不手下怎麼都這麼厲害！」

這一句，說得文達佳琿身後的護衛們都笑了起來。

文達佳琿頷首道：「是啊，是個挺大的官。咱們這就啟程吧。」

「也好。」

眾人紛紛上了馬車。蔣嫵在登車之前，分別查看了各輛馬車中的人以及乾糧和水。因一早達鷹已命人去城中買了吃喝的東西，這會兒的確不缺。

文達佳琿走在蔣嫵身旁，低聲問道：「蔣嫵，要不要我叫人去京都給妳男人送個信？」

蔣嫵想了想，低聲道：「其實在我們一行人出門前，我發現小皇帝躲在街角並不露面，觀察我們離開。我這會兒擔心小皇帝叫他暗地裡的那些爪牙佈置在侯府，送信的話，弄個不好就會將事情鬧開。萬一敗露了，咱們的計劃就要泡湯。」

「妳說的也在理，但是若不說的話，這一下子可就要與妳男人失去聯繫幾日。妳就不心疼他著急？」

「總比出了麻煩、丟了家裡人性命來得好。我帶著家人出來，目的就是要保證大家的安全，再說阿英那般聰明的人，多少也會猜想到一些。」

文達佳琿見蔣嫵說起霍十九時，神采飛揚且很是信任喜歡的模樣，無奈地摸了摸鼻子。

於是，蔣嫵一行人並不進易縣與霍十九安排的人會合，而是繞過易縣，朝小路去了附近的茂城，經過兩日的時間，在茂城租了個一進的小院落暫且住下。

第五十九章　一家團聚

就在蔣嫵與文達佳琿商議著該如何回京都鬧上一場的時候，霍十九在侯府已經快要急瘋了。

「到底怎麼說的？什麼叫杳無音信？」

曹玉面色鐵青，就連平日裡慢條斯理說話的習慣都改變了，焦急地道：「的確是杳無音信，爺安排的人根本就沒有等到夫人他們一行人。而且探查之後，發現城外破廟似有打鬥過的痕跡，雖然已經整理過，但有些痕跡是掩蓋不去的。比如林中深處新翻起過的土地，那裡頭埋了近三十人的屍首，裡頭有一半是跟著老太爺他們出去的死士。而且，最可疑的是，我發現咱們府外有一隊新來的在監視，這些人不似英國公和清流那些人，行事風格卻有些像是東廠的人。」

霍十九聽得眼前發黑，兩日來粒米未沾、滴水未進，早已經覺得自己要到了極限。這會兒更覺得耳朵和腦袋裡都嗡嗡作響，身子搖晃著就要摔倒，幸虧曹玉及時將他接住，扶他坐在圈椅上。

「爺，我知道您擔憂，可您這樣下去不行，不要老太爺和夫人他們還沒找到，您自己就要倒下了！」曹玉端過早就放在小几上、一直在暖罩子裡的冰糖燕窩粥，道：「您就是為了夫人，為了老太爺，也不能將自己的身子熬垮了啊！」

「我哪裡吃得下！」霍十九推開琺瑯彩福祿壽喜四色小碗，腦子裡許多事交雜在一起，在他這兩日沒休息好、思緒混亂之時一股腦兒地纏繞上來。

釐不清，分不明，讓他愈加焦急。

「城外發生打鬥，死士傷亡殆盡，這會兒他們八成凶多吉少，莫不是被人給抓去了？爹娘年紀大了，那一行人裡老的老，小的小，還帶著七斤，嫵兒還懷著身孕……」

霍十九閉了閉眼，手肘撐桌扶著額頭，失落無奈地道：「若真個天不垂憐，讓他們有個三長兩短，那我也就沒有活下去的意思了。」

「爺……」曹玉沈吟，一時竟找不到話來勸說。

他自問，如果這件事擱在自己身上，怕是早就發狂了。這兩日找不到人，得不到消息，霍十九急得不吃不睡，兩鬢驟然間生出許多白髮來。他又是個顧家的人，最掛念的就是親情，家人出了事，他怕是要瘋的。

「罷了。」

曹玉正沈思時，霍十九已拿起碗來，以湯匙舀了一勺冰糖燕窩粥送入口中。這兩日急得口中長了幾處口瘡，粥吃進去疼得很，他卻強制自己吃完了一碗。

「這事估計很快就有後續，萬一爹娘和嫵兒他們真的被人抓去，多半對方也會來與我講條件了。若是真的有事，恐怕也該有個信。我姑且只將事情往好處去想，如果人是被綁走，我若不吃不喝倒下了，誰來救他們。」

「爺這麼說就對了。」曹玉對他的意志深感佩服，又寬慰道：「夫人不是尋常女子，咱們吩咐帶去的人也不是草包，如今屍首中還缺了三個死士，就是說這三人是沒事的，他們雖有可能單獨逃走，但是以我對他們的瞭解，他們都對爺忠心得很，所以單獨逃走的機會並不大，多半這會兒是跟著夫人。而且，只要夫人沒事，老太爺和太夫人以及二爺他們就都沒事。」

曹玉分析的正是霍十九這時候在想的。

蔣嫵那樣的性情，如果真有危險，定然捨身忘死地護著家人，寧可同歸於盡，也不會撂下他的父母親人不顧，自己去苟且偷生。所以如果蔣嫵沒事，家人多半沒事。如果家人出事，蔣嫵怕是也不在人世了。而且那樣一場打鬥，死傷那般慘重，可想而知當時的情況是如何激烈緊張，蔣嫵能不出手嗎？

她懷著身孕，竟要這般歷險，不知現在她怎麼樣？這些天早已在內心轉過無數遍的心思又浮了上來，霍十九控制自己不要去多想，否則他會逼瘋自己，轉而去想別的。

「你說，咱們府外多了一組監視的人？」

「正是。」曹玉道。「先前沒說，是我自己也沒確定，不過現在瞧著他們的行事作風隱密，的確很像是東廠的人。我只悄悄地打量，並未宣揚開，咱們府裡的侍衛也少有知道的，有那麼三兩個來與我說，我也只吩咐他們不要張揚，這才來與侯爺說，請你示下。」

霍十九沈吟著，什麼人能夠培養出如此堪比東廠的高手來？就連他府中養著的那麼多衛士都有一部分沒有察覺出來，而且這些人還是最近才多出來的……

「最近沒聽說東廠那邊有什麼動靜。」

「是的。」

「不論是不是東廠，這些人出現的時機未免也太巧了。嫵兒他們剛剛失蹤不見，這些人就出現在咱們府外。」霍十九食指一下下敲在桌面，心思百轉之間，有一種猜測湧上心頭，立即驚出他滿背脊的冷汗。

不會的……不會是他！

霍十九面上平靜得看不出喜怒，只有緊握泛白的指尖洩漏了他的心思。

曹玉從來都對霍十九的事觀察入微，見他如此，就知道他心中或許已經有了猜測。這兩日，霍十九過的是地獄一般的日子，已經夠誅心了。他絕不能在這個時候雪上加霜，要知道縱然是內心強大如霍十九，在遇到家人以及蔣嫵的事時，也會慌了陣腳，他的神經已經緊繃到再也無法負荷更多，或許再要一點事情就能讓他徹底崩潰。

曹玉斟酌著言詞，輕聲道：「爺先前說要去易縣，我說先等等，結果等到現在還沒消息來，我也擔憂怕耽擱了，要不我陪你去易縣看看？畢竟那些事都是聽人回話，不如親眼看到更容易分析出來。」

「你說的是。」霍十九回過神，強打精神道：「我也幾日沒去給皇上請安，若是貿然出城就去易縣了，怕皇上也會多想。墨染，你陪我進宮一趟吧，看看皇上怎麼說，確定無礙了再出去。」

「自然是好。不過侯爺是否該打理一下？」

順著曹玉的目光，霍十九低頭看了看身上滿是縐褶的袍子，摸了一把長了鬍碴的下巴。

兩天沒閉眼，又不吃飯，更顧不上盥洗更衣梳頭，他這會兒眼下烏青，形容憔悴，人也瘦了不少，加之衣衫邋遢，鬍子拉碴，如此面聖的確是有一些不大好。

不過又有什麼關係？

「就這樣子去吧。」霍十九若有所思地道。

或許，還有人希望看到他這副模樣呢。

霍十九進宮時，小皇帝正在寢殿外頭領著小太監們玩風箏。

剛下過雨的天空如今湛藍如洗，空氣中瀰漫著淡淡的青草香與清香，小皇帝扯著線跑著、笑著、鬧著，很是歡騰的模樣。

霍十九遠遠地看著小皇帝一身淺黃折枝攢珠龍鳳不斷紋外袍在晴空之下閃著光，與自己枯槁憔悴的形容相比，皇帝就似早春的嫩芽，而他就彷彿即將枯萎、搖搖欲墜的葉。

「皇上，錦寧侯來了。」

小皇帝聽了小太監回話，笑著看向霍十九的方向。其實方才他眼角餘光已經看到人了，只不過沒想主動說話罷了。

可是，霍十九越是走近，小皇帝就將他的憔悴看得越清楚，驚訝之下手中的風箏線險些撒手。虧得身旁名叫小綠的小太監眼明手快，將風箏線牢牢抓住了。

小綠方才輕盈一躍的時候，跟隨在霍十九身後的曹玉就若有所思地看了他一眼。

小皇帝已迎了上來。「英大哥，你來啦？怎麼弄成這副模樣？」

看著他眼下的烏青，小皇帝不免蹙緊眉頭。「你都沒好好睡覺嗎？這兩日沒見你入宮，我以為你在家裡歇著呢。怎麼，跟你的人都是死的？都不知道好生伺候你？」

霍十九給小皇帝行禮，身子有些搖晃。

小皇帝忙雙手攙扶，見霍十九這般，回頭吩咐道：「快去預備熱水，伺候侯爺梳洗更衣，再叫太醫進宮來！」

「遵旨。」宮人應聲退下。

霍十九搖頭，聲音沙啞又疲憊地道：「皇上不必忙了，臣這會兒什麼都不想做。家中有事，是以兩日沒來看皇上。」

聽聞「家中有事」四個字，小皇帝神色中就有了些異樣，下顎緊繃極為關切地道：「發生何事了？」

霍十九搖著頭，與皇帝一同進了殿中。

小皇帝坐在首位，霍十九垂頭立著，虛弱地回道：「原本，臣的父母、家人想著如今光景很好，天氣暖和，就要帶著孩子去南方遊玩。臣便商議著讓人隨同去了。皇上也知道拙荊的性子，最是孝順的一個，不放心父母，硬是要陪著走一段路，原定將他們送到易縣就回來的。可是就這麼點兒的路程，還出了事！」

「啊？」小皇帝驚訝地大呼了一聲。「出了何事？」

「家人至今杳無音信，在城外還發現了隨行護衛的屍首。臣想，或許父母家人已慘遭不測。」

小皇帝眉頭擰著疙瘩，斟酌地道：「英大哥也別太焦急，說不定是有什麼事情耽擱了呢？再說姊姊那樣霸王一樣的人物，也不會眼看著家裡人如何的，沒準兒是有事絆住了。」

霍十九搖頭，秀麗的眼一直打量著小皇帝的神色，在明媚天色之下，小皇帝任何一個細微的表情都沒有逃過他的眼睛。

他原本也沒想太多。只是今日從入宮開始，他就發覺到皇帝的不對勁。

起先是見到他時過於誇張的驚訝，然後當他說家人不見時不自然的驚呼，以及他說的話。若是往常，小皇帝聽了這樣的消息，第一就會想是不是英國公所做的。第二就會焦急地滿地打轉。可是今日，小皇帝卻這般安慰著他，說是不是有事耽誤。

其實這樣的說法，霍十九也挑不出到底有哪裡不對勁，可他太過於瞭解這個自己看著長大的孩子，太過瞭解他的每一個表情代表著什麼。

他的神色真正是有些慌亂的。好端端的，他慌什麼？

霍十九就想起方才曹玉說的話——侯府外多了一批監視者，且行動與東廠的人相似。

一旦有了這個猜測，再仔細觀察現狀，霍十九就有一萬種理由相信自己的這個猜測沒有錯。

心痛，震驚，難言的絞痛在胸腔裡擴散開來。心臟旋擰著，彷彿被一隻無形的大手狠狠攥住，要將那一小塊肉扯成兩半一般。

霍十九眼前發黑，疼得一捂胸口。

「英大哥！」小皇帝一聲驚呼，與曹玉扶住搖搖欲墜的霍十九，讓他坐在圈椅上，又回頭叫道：「還不去催，趕緊將杜太醫、劉太醫都叫來！」

「是、是！」門前的小太監見皇帝急得變了顏色，如此聲色俱厲，只當錦寧侯是怎麼了，急忙連滾帶爬地去了。

霍十九這會兒已經緩過來一些，那種劇烈的絞痛已經消失，只留下滿身的冷汗，濕透了背脊。

「爺，您怎麼樣？」

「英大哥沒事吧？」

霍十九搖了搖頭。「我沒事，只是餓了。方才皇上說的甚是，許是真的耽擱了呢。」斂額垂眸，續道：「事已至此，焦急也無用了。臣只是在等消息，到底是出了什麼意外，還是有事耽擱，應當很快就知曉了。」

小皇帝這才放下心，展顏道：「是啊，定然不會有事的。英大哥安下心來，既然是餓了，朕叫他們預備些順口的來，正好朕也餓了，英大哥陪著朕一同吃點。現在不如先去盥洗打理一番，你瞧你的樣子，唉！待會兒太醫來了讓他們好生看看。」

話及此，小皇帝擔憂地雙手握著霍十九的袖子。「英大哥，為了江山社稷，為了朕，你千萬要保重身子，朕身邊不能沒有你。」

霍十九避重就輕，歉然道：「如此狼狽，有礙觀瞻，著實是臣的疏忽了。」

「英大哥何須如此客套，朕是不在乎你怎樣的，無論你是什麼樣子，還不都是朕的英大哥嗎？朕是擔心七斤見了你這副邋遢模樣嚇到。」

小皇帝本是無心的打趣，可聽在霍十九耳中，卻是另外一回事了。下一次再見七斤，莫說是嚇到，恐怕孩子都不會認識他這個爹。

再想想杳無音信的家人，看看面前笑得很勉強的皇帝，他一瞬間有些迷茫，都不知道自己為何要堅持到今日。答應了先帝的話，是不是還能夠辦成？

霍十九不希望自己的內心波動展現在人前，就起身讓小太監伺候著盥洗、剃鬚、梳頭，又換了一身小皇帝特別賜給他的竹葉青色交領素面納紗長衫，腰間搭著金鑲藍寶的帶扣。

更衣妥當，就算形容憔悴，霍十九依舊玉樹臨風、如朗月入懷一般瀟灑。小皇帝看得賞心悅目，熱絡地拉著他坐下說話，等太醫來診過脈，就只說霍十九是憂思疲勞過度，並無大礙。

這樣一來，小皇帝和曹玉都鬆了口氣。

太醫去外頭開方子下藥，小皇帝立即就要吩咐人去給霍十九煎藥。

霍十九忙阻攔道：「皇上，易縣那邊始終沒有消息，臣打算出京一趟，親自去看看，就不在宮裡用藥了，等回頭事情了結再用藥調養也不遲，如今當務之急，是這件頭等大事，否則臣豈能安枕？還請皇上恩准，給臣幾日的假期。」

他要親自去？

小皇帝有些焦急，脫口道：「英大哥，你不要去。如今京都中事情這樣，前些日子咱們的第二步計劃已經實施了，英國公保不定什麼時候發現了什麼，又說不定什麼時候就要對朕下手。正是用人之際，少了你在身邊，朕要如何是好？」

小皇帝抓著霍十九的袖子，像是對父親耍賴的孩子，神色中的依賴和言語中的請求，讓霍十九心裡一悸。

或許是心裡對他已經有了防備，不再是從前那般一門心思的信任了。現在聽著皇帝說話，都會聯想出好幾種可能來，這般從前會讓他覺得心裡舒坦的話，今日他只覺得自私。

的確是有那麼一句「君要臣死，臣不得不死」。可是他與皇帝又何止是單純的君臣了？皇帝也是人，也不是鐵打心腸，難道根本就焐不熱嗎？

「皇上，您說的有理。」霍十九疲憊地道：「英國公一事的確刻不容緩，所以臣才急著要將嫵兒找回來。畢竟這個計劃是她想的，主要動手也是她做的。第三個環節著實是關鍵，若是沒有她，臣想英國公也很難上鈎，再想要引他入套就難辦了。」

小皇帝認真地頷首，神色不動。

霍十九又道：「原本，她出門也只是將爹娘送到易縣就折返回來，根本就不會耽擱了正經事。如今她下落不明，計劃又能怎麼進行？」

小皇帝咀嚼著這番話，再分析霍十九平日裡行事為人，突然就覺得他說的是真話，蔣嫵並不是跟著出去躲了……

他忽然覺得悔不當初。

當日看到霍十九竟允許蔣嫵與家人一同離開時，他真是氣得快瘋了。因內心的不平，也因對霍十九的複雜感情總讓他在信任與懷疑之間徘徊，這才想徹底除掉他的牽累，如此就可以將他綁縛在身邊。

「英大哥……」小皇帝下意識地開口，待到發出聲音才驚覺自己的語氣很是不對。

他是一國之君，他如何作決定，為人臣子的就只能聽從，不能反駁，更何況他又沒有做錯，難道為人臣子的做出那等叫人懷疑的事之前，就沒有考慮過龍顏震怒嗎？蔣嫵那樣的身手，不好生安分待在家裡，還要出去亂走。

原本，他根本不打算參與這件事的。

可是方才霍十九的話語中，竟然說霍家人是出去遊玩，到這會兒還不與他說真話，也怨不得他了。

複雜心緒之後，小皇帝再說話時已經是底氣十足了。「英大哥既然這樣說，朕也不好多留你在京都。你要去易縣就去吧！只是記得快些回來，莫要忘了在京都城還有正經事要做。」

如此，已經非常分明地表達小皇帝的不滿了。

若擱在尋常臣子那裡，當即就會叩頭行禮請罪。

霍十九卻若未曾發覺一般，感激地道：「多謝皇上的體諒。皇上也曾說，臣的父母都是厚道老實人，都是福澤深厚的。臣就藉皇上這一句吉言，心底就信他們安然無恙。」

這一句話，聽來像是他在自我安慰。

可是小皇帝眼前，卻浮現出霍大栓憨厚的笑臉和趙氏慈愛溫柔的笑容。

先前別院被毀，他回宮之前曾經在霍家住過一段時間。霍大栓雖然沒什麼文化，卻是個非常耿直忠厚的老實人，整日裡就以種菜養雞養豬為樂，拉著他去地裡幫忙，教導他許多稼穡的學問，對他就像是子姪一般疼愛，並不會因為他是皇上就說違心的恭維話，卻是真正關心他的，記得他愛吃的菜，吃飯時都擺在他跟前；趙氏還幫他縫補破了的袖子，給他做鞋子。那雙鞋，雖然樣子不十分好看，穿起來卻特別舒服合腳；霍十九的弟弟，是個老實的讀書人；霍十九的妹妹，是個大咧咧、十分開朗的女子；還有蔣嫵，那個在黃玉山一鳴驚人、為了幫助霍十九出生入死女俠一般的人物……

這些人，都因為他的一怒而殞命了。

小皇帝這會兒其實也不確定他派去的人是否成功了，因為此番竟無一生還。可是他想，這些人都是精英中的翹楚，難道就做不成這件事？暗地裡，他知道蔣嫵有了身孕，真正打鬥的時候，她不可能不出手。一個孕婦，要與人打鬥，恐怕不死也要去掉半條命。

現在小皇帝有些後悔愧疚了。他也想，是不是自己頭腦一熱，又作出了錯誤的決定，果真如霍十九說的那樣，蔣嫵並不是打算離開京都不再插手此事，霍十九並非安排所有人都出去避難呢？

「……皇上？」

「啊？」小皇帝回過神。「英大哥，你說什麼？」

「臣在問，皇上在想什麼？怎麼好似十分矛盾的模樣。」霍十九已經心下了然，明知故問。

「沒什麼，英大哥就放心吧，老太爺和太夫人都是有福之人，難道幾個小刺客就能將他們如何？朕稍後安排錦衣衛的人跟你去，他們原本就是你的人，與你配合得也極有默契，儘快將姊姊他們找回來要緊。」

「是，臣，多謝皇上恩典。」
小皇帝竟然忘了他剛才還吩咐人預備了午膳要一同用的，就放他離開了……
宮門外，霍十九撩起窗紗，透過垂落的淡藍色流蘇，望著金碧輝煌的皇宮，喃喃道：
「到底還是走到了今日這樣。」
曹玉擔憂地喚了一聲。「爺？」
「走吧！無論如何，活要見人，死要見屍。」霍十九說著這一句時，笑容中多了一些嘲諷意味。「好在皇上方才的那番話，讓我可以確定他也不知道爹娘他們到底是不是不在了，這就說明情況還有轉圜餘地。」
曹玉抿唇，剛皇帝前言不搭後語，又慌亂矛盾的模樣，以及最後不留神說出了刺客，不是山匪路霸也不是其他意外，就已經證明了他們之前的猜測。
「爺，他那樣，您還要繼續為他出力嗎？」
霍十九聞言並未馬上回答，而是緩緩放下窗紗，將窗外金碧輝煌的皇宮掩蓋於紗簾之後，似也能將他複雜的心情一併掩藏似的。
恍惚之中，他想起先皇，想起第一次見到小皇帝時的情景，想起先皇駕崩時，大燕朝彷彿天塌下來似的緊張。想起他的承諾，以及當日進宮去，看到寢宮中穿著開線的寢衣、住著不燒炭盆的冰冷寢殿的小孩。
九歲的孩子，經先皇的培養，雖稱不上早熟，卻也是比尋常同齡孩子懂事一些。明明是充滿恐懼，卻還擺出一副身為帝王該有的威嚴架勢來，對他小心翼翼地討好和親近……

雖然他倔強地喊自己「英大哥」，可是在他心中，卻當他是自己的孩子一樣。

果然這世界上有狠心的兒女，沒有狠心的爹娘嗎？

「先去易縣吧。如果爹娘和嫵兒他們都不在了，我還談什麼今後。」霍十九閉上眼，道：「先回府去將人帶上，你也上車來休息一會兒。」

曹玉嘆了口氣，依言吩咐了下去。

原本只一天的路程，加之霍十九催得急，一行人在傍晚時分就來到了易縣。一路上霍十九已經補充了睡眠，此時人也精神了不少，更是冷靜了，入城之前，就與曹玉一同帶著人去了破廟。

夕陽西斜，溫暖的陽光斜斜照進廟裡，將角落裡蹲著以篝火烤饅頭的兩個小乞丐，身形勾勒得略顯蕭瑟。

聽聞有人進來，小乞丐嚇得「啊呀」一聲驚呼，拔腿就想跑。

曹玉立即飛身上前攔住二人，道：「慌什麼？會吃了你不成？」

「大爺、大爺，我們真的什麼都不知道啊，求大爺饒命啊！」

兩人膝蓋一軟，都撲通跪下，連連叩頭，呼吸時吃了一嘴的塵土也不在意。

額頭貼地時，兩人就看到面前多了一雙皂靴以及青色的袍角。那袍子裡頭是繡竹葉的錦緞，外頭是一層夾雜著銀絲的紗，一看就是貴人才穿的，兩人越發不敢抬頭了。

緊接著，他們聽到了冷淡又溫和的聲音。「你們不必驚慌，回答我幾個問題。」

「是，大爺。」
「聽你們方才說的，先前就有人來詢問你們什麼事了？」
「是……大爺，我們不敢撒謊，的確有兩撥人來問過，說是前兒夜裡聽到什麼、看到什麼。」
「兩撥人？都什麼樣子？」
「都……都是大爺這樣，穿得好的貴人。」
「那你們聽到什麼，看到什麼了？」
小乞丐兩人對視一眼，便將說得很溜的實情又說了一遍。
「那天本來下雨，我們有些吃的就沒進城，誰知道來了一大批的乞丐，怎麼也有十幾二十人吧，說是要在這地方休息，叫我們倆滾遠點，我們倆打不過，怕挨揍，只能離開了，趁著城門沒關，就進城裡頭去了。結果第二天一大早回來，就發現那一大群乞丐都走了，再後來，就聽說林子裡挖出好多死人，官府介入，咱們也不好去看，只是聽說都是乞丐……」
霍十九聽罷點頭，從袖中掏出個銀錠子扔給他們，說了句。「去買吃的吧。」就轉向外頭，曹玉立即帶著人跟上。
兩個小乞丐哆嗦著手撿起銀錠子，都只道是遇見了神仙，看著那一襲青衫走遠了，才忙磕頭。
曹玉低聲問：「爺，去林子裡看看？」
霍十九沈默頷首，向林中走去，邊走邊道：「你看剛才那個破廟裡，地上很乾淨。」

曹玉回憶了一下，點頭。

「地上不但乾淨，還生了三處篝火，灰燼還擺著。」

「是啊！爺，您看出什麼了？」

霍十九道：「若依那兩個人的說法，先前來的那一大群攆走他們的乞丐，八成就是刺客，那些刺客既然要做事，只不過在破廟暫且等候，說不定還要引人上鈎，那就必定不會好生清掃的。」

「是這個理兒。」

「而且，這幾日下雨，外面濕濘不堪，可是破廟裡地上卻乾乾淨淨，就連破供桌上的灰塵都極少。只有殿門去往方才兩個乞兒燒火的地方，才有來回的足跡，再來就是殿中，我們方才站的地方有些錯雜腳印。」說到此處，霍十九明眸閃亮地看向曹玉。「墨染，你說，誰有可能閒著無聊，去把破廟收拾乾淨了？若是乞兒喜潔，他們也不會踩出腳印來了，理應處處都乾淨才對。」

「爺，你是說……」曹玉激動地道：「或許是老太爺和太夫人，一家子曾經在廟裡安置過？畢竟家裡有女眷孩子呢，就算暫且安置，也要乾乾淨淨才住得下。」

「對。」霍十九深吸口氣，覺得精神百倍，道：「足可證明，事發之後，他們在此安置過。既然有安置過，就至少性命無憂。」

「是啊！」曹玉一拍巴掌，說話間到了樹林。

才剛要進去，曹玉卻突然覺得不對，低聲喝道：「誰？」同時橫手臂將霍十九護在身後。

從幾步遠的一棵粗壯楊樹後，轉出一個身材魁梧、穿了靛藍細棉布褂子的中年男子，對著霍十九一拱手。「錦寧侯，在下等候您多時了。」

「是你？」霍十九雖然不知道他叫什麼，卻知道他是跟在文達佳琿身邊的心腹！

「小人納穆，見過錦寧侯。小人奉旨在此等候錦寧侯兩日了。」

霍十九上前兩步，焦急地道：「怎麼回事？」

「如今貴府一家子以及尊夫人，與我們主子一同在茂城安置。臨行前，主子原本與夫人商量要去京都報個信給您，可夫人說，擔心事情敗露，再生事端，還是不要冒險的好，還說您一定會親自來的，就留了小人在此處等候您。」

「你說……嫵兒無恙？親人都無恙？」歡喜乍然砸落在頭上，霍十九激動得聲音發抖。

納穆倨傲道：「有主子和暗衛在，區區幾個刺客又有何懼？不過你的手下也都是漢子，都戰到最後一刻拖延住了刺客，可見你也是個好主子，不然他們不會這樣效忠你。」

霍十九想起手下，心中惻然，不過這時根本沒有心思去分析這些話是真話還是奉承，只急切地想要見到家人，就與納穆商議立即啟程去茂城。

納穆也是爽朗的人，立即答應了，混在霍十九的隊伍中，換了身小廝的打扮。

一行人快馬加鞭、披星戴月地趕路，用了一天半的時間繞路來到了茂城城東的一座尋常宅院門前。

下車時，霍十九因久坐雙腳都麻了，好像有小蟲子不留情地在啃咬似的，扶著馬車站了好一會兒。
得了消息的蔣嫵和霍廿一先一步出來，瞧見一身青色衣衫縐褶、頭髮鬆散卻依舊俊朗如昔的霍十九，都有劫後餘生的快樂。
「大哥。」
「阿英！」
霍廿一站在門前，蔣嫵卻是一眨眼就撲到跟前，一把摟住了霍十九，雙臂纏著他的脖子，臉頰蹭著他的胸口。「阿英，你來得真慢！」
霍十九被她撲得後退了一小步，雙手毫不猶豫地將她緊緊摟住，嘴唇碰在她光潔的額頭，聲音沙啞地道：「沒事就好，沒事就好。」又推開她，上下打量著。「妳怎樣？身子還好嗎？爹娘好嗎？」
「多虧了達鷹，全家安好，爹只是受了點摔傷，並未傷及筋骨，只是磕青了幾處。」蔣嫵笑道：「你們來時沒帶著尾巴吧？」
曹玉早已在一旁看了蔣嫵許久，此時適時地笑道：「夫人放心，我檢查過的，沒人跟著。」
「那就進來吧，咱們慢慢說。」
蔣嫵拉著霍十九進了院門。
因霍十九帶來的人太多，一進的院落根本住不下，曹玉又擔心霍十九有事，就選了幾個人留下，其餘人去住隔著一條街的客棧，隨時聽候吩咐。

而院中，霍初六早已經挽起霍十九的手臂，歡喜地道：「大嫂說的真沒錯，她說你會來，你果然就來了。」

眼瞧家人都沒事，連隨同而來的喬嬤嬤和冰松等人都沒事，霍十九連懸了幾日的心終於放下了，與蔣嫵、霍廿一、霍初六幾人一同上丹墀，到了正屋。

屋裡，霍大栓正在外間與文達佳琿說話，趙氏、唐氏、蔣嫣以及乳娘抱著七斤都在裡屋。

一見霍十九進門，霍大栓就笑了。「臭小子，你來啦！」

「爹！」霍十九雙膝跪地，膝行了幾步道：「兒子不孝，連累爹娘受苦了。」

趙氏等人已撩簾出來，忙上前來攙扶。「一家子的骨肉，說什麼連累？這一次又是多虧了這位達公子呢！阿英，你得好好謝過人家才是。」

「是。」

霍十九站起身，看向一身寶藍長衫、丰神俊朗、氣勢威嚴的文達佳琿。

「達公子，好久不見。」

「是啊，想不到再見，還是這樣的情況。」文達佳琿的語氣頗為嘲諷。「上次你說的話都忘了不成？還是說要安安靜靜地過日子，對你來說根本就太難了。」

見霍十九還未道謝，達鷹苛責的話就已經說出口，霍大栓和趙氏都覺意外又尷尬。

霍十九卻是認真地道：「你說的是，的確是我思慮不周，才導致今日麻煩。你又救了我家人一次，這情，我日後必定報答。」

「不必，我又不是因為你，我是看著蔣嫵。」

文達佳琿心中對霍十九是有氣的。蔣嫵好端端的一個女孩家，若是擱在他的宮中，必然是要錦衣玉食、金奴銀婢地好生寵著，她說要什麼，他就竭盡全力地找來，將自己的一切都堆砌在她腳下供她把玩，就算踩踏都無怨。

他不以一國之君的身分來爭搶，沒有一紙國書下到燕國，要求燕國交出蔣嫵來換取和平，那是因為他心疼蔣嫵，尊重蔣嫵。想著蔣嫵留在她心愛的男人身邊，好歹也能過得順心遂意。

現在看來，根本就不是這樣！

蔣嫵過得不好，一個有身孕的婦人，還被迫要與人交手，受傷、搏命這樣的事更是層出不窮。

文達佳琿越想越氣。盛怒之下，他身為帝王的氣勢展露無遺，沈聲緩慢地斥責道：「你答應我的事，如今沒有做到，即便坦然承認又能如何？今次是巧合，先前我聽說上一次蔣嫵受傷的消息，處理完政務就急忙趕來，恰好就趕上了。如果我沒有恰好來到你們燕國呢？你準備要蔣嫵如何？」

霍十九連日來受擔憂之苦，如今又聽情敵的誅心之語，著實是難受得很，但文達佳琿說的並沒有錯，他的確是愧對蔣嫵。

斟酌的言詞剛要出口，蔣嫵卻是先一步道：「我並不覺得過得怎麼不好，大哥是擔心我，才會這樣說。過去的就讓它過去吧，為今之計是要想想該怎麼辦才好。」

回頭攙扶著趙氏和唐氏，笑道：「娘，妳們先與姊姊去後頭歇著，我們去商量商量。」

趙氏頷首。「你們好生商量，可不要吵架啊。」

「放心吧！娘。」

霍廿一卻在離開時，疑惑地看了達鷹一眼。因為他剛才好像聽見達鷹說「政務」。這位的官職一定不小吧？不知他在金國是個什麼官，回頭一定要問問大哥。

蔣嫵與霍十九先相攜出門，曹玉隨後，文達佳琿苦笑著走在最後。一行人就去東廂房，冰松上了茶點就退下去，並且在外頭守著，不許任何人靠近。

蔣嫵問道：「阿英，你們來時已經去樹林看過了吧？」

「嗯。」霍十九想起近來發生的一切，心頭像是壓著千斤巨石一般沈重。

蔣嫵知道霍十九的傷心，可這件事她自己扛不住，必然不能瞞著他，她也不想讓他繼續被蒙在鼓裡，便緩緩地道：「那些屍首，當日達鷹的手下都去查看過，每個人身上都有刺青……」

蔣嫵將當日發生的一切避重就輕地說了一遍，不提驚險，只著重於說那些刺客身上的疑點。

可她不說，霍十九也想像得到當時情況之危險，袖中的手一直緊握著拳頭。

「……皇上身邊的這些人馬，你清楚嗎？」

霍十九思考片刻，道：「妳說的這個，我的確不知。這些年我只是隱約知道皇上暗中必然會留後手的，卻不如陛下知道得詳細。」

眼神轉向文達佳琿，霍十九笑得十分苦澀。一個別國的皇帝，知道的事情比他這個自稱小皇帝最親近的人都還要清楚，霍十九當真覺得悲哀。而且這種事，竟然還是跟情敵兼敵國君主坐在一起談……

霍十九揉了揉眉心。

蔣嫵握住他擱在圈椅扶手上的手。「阿英，我知道你難過，但是經過這番劫難，我們都該認清事實了。」

「我知道。」霍十九這兩日心中積鬱著關於小皇帝之前在皇宮中漏洞百出的表現，其實是很想與蔣嫵說說的，但是文達佳琿在，他不願意當著外人說小皇帝的不是，就道：「我這一路，其實有想了個法子，你們沒有回信去剛好。」

「哦？」蔣嫵很感興趣。她很想知道在這樣的情況下，霍十九會如何決策。

霍十九道：「選一處山明水秀之地，嫵兒，妳與爹娘和家人一同去隱居吧。我自然會回京都，就說你們都已……已遭毒手。」

蔣嫵不動聲色地問：「這樣一來，不是欺君嗎？你對皇上那般忠心耿耿，怎能容忍欺騙？」

「我是不能容忍。」霍十九此時神色已經恢復了平靜，理智而緩慢地道：「但是情勢已經至此，再容忍下去，只是害人害己。像那種椎心刺骨之痛，我不想再經歷一次。如今正好藉著現在的情勢退步抽身，你們離開，到了安全之處，我也就沒有什麼牽掛，不至於被敵人牽制著。」

「可是你不打算與我們同去嗎？皇帝這樣對你，他還是值得你效忠的君王嗎？」

蔣嫵雖然知道霍十九心裡的真實想法，還是忍不住將這句話問了出來。她是在為霍十九不平。

「嫵兒，他越是如此，就距離一個合格的君王越近一步。我之所以不能與你們一同離開，一則，你們有理由假死，我卻好端端的，找不到個恰當可信的理由。二則，如今在政治上，不論是皇上還是英國公誰取勝，我若隨同離開，都會留下後患，畢竟普天之下，莫非王土，難道這一輩子咱們全家人都要過顛沛流離的逃亡日子？到時候不論誰當權，找到咱們都是個死，必須要永絕後患才行。三則……」

霍十九語氣稍頓，才直言道：「我與先皇曾有承諾，若這會兒丟開手，將來到了地下我無顏面對先皇，而且我和皇上，畢竟是這麼多年感情，他的所作所為我雖心寒，但念及從前，我也決定幫他解決完這最後一樁事再離開。」

「你就不怕，你失敗了，英國公最後占上風？就不怕你幫襯皇上勝利了，可皇上卻不放你走？」

「皇上的性子我清楚，雖然手段狠毒、不顧情面了一些，但下決心也就是那一瞬間，平日裡他多少還是會惦念我們之間的情分，若我回去與他說，父母妻子都已經被殺，他心裡必然愧疚，以後應當會放我告老。」

蔣嫵望著霍十九，沈吟著並不言語。

文達佳琿聽了片刻，道：「霍英，想不到你卻是這般忠勇之士，要不你來我金國吧，我封你做宰相！」

霍十九卻只是淺笑著搖頭。「我只想此事了結之後，與家人一同隱居江湖，之後天下是誰的，皇位上坐著誰，只要不要讓百姓流離失所，讓尋常百姓都能過上好日子，我也真的顧不過來了。」

霍十九說的這番話，實則十分消極。如果是十天之前的他，要是判斷出金國最後必定會動兵，也一定無論如何都要與小皇帝共存亡的。

但是現在，他的心已寒透，又如何能重新拼湊起不知何時不翼而飛的那些衝勁？

「阿英，你既然這般決定，我便陪你一同。」蔣嫵認真地道：「其實我與達鷹先前的商議，也覺得讓爹娘隱居最好，對外就稱是這次出事了。英國公的事未了，現在離不開我，況且我也不可能留你孤身在京都的。」

「不行。」霍十九道。「妳應該跟爹娘同去，安心養胎。」

「你也別勸我。」蔣嫵微笑著道：「就如同我不勸你跟我們一同去隱居一樣，你也不必要求我必須留在爹娘身邊，我理解你的堅持，也希望你能理解我的。」

「妳……」

霍十九竟然找不到話來堵她的口。在她溫柔如水的眼神之下，彷彿就要溺斃了一般。

文達佳琿眼看二人眼神相會似有千言萬語一般，心下酸楚之餘，也為蔣嫵慶幸。雖然霍英摻和在燕國的朝務之中，情勢很是緊張，連帶著讓蔣嫵的日子也不清閒，可他也希望蔣嫵這樣一門心思對霍英，不要換來失望。

「好了，既然這樣，那你們就商議一下吧。我就先出去了。」文達佳琿站起身，道：

「老太爺等人去何處，我也不好參與不是？等有需要我的地方，蔣嫵自來與我說。」

「多謝你。」蔣嫵起身福了一禮，由衷感激。

文達佳琿擺擺手，很不是滋味地轉身出去了。

第六十章　披麻戴孝

霍十九就與曹玉、蔣嫵一同低聲商議了片刻，決定之後，就立即去上房見霍大栓和趙氏等人。

霍大栓與趙氏、唐氏等人這會兒正在擔憂，方才親眼看到文達佳琿直白地質問霍十九，都已看出他對蔣嫵當真是有些心思的，做父母的自然會為兒子不平，可公平地講，文達佳琿說的也沒錯。蔣嫵跟著霍十九的確是沒少受苦，加之幾人都擔心霍十九與文達佳琿吵起來，又擔心蔣嫵一氣之下會為了霍十九將救命恩人揍一頓，心裡都很是忐忑。

霍十九與蔣嫵來到上房時，瞧見的就是一家子糾結的表情。

見二人並無異樣，眾人都鬆了口氣，趙氏才試探地道：「那位達公子去歇著了？」

「咱們一家有話說，就沒請他一同來。」霍十九與蔣嫵分別按著身分尋空位坐下。

霍十九就將自己的安排簡明扼要地說了一遍，最後充滿歉意地道：「……這樣做，著實是對不起父母家人，只是唯有這一招才能永絕後患。咱們一家子去的方向仍舊是我原本安排那處，不過我與嫵兒回京之後怕要作一齣戲，會將喪禮辦得聲勢浩大，著實是委屈了爹娘。」

唐氏猶豫著道：「那我和嬌姊兒呢？」

「因您與霍家是一同出行的，若是說您沒事，恐怕日後會招來更多的盤問。我雖知道您是謹慎的人，可盤問得多了，難免不會出現漏洞。為了安全起見，還請岳母不要介意。」霍十九溫聲勸說著，因連日來疲倦而蒼白的臉頰上卻浮現赧色。這種要求的確是太過分了，人好端端的還在，偏要說死了，是多不吉利的一件事。

「哪裡會啊，你千萬別多想。」唐氏連連搖頭，安撫道：「我們都明白你的難處，這麼些年來你忍辱負重，委實太艱難了。如今出此下策想必也是因為沒有法子，我和嬌姊兒不打緊，死一下就死一下！」

「娘會長命百歲的。」蔣嫵摟著唐氏的手臂搖晃，撒嬌地道：「咱們一家子都會平平安安。」

「是啊，有你們小夫妻倆這般為了我們謀劃，我們當然會長命百歲。」趙氏寵溺地望著蔣嫵。

霍大栓聽趙氏這般說，就明白她是同意了這個法子，一拍大腿。「這事沒啥大不了，就這麼定了！其實對咱也沒多大的影響，無非就是改個名字、換個身分，繼續去遊山玩水罷了，到了江南，我還能研究研究種點啥，不知南方和咱北方種地有啥不同。」

霍廿一、霍初六等人都連連點頭。

想不到，原以為會費一番口舌的決定，家人竟然這般輕易就同意了。

霍十九內心感動，起身施了一禮道：「到底是因為我連累了一家子。爹娘和阿明一家去江南安居，岳母和嬌姊兒也能在山明水秀之地住得舒坦，可我心裡仍覺得對不住初六，畢竟初六年紀也不小了，這一弄，豈不是要繼續耽擱她的婚事……」

霍十九既抱歉又難過地望著霍初六，自責得臉上發熱，心裡發疼。

霍初六卻大咧咧地道：「不怕，我已經看上了大嫂的哥哥、二嫂的弟弟，等回頭事情解決了，你們給我說親去就是。就不知道人家是有文化的，瞧不瞧得上我。要是那時候他已經有了中意的人，此事就罷了。」

想不到霍初六竟然如此直白地說明此事，趙氏推了她一把，既是喜歡又是忐忑地道：「妳這丫頭，不分場合的就亂講話。」轉頭，看向唐氏笑道：「姊姊可不要介意，初六的性子妳是知道的，小孩子家胡說。」

唐氏知道趙氏是怕她心裡不喜歡，又因不好拒絕而為難，特意給了她臺階下，當下搖頭笑道：「可不要這麼見外，初六我瞧著就很好。咱們兩家合該是有緣分，若能做成這一門親，兩家變成一家子豈不好？只晨哥兒是個有主見的人，等有了機會，我去問他。」

一聽唐氏這般說法，霍大栓與趙氏就都歡喜起來，二人連連點頭。

見家人說著正經事，竟然都歪到子女親事上去了，霍十九微笑著，方才鬱結於心中之事也都放下了。

既已作了決定，霍十九便起身道：「既然這樣，我就安排下去了。」

「阿英等等。」霍大栓叫住霍十九，兩、三步到跟前來，壓低聲音問：「阿英，爹問你，那個達公子到底是個什麼人？」

霍大栓即便壓低了聲音，可房間一共就這麼大點兒，加之他說話素來粗聲粗氣的，這會兒一家子也聽得清楚。

霍十九笑道：「爹，他是我與嫵兒的朋友。」

「爹知道，他對咱一家有兩次救命之恩，你得想著要怎麼報答人家。」

「是，爹。」

「你還沒回答呢，他到底是個啥人？我怎瞅著他與正常的大官不大一樣呢？」霍大栓就算並不是混跡官場的人，但畢竟閱歷豐富，這麼點兒識人的功夫還是有的。

霍十九猶豫著搖頭，笑道：「只要知道這會兒他是咱的朋友就行了，真實身分還是不要知道比較好吧。」

「難道他跟你一樣，是金國的侯爺？」

霍十九沈默。

「要不，就是個國公？」

霍十九還是沈默。

霍大栓瞧著霍十九的臉色，道：「難不成還是個皇子皇孫啊？」

霍十九笑著道：「爹，我先出去了。」

「這都不是？」霍大栓知道自己沒猜對，玩笑著道：「嘿，這也不是，那也不是，難道他還是金國的皇帝老兒啊！哈哈……」笑著笑著，就笑不出來了。

霍大栓觀察霍十九與蔣嫵的神色。「真的是？」

「不是，爹就別想了。」霍十九起身給一屋子人行了禮，就與曹玉一同出去安排接下來出行的事宜。

蔣嫵站起身道：「我也去幫忙。」就飛快地趕上霍十九的步伐，落荒而逃。

霍大栓回頭看了看若有所思的趙氏和一臉了然之色的霍廿一。「難道我真猜對了？」

蔣嫵隨同霍十九安排了相關事宜，剛預備歇下時，冰松就輕叩門扉道：「夫人，達公子求見。」

將剛解開的領扣重新戴上，蔣嫵疑惑地道：「這個時辰，不知道他有何事。」

霍十九斜靠著柔軟的細棉羽枕，疲憊地道：「十有八九是來道別的。」

「他會趁現在離開？」蔣嫵有些意外，穿鞋的動作頓了頓。

霍十九就道：「他是個正人君子，我們安排家人的事，他若留下，難免會有探聽的嫌疑，萬一以後發生什麼意外，他也解釋不清楚。反正他是為了妳的安全而來，如今妳無恙了，他自然會告辭的。」

蔣嫵覺得霍十九的分析很有道理，笑道：「你說的是，到底是你的頭腦好。」

霍十九笑望著蔣嫵，揶揄道：「這世界上最瞭解你的人就是你的敵人。我瞭解他，也如他瞭解我一樣，再者我們可是淵源頗深呢。」

明明是個情敵，他還能以這種揶揄又自我解嘲的方式說出來，縱然蔣嫵素來坦蕩，與文達佳琿根本沒有半點私情，這會兒也被打趣得禁不住臉上騰地一熱，白了霍十九一眼。「想不到你也會吃醋呢。」

「誰說我是吃醋。」霍十九側身躺好，笑道：「我這是表明立場。」

蔣嫵到了霍十九跟前，俯身看他。

她彎腰之時，披在身後的長髮就順著肩頭滑落在胸前，顯得她一張巴掌大的小臉瑩潤如玉。

「你呀，立場也不必表明，還沒爭就贏了。」

「是啊。」霍十九禁不住半傾起身，在她唇上偷了一吻。「所以我不吃醋。」

蔣嫵舔了下下唇，笑道：「知道你最好了。」

霍十九瞧著燈下她靈巧的舌頭滑過嫣唇，明明她一身素淡，模樣也最是正經不過，卻覺得這個動作充滿了魅惑，不免紅了臉催促她。「妳快去吧，讓人久等了不好。」

成功看到霍十九略微展露出的窘態，蔣嫵這才滿意地出門去了。

廊下，文達佳琿穿了件深藍色的對襟窄袖錦緞長袍，只有領口和袖口處翻出白色的盤雲龍花紋作為點綴，就連腰間帶扣也是烏黑的，他本就威嚴，穿了深色更顯沈穩幹練。

許是聽聞腳步聲，文達佳琿回過頭。

「妳來了。」

「嗯。」蔣嫵笑道：「找我有事？」

文達佳琿故意別開眼，不去看蔣嫵嬌美的容顏，淡淡道：「這方事情已了，我打算先行告辭了，特來與妳道別。」

果然霍十九猜的沒錯，他的確是要道別。

蔣嫵不能阻攔旁人去留，心裡上卻真是過意不去。畢竟文達佳琿是因為她，才幫助了霍家人兩次。上次在錦州城，若沒有文達佳琿及時出手相救，他們早就不在人世了，這一次又是如此。

垂眸，長睫搧動，在她白淨的臉上像是蝴蝶停靠花蕊、合上翅膀般微微顫動。「達鷹，你說我當如何謝你？」

文達佳琿眼角餘光見她如此，心裡當真是又苦又澀。如此美好的女子，終歸不是他的人，他若提出什麼要求，使她不好拒絕，那豈不成了施恩圖報？也太降低他的品格了。況且他要的素來都很直白簡單，她又給不了。

「我又不是圖妳的謝。」文達佳琿下了丹墀，高大身軀在光線暗淡的院落之中，彷彿隨時都要隱沒到黑暗陰影裡去。

蔣嫵向前兩步，道：「你的恩情，我銘記於心，必然會回報的。」

「那就將恩和情分開來記吧！下次見面再想著怎麼報答。」

「路途遙遠，說是下次見面，我豈非太沒誠意？」

「誰說路途遙遠，就沒機會見面，我這不就是在這裡嗎？況且咱們應當很快就能夠再見。」

文達佳琿走向院門前，早已等待多時的黑衣漢子們立即上前來，整齊地對著蔣嫵拱手行禮，就隨著他一同離開，不多時，就聽見錯雜的馬蹄聲走遠了。

蔣嫵並未追上前去，心裡卻在擔憂。畢竟已到了戌時，城裡正是宵禁之中，有人隨意走動是為大忌。

可是轉念一想，若是沒完全把握，文達佳琿也不可能選在這個時候離開，中間必定是有安排的。

搖搖頭，蔣嫵回了臥房。霍十九這會兒倦極了，已經睡下，她便也側身歇在他的身旁。

在茂城，霍十九也不能過多停留，只過兩日，原本安排在易縣的那些人就趕到了茂城，帶著趙氏和霍大栓等人一同往南方去了。

臨別前，為人母的自然灑了淚，可在這件事上，趙氏聽入霍大栓的安慰，她相信兒子有蔣嫵保護，必然不會有事，也相信再見之時，他們已經是沒有牽絆的人了。到時候一家子自由自在地過日子，多好！

因為有了這些希望，未來的日子活在期待之中，才不會太絕望。

宮中，小皇帝一手撐著下巴，一隻手拿著個小巧的五彩木質陀螺在桌上轉動著玩。他近日來就覺得無精打采，一日不得霍十九以及霍家人的確切消息，一日他就不得安寧。

這些日，他也安排出兩撥人。一撥人前往易縣，去調查那日執行任務之人的死因，生怕留下任何線索給了霍十九。另一撥人則是跟隨霍十九，看看他到底做了什麼。

只是他作了這樣決策，現在已經後悔，面對霍十九有些心虛，他就越發不想讓霍十九再看出任何異樣，是以安排出去的人怕驚動霍十九而再生事端讓他疑心，都不敢緊緊跟隨，竟然將人給跟丟了。他只知道霍十九到了易縣附近就失去了行蹤。

一連幾日，他的人都快將易縣翻過來了，還沒找到人。

小皇帝的心就像被放在火上烤似的。他真怕霍十九從此失去音訊，再也不管他了，那他豈不是今後都要孤軍奮戰？

英國公那個老賊，他們從前合力都對付不了，他一個人怎麼能敵得過？

心急如焚之際，小皇帝煩躁地吩咐道：「景同，再安排人去看看霍家的情況，去關心關心蔣石頭。」

這會兒，與霍十九有關聯的人就剩下個蔣學文還在他可以控制的範圍之內了。

「遵旨，奴才這就去安排。」

小皇帝繼續轉陀螺。

小綠見周圍沒人，才低聲回道：「皇上，查探屍首的人來回話了，兩方傷亡的確慘重，咱們安排去的人全軍覆沒。不過對方也死了相當多的人，裡頭沒有發現霍家人的遺體。」

「嗯。」小皇帝病懨懨的懶得回答。

小綠猶豫著道：「霍家人不在其中，侍衛又死了那麼多，保不齊是誰將他們的屍首帶去安葬了？」

心裡煩躁得像是有螞蟻爬，小皇帝丟下陀螺站起身道：「這會兒都不能確定是真的成功，怎麼就斷定他們的屍首被安葬了？朕跟你說吧，朕的那些人殉職了，朕心疼，可是朕更擔心的是他們在臨死之前將不該說的透露出去。如今咱們的人都去了，對手卻沒留下一個來，焉知是不是對方沒有傷亡，當場讓他們給逆轉了呢？」

「皇上說的是。」小綠雖如此應答，心裡卻格外不贊同，要知道他們做事可從來沒有出過岔子。

正說著話，卻聽見外頭傳來略微急慌的腳步聲到了廊下，隨即便是景同的聲音。「皇上！」

「不是叫你去霍家，怎麼又回來了？」

「錦寧侯與夫人回來了，這會兒進了宮，正往此處來……奴才瞧著，錦寧侯夫婦都不大對。」

「你說英大哥回來了，還帶回了姊姊？」小皇帝臉色白了白。

蔣嫵還活著？他的確是需要用到她，是以現在是有些鬆口氣的，可更多的卻是擔憂。蔣嫵畢竟是跟隨霍家人前去，也親眼目睹了那一場打鬥，萬一她知道什麼不該知道的且還告訴了霍十九呢？

小皇帝自我鎮定了片刻，才道：「你說不對，他們是哪裡不對？」

雖然一會兒人來了，小皇帝自然會看到，但這會兒景同還是覺得這問題不大好回答，猶豫了一下，才下決心低頭道：「錦寧侯及夫人，還有曹大人，都穿著素服戴著孝。奴才瞧見了錦寧侯，錦寧侯也懶懶的不願意與奴才說話，錦寧侯夫人更是眼睛紅腫。看樣子，是出事了。」

「是嗎……」小皇帝方才聽回話不自覺憋著一口氣，這會兒才輕輕呼吸，雙手因為緊張而有些發冷。

他心裡第一個反應就是，事情要壞了。旁人殺不乾淨也就罷了，為何偏偏剩下這個最精明的？當真是怕什麼來什麼。

猶豫之間，外頭已有宮人回話。「皇上，錦寧侯攜夫人求見。」

小皇帝深呼吸，調整心緒，片刻才起身迎了出去。「快宣。」

小皇帝這廂急步往門前走，很快就站在廊下，正看到三個白色的身影迎面而來。在紅牆琉璃瓦之下，他們顯得格格不入，卻異常扎眼，就像是寂靜的水墨畫上滴了一滴朱砂一般刺目。

越是走近，霍十九木然的神色就越是毫不留情地撞入眼簾。

小皇帝心頭一震，顫聲道：「英大哥，你這是……」

霍十九與蔣嫵和曹玉到了跟前，三人前後雙膝跪地，叩頭行禮。

霍十九的聲音沙啞，眼中無神，低聲道：「皇上。」

「快起來，快起來！」小皇帝雙手拉著霍十九起身，焦急地道：「英大哥這是怎麼了？怎麼這樣一身打扮？姊姊，妳說是怎麼回事？」以詢問的目光看向蔣嫵。

蔣嫵見小皇帝惺惺作態、強作關心的模樣，恨不能立即一刀殺了他了事，也免得後頭那麼多麻煩。

可是皇帝還在霍十九的心中占有一席之地，她又不能傷了他的心。

蔣嫵用塗抹了薑汁的袖口擦了眼角，淚水立即決堤而下，她匍匐在地，傷心欲絕地嗚咽著。「皇上！求皇上作主！全家人都不在了，都不在了！」

「什、什麼？」

「公婆妯娌，小姑小叔，還有妾身的生母與妹子，無一倖免！那日我們前往易縣，正逢大雨，路面泥濘難行，馬車誤了時辰，進不得城去，我們就尋了一間破廟想將就一夜，沒想到……那裡頭早就有刺客埋伏！妾身雖然會功夫，卻也護不了家人周全，自己尚且招架困難之際，家人就一個個……可憐我的七斤……皇上，求皇上作主！」

蔣嫵後面的話已經低落得沒了聲息，只剩下肝腸寸斷的哭嚎。霍十九則一直雙眼木然盯著皇帝，神色之中不見悲喜，眼淚卻在眼眶中打轉。

殊不知，在小皇帝眼中，霍十九這種強忍的模樣才越是能戳中他心裡那名為愧疚的情緒。

霍十九的親人，曾經也是他的親人，給了他從小期盼而得不到的溫暖，是霍大栓和趙氏讓他知道家的味道。

霍十九的孩子還那麼小，如今他們都……

小皇帝這時早已悔不當初，眼眶也濕潤了，拉著霍十九和蔣嫵起身一同進了殿中，這才道：「是什麼樣的人，連姊姊都敵不過？」

他到底還是怕自己的所作所為昭然於世，所以這個節骨眼上還在試探。

蔣嫵內心鄙視小皇帝敢做不敢當、一副縮頭烏龜的模樣，卻依舊落著淚道：「皇上不知，刺客一共十八人，裝扮成了乞丐博取同情心。原本我公婆心善，見下著雨，就不想攆乞丐離開破廟，還打算給吃的和金錢，想不到就是這些人……皇上，你說這世界上好人少，哪裡是因為人不願意做好人，分明就是現實逼迫著人不能做好人啊！」

「這些人也太大膽了，連英大哥的家人都敢下手！」小皇帝隨聲附和，隨即道：「那如今，老太爺他們的屍首呢？」

「因為妾身當時想著可能隨時都有追兵，怕連個全屍都留不得，叫僅剩的三個侍衛處理了其餘屍首，就將家人都火化了。」

「火化？姊姊是要將家人挫骨揚灰嗎？」

「那也總好過被人玷污屍首來得好啊！更何況這兩日連遭追殺，帶著骨灰總比帶著屍體方便逃亡。」

「追殺？」小皇帝十分驚愕，他並未再派人去啊。

小皇帝雖有心算計，可畢竟年少，且這些年在霍十九的羽翼之下，一直負責裝傻充愣做昏君模樣，哪一次的腥風血雨不是霍十九出面去解決？

他是一個帝王，卻因著時局而成長扭曲，如今又是面對著於他有情有義的霍十九，且霍十九的家人是他派人所殺，饒是個鐵石心腸，這會兒也難免心虛悔恨，何況霍十九空洞木然的眼神一直注視著他，彷彿沒看他，卻又一直目光不挪開半分。

他不想表現得太明顯，卻讓在場之人，包括景同和小綠都瞧出了驚愕。

景同慌忙低垂了眉眼，心中暗想事情不妙。錦寧侯心思縝密又有雷霆手段，最是厲害的一個人物，如今家人都死絕了，正是最脆弱也最敏感的時候，皇帝理應更加小心謹慎才是，如何卻露出異樣來了。一個不知深情底理的人有什麼可驚的啊！

小皇帝心中驚濤駭浪，愣了一瞬才覺自己表現得有些過了，輕咳了一聲為掩飾，隨即一拍手邊漆黑桐木的案几，將白瓷青花茶碗震得叮鈴作響。

「太過分了！」他霍地站起身，便揹著手滿地打轉，罵道：「到底是誰這樣過分！朕抓出他來，定擰下他腦袋當球踢，好出這口惡氣！」腳步一頓，靈光電閃地回過身看向霍十九。「英大哥，你說這件事會不會是英國公那老賊所為？」

霍十九沈靜端坐，一言不發只望著小皇帝，似被人抽走了靈魂的木偶，根本不回答皇帝的疑問。

小皇帝原想著他這樣一說，霍十九必然會認定是英國公所做，仇恨的矛頭就會直指英國公，好歹不會影響了他們二人的情分。可想不到，他猜錯了。

無人附和的小皇帝立在原地，場面就有一些冷。

景同的頭垂得更低了，身為內侍，這會兒應當是他來找話說以解開這個尷尬，可面對霍十九，他又懼怕得很。現在披麻戴孝的霍十九，身上似冒著一股寒氣似的，比從前那等矜貴疏離、高高在上的模樣還要瘮人。

到底是小綠反應快，當即就道：「皇上所言甚是！奴才也覺著必然是英國公所為。」

蔣嫵只顧著以衣袖拭淚，不作答。

霍十九依然只看著小皇帝，懶得說話。

小皇帝當真有些掛不住面子，因他心如明鏡一般，難免就在想：難道英大哥已經知道了？

霍十九站起身，淡淡地道：「皇上，事已發生，臣認命了。臣只求皇上在事成之後，放臣離開。」
「英大哥，你……」
「臣累了，鬥不動了。」
霍十九神色冷淡，眼神木然，瞧著陰鬱非常，給人的感覺再也不似從前那個人。
小皇帝鼻子突然一酸。他錯了，他真的知道錯了！
時間若是能夠回到那時，他絕對不會這樣做！他原本想著霍十九是臣子，天下都是他的，何況霍十九的家人？叫他們死，他們就得歡喜領死。可是現在看著霍十九因傷心過度，再也沒有了從前的熱切和衝勁，就像是被人掏空的木偶……他當真是悔不當初。
「英大哥，你……你好生保重身子，往後的路還長著，我一定會殺了英國公，給你家人報仇！」小皇帝聲音哽咽，語氣堅定。
如果不是知道那些人是皇帝的人，蔣嫵都快相信這件事與皇帝無關了。
到了這會兒，所有過錯就一併歸結在英國公身上，推脫得還真是方便。
蔣嫵行禮。「多謝皇上。」
小皇帝虛扶蔣嫵。「姊姊免禮，老太爺等人的喪事還要盛大操辦起來才是。」
「是。」
「英大哥傷心過度，姊姊也要好生安慰著。」
「是，妾身曉得。」
小皇帝便又吩咐曹玉。「墨染，你護送英大哥和姊姊回府吧，好生照顧著，若有任何需已。

要都可來回朕。」

「是，臣遵旨。」曹玉拱手行禮。行過禮後，霍十九便牽著蔣嫵的手向外走去，曹玉則跟隨在二人身後。

小皇帝不自禁地送到了廊下，定定看著他們的身影消失在月亮門前才默然垂首，嘆息不已。

華麗的翠帷朱輪馬車緩緩行進，淡綠色的流蘇隨著行進而輕微搖晃，乞賜封燈高高懸著，淺黃穗子隨風飄舞。

眼瞧著印有霍家標徽的馬車橫穿過集市，老百姓們紛紛避讓，對著馬車低聲議論著，卻不像從前那般一邊倒地大罵，而是議論著霍十九這些年忍辱負重的真實性。

馬車中，蔣嫵疲憊地枕著霍十九膝蓋側躺。「剛才真是哭得累了。」

「妳不是預備了薑汁嗎？」霍十九斜靠柔軟的迎枕，手指一下下輕柔地穿過她的髮間，撩起柔順的髮絲，又放下，如此反覆著。

蔣嫵道：「那東西也不好多塗，難道還不要眼睛了不成？前頭我是哭不出來。不過瞧見他那個樣子，再想到你的委屈，心裡一疼就哭了。」

霍十九的輕嘆噴在她的耳畔，讓她瑟縮了一下，隨即柔軟唇瓣就上了她的臉頰。他低聲耳語道：「不必難過，我現在反倒有一種解脫之感。」

「你不過是自我欺騙罷了。解脫，什麼解脫，又如何解脫得開？你傷心無解之時，只能自我解脫而已。」

蔣嫵知道，雖然霍家人沒事，但如今霍十九的心裡是比任何時候都不好受的。背叛、破滅、虛假的打擊，有時會摧毀一個人。

不願她多想此事傷身，霍十九道：「妳別忘了自個兒還懷著身孕，這段日子妳就安心地好生養著，我會儘快安排英國公的事，除了必須妳出場之時，我不想看到妳再舞刀弄劍、躥上躥下的。」

「難道我是猴子嗎？還躥上躥下。」蔣嫵氣鼓鼓地瞪他。

霍十九噗哧一笑，秀氣的臉上表情因此生動許多。「又沒說妳是猴子，妳是隻小貓。」

「那你就是老鼠。」蔣嫵將臉埋在他腿上，蹭了蹭他袍子上微涼的柔軟料子。

霍十九心情放鬆了許多，然而想起稍後回府，依舊猶豫。「嫵兒，妳真的決定不告訴岳父和二舅哥真相嗎？」

恬淡的笑容自蔣嫵臉上抹去，她凝眉道：「阿英，你相信我爹嗎？其實我是怕他傷心，萬一再有個好歹的，可是我又覺得他未必可信，這件事萬一透露出一星半點兒，爹娘就危險了。」

霍十九沈吟片刻，道：「岳父不是蠢人，其實這次爹娘出行離開，岳父那般聰明的人就已經能夠分析出他們是為何而走的。難道妳以為他真的相信了遊山玩水這一說？」

「我也知道他會猜測。」

「他不一定只是猜測，興許岳父做事容易有些算計，不過妳放心，他分得清裡外。依我看，他對岳母是有感情的，嬌姊兒又是他的么女，難道他會不在乎他們的死活？明知道說出去他們就是個死，他為何要說？」

「既然這樣，那就尋機會告訴爹和二哥吧。只不過回府之時不能說，府裡這會兒應當有皇帝的眼線吧？起碼戲要作足才行。」

「嗯。這幾日治喪，妳也該暈倒就暈倒，不要強撐著在一旁跪，又不是真的喪事，不要累壞了我兒子。」霍十九摸著她尚且平坦的小腹。

蔣嫵笑道：「知道了。作戲我會。」

一路說著話，很快就到了侯府。曹玉已經命人將裝有骨灰的罈子以馬車拉著停放在門前。

蔣嫵和霍十九分別下了車，略作整理，曹玉就去叩了門。

一見主子回來，且一身這樣打扮，門子都嚇傻了。等吩咐人去購置喪禮需預備的話說出口，全府人都是震驚，隨即主子們出去遭難的消息迅速傳揚開了。

蔣晨風推著蔣學文的輪椅跌跌撞撞趕來時，正看到下人們將骨灰抬進來。再一看蔣嫵與霍十九、曹玉都披麻戴孝，下人們腰間也都打了孝帶子，更有頭上戴了白綾花的婢子在一旁三三兩兩、邊幹活邊嗚咽著哭。

蔣晨風就覺得自己的手和腿都軟了，若非死抓著輪椅的扶手，他就怕自己要跌倒了，口中喃喃道：「爹，你看這是……這是怎麼了！」

蔣學文心受雷擊，眼前發黑，嘴唇顫抖著道：「嫵兒，這是……妳回來了，妳娘和妳姊妹呢？親家一家呢？」

「爹。」蔣嫵緩步到了近前，雖未流淚，可剛在宮裡哭得紅腫的眼睛卻是作不得假的。

蔣學文看著那一個個盛放骨灰的漆黑罈子，抖著手指著那處，問：「到底怎麼了?!」

蔣嫵提起裙裾，緩緩在蔣學文面前跪下，雙手抓著他的手搖著頭道：「我們在易縣，出事了……」

蔣嫵將方才在宮裡稟告皇帝的話又說了一遍，只不過她抓著蔣學文雙手的手卻在提醒他。

蔣學文就知道事情必有隱情，蔣嫵這般怕是要做給人看，心下稍安定了一些，表面上卻將悲傷發揮到極致。蔣嫵一說完，他就激動得要起身，卻因腿腳不便身子傾倒，若非蔣嫵和曹玉相攙就要趴在地上。再抬頭時，蔣學文已是淚流滿面。

「淑惠，我說或許此生不能再見，原不是說妳，而是我這樣性子，難免哪一日招來禍事，可想不到我這樣一語成讖，竟然是妳先走一步……淑惠，我對不住妳啊！」

「娘！大姊、四妹！」蔣晨風並不知情，跪在蔣學文身旁，哭得肝腸寸斷。

「那殺千刀的！親家公那麼好的人，怎麼就去了！」

「七斤還那麼小！怎麼有人這般下得了狠手啊！讓我白髮人送黑髮人……」

蔣學文與蔣晨風的哭嚎，聽得下人們也都鼻酸。霍大栓和趙氏都是厚道人，平日從未苛責過誰，對人更是惜老憐貧的佛心腸，霍大栓唯一的愛好就是種地，喜歡胡亂抓便宜勞力去幫忙挑糞施肥，可那樣作為一個主子來說根本就不算過分。

想不到，那樣開朗健康的老人，就這麼被害死了！

一想到往後，後院裡再也看不到那健壯的老人蹲在地頭抽煙袋，看不到活潑的三小姐，看不到每日二老爺與二夫人出來散步……下人們無一不傷心，一時間，整個侯府都瀰漫在悲切之中。

蔣嫵擔心蔣晨風哭壞了身子，不過片刻就將他拉起來，與霍十九一道扶著蔣學文重新坐回輪椅上，讓曹玉暫且幫忙打理著，就一同去了內堂。

屏退下人之後，蔣學文一改方才的悲傷，焦急地問道：「嫵姊兒，到底怎麼一回事？」

蔣晨風本來哭到鼻涕拉得老長，見蔣學文突然這麼問，驚疑地問：「怎……怎麼？」

霍十九親手絞了帕子遞給蔣晨風，道：「委屈二舅哥了，今日是不得已的。嫵兒他們在易縣的確是遭了伏擊，不過幸而有朋友相助，一家子都無恙。因怕讓人繼續追殺，嫵兒才沒及時趕回來，我去尋到他們的時候，一起商議，最後決定讓家人假死，以免除後患。」

「假死？」蔣晨風不可置信地眨著眼。

「是的，假死。方才我陳情時已經給爹打了暗號，不過不方便與二哥說，好歹二哥身強力壯，哭幾聲沒事的。」蔣嫵嘻笑著道：「還有人說將來事情一了，要問問你的意思，是否願意與她成親呢。」

「你……」大悲大喜轉換得如此之快，也虧得蔣晨風心臟強壯，否則這會兒當真要暈過去了。又聽及蔣嫵說什麼成親，他就已經猜到是誰，臉上騰地一熱，道：「三妹，哪有妳這樣子的，再這麼驚嚇下去，我就是身強力壯也要出問題了。」

蔣嫵又對蔣晨風拜了幾拜，這才叫他破涕為笑。

他們說話之時，蔣學文一直若有所思，隨後問霍十九。「阿英，刺客是何人派去的，可有眉目了？」

果然是在朝堂浸淫多年，且精於政事的人，一下就問在點子上。

霍十九道：「這件事……岳父還是不必多問了，總之我心中有數便是了。」

「不好回答？」蔣學文若有所思。「不是英國公？」

霍十九這會兒真正佩服蔣學文的聰慧，竟然一句話就已經聽出端倪來，鎮定地道：「或許也有他一份。」

「或許……」

蔣學文的眉頭緊緊皺著，眉間擠出一道川字。他是一心忠於皇帝，但是他也知道，玩弄朝政的人，手裡多少都會沾染血腥。在必要的時候，除掉一些人也是無奈之舉。可是他想不到小皇帝要殺害霍十九家人的理由，難道霍十九不是為了小皇帝忍辱負重至今嗎？難道霍家人與小皇帝的關係不夠親近嗎？

就連他一個外人，在得知霍十九的所作所為之後都不禁動容，何況是小皇帝這個與霍十九並肩奮戰到今日的人？霍十九可是一心為了他啊！

蔣嫵推動輪椅，才讓沈思中的蔣學文回過神。

「爹，您別想了。您只需要知道家裡人都沒事就好，不過我看著，爹對娘可真正是一往情深，回頭我一定要將剛才您急忙趕來時的模樣跟娘說說。」

蔣學文老臉一紅，繃著臉斥責道：「臭丫頭，妳夫君也不好生管管妳，由得妳這般放肆。」

蔣嫵得意地笑。「我若哪一日不放肆了，他還不習慣呢。」

霍十九拱手，逗趣道：「妳說的是，還真會不習慣。」

四人就都笑了起來。

不多時，皇帝的聖旨就到了，賞賜了霍十九千兩白銀，又安慰了一番，還將死者的品行加以讚譽。有了皇帝的授意，喪事便可以辦得更大一些。不出一日，整個京都城的人就都知道，錦寧侯家眷出門遊玩時慘遭盜匪屠殺，除了錦寧侯夫人尚存之外，其餘人全部殞命。

小皇帝又適時地下旨，命人追拿凶犯，嚴懲不貸。

霍家的喪事辦得格外隆重，停靈七日後，便下葬在霍家祖墳。

第六十一章　離間策略

英國公府門前，小廝跪趴在地上充當腳凳，英國公扶著謀士的手、踏著小廝的背脊上了馬車。

謀士彙報京都城裡的情勢，似也知曉這段時日的等待已令英國公心生不耐。

在英國公的心目中，小皇帝就像個病弱的小凍貓子，隨時都可以捏死。他只是不想登上那個位置之後被人唾罵篡權。

英國公有時候也覺得自己不必再等了，既然已經保不住名聲，他倒是要看看等他坐上那個位置，還有幾個人敢說他不忠，這個天下畢竟是勝者為王。

謀士見英國公面色深沈，識相的不再說話，跟在馬車旁一路往皇宮方向急行。

到了宮門，只亮出牌子，就一路暢通無阻地進了宮門。

皇宮占地面積之廣，沒有馬車代步是不成的，英國公已經不願意做做樣子，從前他還會換車或者轎子。

一路無人阻攔地到了宮內，眼看著要到御書房所在的院落，英國公便叫停，踩著小廝的背下車。

誰知一隻腳剛踏上那小廝的背，一抬頭，卻見一個深藍色的矮小背影正在小內侍的陪同之下走遠。

英國公覺得那背影眼熟，仔細一想，就高聲喝道：「站住！」
那人聞聲並未停下腳步，而是迅速回頭看了一眼，依舊與小內侍快步出去。
只那一回頭，英國公也已經看清了那人。身材矮小，臉色暗黃，眼角下垂，臉上有明顯的黑痣，可謂是其貌不揚……
正是兩次在茶樓中扮作平民百姓、為霍十九說話的蔣嫵！
一個婦道人家，穿成這樣入宮來，看那內侍還是皇帝身邊伺候的人，也就是說，剛才她或許見過皇帝，還說了什麼！
英國公並不知道是怎麼一回事，可是直覺告訴他，情況或許不好。
「站住，國公爺問話呢！」下人見英國公叫人未果，也出聲喝斥。
誰知那人就跟聾了一樣，快步越走越遠了。
「國公爺，您瞧，那人多可疑，要不要派人去拿下？」
英國公沈吟片刻，道：「不必拿下，派人暗中跟著，看看她是去做什麼了，記著不要跟丟了。老夫這就去會會皇上！」
要是他們敢玩什麼心眼，那就是自尋死路！他已經沒有耐性再等下去了！
英國公拂袖邁步。
一進院門，正看到小皇帝站在廊下逗一隻紅嘴綠鸚哥。
「皇上！」
小皇帝表情喜悅閒適。「英國公來啦，快進到朕這裡來，日頭大，仔細曬著。」

「謝皇上。」

英國公便也不客氣，到了廊下，不等皇帝開口說什麼，就強勢地問道：「方才臣來的時候，看一個小公公正帶著個青年出去，那人是誰？怎麼從未見過？」

英國公成功地在小皇帝臉上看到了慌亂。

另一廂宮門前，蔣嫵辭別那小內侍，就已發現身後有人暗自跟著。她故意帶著那跟蹤的人在城裡繞圈子，佯作不知道有人盯梢，繞了許久，來到一座府邸跟前，門楣上匾額的燙金大字寫著「戴府」。

蔣嫵在外頭繞了幾圈，找了個偏僻角落，輕身一躍進，翻牆而入。

跟蹤之人見蔣嫵來的是五城兵馬司指揮戴琳的府上，就是一愣。

他是跟在英國公身邊辦事的老人，自然知道五城兵馬司，中、東、西、南、北指揮使都是英國公的人，尤其是都指揮戴琳，與京畿大營統領十萬兵馬的陸將軍一樣，都是英國公的門生。他們可謂是英國公手下最不可撼動的中堅力量，為何今日這位國公爺吩咐了要小心跟蹤的敵人，卻輕車熟路地到了戴府，還一副很自在的模樣？

也不怪他多想，戴府也是守衛森嚴，那人就那麼進了院子，難道就沒人發現？分明因為他是自己人，所以侍衛都習以為常了吧？

探子探頭探腦了片刻，就返回皇宮方向。

院牆之中，蔣嫵將方才打量的侍衛綁了，用破布堵上嘴，塞進了假山後頭的灌木叢裡。

曾經她喜歡在晚上練練腳程，也並非只走尋常路，飛簷走壁時最喜歡挑這種高門大戶，這地方守備森嚴、亭臺樓閣、假山林立也多，方便鍛鍊身法不至於退步，也比較好藏身。

正巧，這位戴大人的府上，她曾經來過。因知道臥房與書房的大概位置，行事也就容易了。

青天白日，戴家的防衛雖嚴格，但與侯府相比簡直不值一提。蔣嫵出入侯府尚且自如，在這裡進出自然容易，大約戴家人也沒有想過會有人在白日潛入府裡來。

蔣嫵順利地摸進了後宅，蹲身在一處廂房的後窗聽了片刻。

有兩名女子嬌滴滴的聲音傳來。「又便宜了東院的狐狸精。」

「青天白日的，她也不知羞！主動就往爺們的跟前湊合，穿成那樣子，她怎麼不索性別穿呢！」

「她倒是想，爺在書房，旁邊保不齊還有旁人，她敢光著去？我看啊，咱們姊妹也要好生想想對策，萬一讓那個小狐狸精先有了身子可怎麼好。」

聽對話，戴琳應該是在書房，本以為戴琳會在內宅的。

蔣嫵悄無聲息地退開，又往書房方向去。

果真，書房所在的院落裡空無一人，只有院門前有個小廝坐在門檻上靠著門框打瞌睡。

蔣嫵翻牆入內，到了窗根下頭蹲身傾聽，只聞得裡頭男女歡愉嬉笑之聲，其曖昧聲音和言詞下流，真是讓她聽得面紅耳赤。

不過，這個時機倒是正好。

蔣嫵毫不猶豫，掀起窗紗佝身躍進，身子敏捷地閃到了屋內，透過集錦槅子的縫隙，正看到靠窗放置的羅漢床上正在上演活春宮，一個美豔的少婦衣裳敞開跨在一人身上，上下不停聳動著，嬌吟酥骨。男子則是喘息著，十分歡快的模樣。

蔣嫵緩緩抽出匕首，飛身躍進，以刀柄砍在女子後頸處。那女子的嬌吟戛然而止，身子倏然軟倒。

戴琳只看著一個人影閃到跟前，隨即侍妾就趴下了，驚得憋了半日的存貨都一併交了，一身冷汗涔涔，絲毫歡愉盡失，想張口呼救，脖子上已經橫著冰涼的兵刃。

「別動。」

戴琳是聰明人，倒也不再想著叫嚷，呼吸間鎮定了下來。

「你是什麼人，要殺我？」

「戴大人很鎮定，不愧是國公爺手下的得力幹將。這些年，下頭這些人都沒少看您的臉色呢。」蔣嫵緩緩將匕首抬高，不再擱在戴琳喉嚨，可距離如此近，要他的性命也就是手起刀落的事。

「戴大人是英雄豪傑，本不該在這個時候貿然來打擾，不如您穿上衣裳，咱們好生說說話。」

戴琳原本緊張，他一世英名，總不好最終是死在小妾身下，且還不著寸縷。就算是死也不能這樣跌了面子。

看著眼前這個身材矮小、形容猥瑣的青年，倒像是暫且不想殺他，還能心平氣和地說話似的，心下稍定，戴琳便笑了一下，橘皮一般凹凸不平的皮膚被擠出深深的法令紋，那樣子倒不如不笑。

「既然壯士有心與戴某說話，那就勞你退後了。」

蔣嫵果真將匕首反握著退後一步，眼神卻不錯開半分地看著戴琳發福的身子。

戴琳今年四十多歲，生得人高馬大，雖尚且未被酒色掏空身子，但也是發了福，肚皮上的贅肉隨著他的動作顫動。

他坐起身，將身上的小妾扒拉開，遮遮掩掩地拉過褲子來穿。雖然黏糊糊的不舒爽，此時也顧不上，又抓了袍子來套上。他窘迫之餘，心下也生了火氣。

眼前這刺客雖然輕功身法不錯，可他戴琳難道是吃素的？

穿衣的動作就略有些緩，心裡已經在想對策，計算府中家丁侍衛趕來的時間。

「戴大人。」蔣嫵突然的聲音，驚得戴琳手上一抖。

「您是聰明人，可不要再動什麼心思。我今日既然能被派來，就說明你府裡的這些人，我都不放在眼裡，包括你在內，取你性命不過是探囊取物。」

戴琳抬眸，直視著面前這人的雙眼。只覺得他生了一雙銳利、滿含煞氣的眼，若是被盯上，當真背脊都發涼。

他不做沒把握的事，在不清楚敵意為何，且不知道深淺之時，最好的法子就是以靜制動。

「壯士也未免想得太多了。」

「我想多了嗎？或許是吧。」蔣嫵就在一旁的圈椅上坐下，無視榻上半裸的女子，只笑著道：「戴大人請坐。」

自己的小妾，讓一個陌生人看了個精光，就算他不在乎小妾的性命，卻很在乎面子，便懊惱地抓了毯子蒙住小妾的身子，這才在蔣嫵跟前坐下。

「壯士要說什麼？」

蔣嫵手中的匕首挽著刀花，「篤」地一下扎進桌面，又「唰」地拔出。如此來回把玩著，桌面上就多了好幾道口子，卻並不急著回答。

戴琳心裡焦急，心思百轉地思考對策。

過了片刻，安靜的屋內才傳來蔣嫵的聲音。「我今日來，並非是要殺死戴大人，而是要救你性命。」

「救我？」戴琳似聽到了什麼天大的笑話。「到我府裡，打暈了我的小妾，逼著我跟你說話，說要救我？」

話雖如此說，戴琳卻已經開始思考對方的陣營。他效忠英國公，自然也善於審時度勢。見戴琳眼珠一轉，蔣嫵就知道他已經上鈎。據霍十九所說的，戴琳與英國公不愧是同一派的人，都是生性多疑，且極為自私自利。在忠義面前，自保的意義更大。

蔣嫵便道：「的確，是英國公得了消息，知道你有意要投靠錦寧侯，就命人要殺了你。」

「笑話！國公爺怎會如此想？我根本沒有要投靠霍英，絲毫舉動都沒有做過！」戴琳不信，已經想到面前這人是清流一派的了。

「你沒有做，可是有人看你不慣。」
「你是說……」
蔣嫵並不回答，只是看著他冷笑。
有時候，沈默的力量是很大的。尤其是在生性多疑的戴琳跟前，只說這麼一句，其餘的讓他自行去猜想，遠遠要比她將話都說出來要好得多。
「你到底是誰的人？要挑撥我與國公爺的關係！」
「挑撥？」蔣嫵噗哧一笑，站了起來。「我若要英國公用不得你，直接殺了你就是了。你不在，英國公對五城兵馬司的支配就會暫時癱瘓，就算找人頂替你也要一段時間，京畿大營的陸將軍就算帶了十萬兵馬來圍城，恐怕那時候英國公也被我們拿下了。」
「你……是皇上的人！」戴琳霍然起身，腦海中已如狂風捲起滔天巨浪一般嗡嗡作響。皇帝要對英國公動手，他該當如何？英國公是否要殺他？還是說面前這人是英國公派來詐他、考驗他的？
一切疑問，最快的解決之道就是抓了他來拷問！
戴琳思及此，身形一晃就一掌擊來。
他兵刃上的功夫一般，一生所學武藝皆在一雙肉掌，這一下卯足了全力，就是想將面前這人打得只剩下一口氣好方便審問。
誰知戴琳手上卻落了空，眼前的人像是突然消失了一般，隨後他後腰就被頂了個尖銳之物，嘲諷的聲音自背後傳來。

「戴大人，你不乖喔！」

匕首鋒利的尖銳頂著戴琳後腰，只要往前一進，他的性命不保。戴琳的臉色瞬間蒼白，動也不敢動了。

剛才他還有些不服，想高聲喚人來，自己怎麼樣也能支撐著到侍衛趕來的，可現在一看，莫說是侍衛來了也不是他的對手，就是在他手下，也沒走出一招啊！

戴琳顫抖時，蔣嫵又收了匕首，笑道：「戴大人有所懷疑也是可以理解的。如果你不信，我可以在你府上陪你一同驗證。你也看到了，我要殺你易如反掌，要下手早就下手了。我奉命而來，就是要告訴你，英國公要對你不利。這樣的人，已經不值得你託付。」

轉過身來，戴琳沈默望著蔣嫵半晌才道：「我如何相信你？」

蔣嫵挑眉道：「你命人去城門前堵著，尤其注意朝陽門，英國公要拿你，定會派人出去送信給陸將軍的，或許很快就知道答案了。」

將匕首往靴子裡一揣，蔣嫵就大咧咧在圈椅上坐下。「有茶嗎？渴了。」

打不過，又逃不掉，心裡還被埋下疑問的種子。

戴琳沈吟著，叫人上了茶，又吩咐了手下最得力的人。「你安排人去個城門前守著……」交代了一番，就回到了屋裡。

手下立即應是去了。

半個時辰之前，英國公自小皇帝處出來，聽了跟蹤蔣嫵的探子回報，便覺得蹊蹺。

「依你說，那人進去時輕車熟路，並沒有人反抗，也沒聽見騷動？」

「沒有。」

「那人什麼時辰出來的？」

「一直沒出來。」

「是嗎？今日戴琳下午是在府中的。」英國公挑眉，想起方才在宮中見小皇帝時憋了一肚子氣，心煩氣躁，突然覺得他這麼隱忍下去毫無意義了。

謀士察言觀色，就已經猜到英國公所想，道：「國公爺，您早就萬事俱備，東風也早就來了，您就是心太慈悲，才沒有動手。依著我看，那小皇帝根本就不成氣候，對付個蠻子還都依賴霍英那小子呢，指望他能成什麼大事？好好的大燕江山都要敗壞在他手裡了，不如國公爺為了百姓的福祉，為了蒼生安寧，就起事吧。」

探子也拱手道：「卑職願為國公爺效忠！」

英國公沈吟。

謀士又道：「那戴琳如果靠得住還好，若是靠不住，五城兵馬司反了您，將來也就不好做了。坐以待斃，不如先發制人，就說近處，您還有京畿大營的十萬兵馬，您還有陸將軍呢。」

英國公沒有說話，上了馬車。

謀士也不再勸說，就上馬跟著馬車行進。過了片刻，馬車中遞出一封信。

「立即將信送去京畿大營，交給陸天明。」

「是！」謀士心中一震，立即將信接來遞給方才那探子。

他追隨英國公這麼久，事成之後也就是加官晉爵之時了！活這一世，總算要達成願望了！

探子也是雄心滿載，揣著信就奔著朝陽門去了。

英國公端坐馬車之中，背脊挺直，輕輕捋著鬍子。作了決定，連心裡都敞亮了。

馬車外，謀士問道：「國公爺，現在咱們怎麼辦？」

「回府，等著就是了。」

如今就只等陸天明了！

戴府中，蔣嫵喝了一杯茶就不再動，依舊把玩著匕首，與戴琳相對而坐。

不多時，外頭就傳來錯雜的腳步聲，戴琳到了廊下，手下果然從懷中掏出一封信來，低聲道：「大人，我等方才在朝陽門外三十里的樹林中將送信的人截殺了。那人是國公爺手下得力的唐林，從他身上翻出了這封信。」

戴琳抿著唇，手上略微有些抖地拆開了信封，信上只有簡單的八個字。

戴不足信，速帶兵歸。

簡短的八個字，已經將戴琳心裡激得一陣狂跳，腦袋也嗡嗡作響。他不可信也就罷了，讓陸天明帶兵回來，是為了拿他，還是英國公打算動手了？

不論是前者還是後者，他被懷疑已經是事實。他深知英國公素來秉性，就算成事，對於一個未必忠心於自己，且還知道了他太多秘密的人，又如何會輕易放過？

戴琳沈著臉回了屋內，卻並未說信上之事。

「你知道嗎？我可以命人將你拿下交給國公爺，自然就能解釋清楚我的清白。國公爺自然會相信我。」

「真的嗎？那你快點拿下我送去吧。看看那樣一個多疑的亂世梟雄眼睛裡是否能容得下沙子。」蔣嫵靈活地把玩著匕首，毫不在意。

可話卻真正說進戴琳心裡了，這說法與他剛才擔憂的不謀而合。

蔣嫵見他如此，心悄悄地放下了。想來是他們的計策成功一半了。

其實整個計劃所依託的全是霍十九對英國公、戴琳之性子的深刻瞭解與理智的謀算。與實力懸殊又自大多疑的對手較量，攻心才是上策。

戴琳此時顯然已經信了蔣嫵的話，也確信了蔣嫵是皇帝的人，拱手行禮，誠懇地道：「壯士是皇上親信，還請為在下在皇上面前美言幾句。從前誤信人言，一步踏錯才導致今日情況，想不到英國公那老賊竟如此不講情面，我已是悔不當初，我不求其他，只求戴罪立功，為皇上效命！還請皇上念在我一片赤誠，饒恕過去的罪過。」

蔣嫵也站起身來，笑道：「皇上知道您只是一時被蒙蔽，且皇上是愛才的明君，正值求賢若渴的時候，戴大人就只管放心便是。再說若是皇上不信任你，現在我也不會來到您府上了。」

戴琳何嘗不知道小皇帝肯盡釋前嫌，其實也是沒有辦法的辦法？

但是在英國公已經靠不住且有可能對自己不利的情況下，依靠皇帝是唯一的辦法。說半個不字，面前這其貌不揚的青年可是會立即要了他的小命，他也受不住。

夜幕降臨，宮牆之中燈火通明，侍衛與往常那般結隊巡邏，毫無異常。

此時的御書房所在院落，門前與院落四周的護衛卻是比平日裡要多出一倍，且都是生面孔。

御書房之中，空氣中一股瀰漫不去的血腥味充斥鼻端，小皇帝臉色煞白地端坐在首位，即便是坐著，都覺得雙腿不住地打擺子，更不要說他的臉色蒼白難看到何種程度。

在他面前的空地上，橫七豎八地躺了滿地的屍首，這些人都穿著御前侍衛服飾，分明都是原來在御書房輪班當值的那些。

「英大哥……」小皇帝聲音發抖，詢問地看向霍十九。

霍十九安撫道：「皇上不必擔憂，如此一來御書房就安全了，再也沒有英國公的人。墨染已經去四處檢查過，確定了無後患，您大可安心。」

「可是英國公才走，咱們就將他安排的人都除了，他萬一要是想探聽什麼，或者是突然入宮來見不到人，那可怎麼解釋？會不會逼得他提前反了？」

小皇帝言語中帶著深深恐懼，可見這一次的行動他心裡多少是沒底的。

霍十九眉頭微蹙了下，小皇帝這樣擔不起事，可不在他的預料之中。才剛拔了幾個眼線就將人嚇成了這樣，若是明日上了金鑾殿呢？

雖然小皇帝的作為令他心寒，但兩人多年來的患難與共之情，在此關頭又使他心軟。小皇帝才多大？畢竟沒有經歷過那麼多的事，而且這些年在英國公手中也是過得夠壓抑了。

「皇上放心，不會的。」霍十九跨過幾具屍體走到小皇帝面前，恰好以身體擋住了他的視線。「這一切已經是咱們早就計算好的不是嗎？況且現在已經沒有別的辦法，這是最好的做法了。雖然外人看來是冒險，但是皇上知道的，以英國公的性子，這辦法是最穩妥不過了。」

小皇帝點了點頭，的確是這樣，先前答應了這個辦法時，他早已經在心中仔細將整個過程演練過無數次，到目前為止，成功拔除了御書房的眼線，計劃一直都在有條不紊地進行著。

見皇帝緊張地點頭，霍十九輕輕地嘆氣。「皇上大可以放心，臣會陪在您身邊的，不論成敗。」

若是勝了，往後大燕朝的掌控權就完全回到皇帝的手中了，再也沒有那樣的權奸在外頭指手畫腳，他再也不用伏低做小，不但收回了江山和權力，還完成了先皇當年沒有辦完的事，最要緊的，他這樣也算是報了父仇！

如此想著，小皇帝堅定了心念，點了點頭。「英大哥，朕相信你。朕一直都相信你。」

他眼神依賴地仰頭看著他，讓霍十九心裡生出酸澀的情緒。

這句「相信」，並不是他想要的，他要的從來都不是一、兩句好聽的話而已。真的相信，會像他那樣命人去屠殺他的家人嗎？

霍十九是一個顧家的人，皇帝的行為是觸碰了他的底線。

小皇帝對即將到來的事充滿恐懼，低聲問：「英大哥，這些人……這些屍首就要留在這裡嗎？」

「暫時得留下，等過了明日之後，自然就能知道是由咱們來收拾御書房，或者是由英國公來收拾這一處。臣送您回寢殿安置吧？」

一聽可以離開這個充滿血腥味的地方，小皇帝連連點頭，與霍十九和曹玉一同出去，到了廊下帶上景同和小綠，就如往常那般散步回去。

御書房院落裡留了霍十九的親信，已經嚴格把守起來，不論是誰，任何人都無法靠近這一處。

霍十九送了小皇帝回寢殿就要告辭出宮，小皇帝卻拉著他的手道：「英大哥，今日就別回去了，留在宮裡吧，左右姊姊也不在家……」

他是真的怕了，也是真的不安，話不經大腦說了出來，卻沒想過霍十九的感受。

霍十九原本就擔心蔣嫵的安全，聞言好不容易放下的心就懸了起來，心裡開始揣測蔣嫵的情況，口中卻說：「臣遵旨，待事了再出宮去。」

在戴琳府中，也不知情況如何，這一夜他與曹玉留在皇帝身邊恐怕是要一夜無眠地商議明日之事了，而身在「敵營」的蔣嫵呢？

曹玉看著窗外濃如潑墨的夜色，心也牽掛在蔣嫵身上。不知她今日是否順利？

城中某處，文達佳琿正在自酌自飲，納穆則單膝跪在身畔，壓低了聲音以金語回道：「……今日侯府裡一切如常，不過防護卻比平日裡還嚴密一倍。咱們的人想潛入侯府去也無法，只能在外頭瞧著。」

「哦？」文達佳琿放下白瓷酒壺，笑道：「這可就奇了，錦寧侯府中防衛本就嚴謹，好端端的為何又加緊了護衛？」

「臣也在納悶。」

文達佳琿略想了想，便道：「其餘監視的人呢？」

「盯梢的那些依舊在，還如往常一般，估計他們也發現了。」

眯著眼沈吟了片刻，文達佳琿才道：「既然如此，你暗中安排人，好生護衛著侯府吧。」

「陛下？」

文達佳琿搖頭不語，不過心裡卻漸漸猶如撥開了迷霧一般清晰起來。

霍十九與蔣嫵，八成是有事情要做了。他的人都能發現府中防衛嚴密，監視著的那些人想必也能。不過這才剛開始，也不至於對方立即就有動作了。他好歹出一分力，幫襯著蔣嫵防患於未然吧，趁著他現在還在大燕。

「就按著朕的吩咐去做吧。」

納穆不敢有異議，忙行禮退下。

小皇帝平日是不早朝的，也只有心血來潮時才會在朝會上露個面，其餘時候朝務一直都是由英國公代為打理。

平日的朝房裡，有許多清流文臣沒皮沒臉地討論這些，明明自個兒不是什麼朝廷股肱，為大燕朝也沒做過什麼事，背後議論的活兒做得倒是極好。英國公雖然權傾朝野，可那些清流小官們如蒼蠅一般的嗡嗡聲他也沒少聽。

但是近日他與九王爺面對面，坐在朝房臨窗擺置的唯一一張羅漢床上，聽著那些擾人的議論卻沒有如平日裡那樣動氣。

那些人也沒幾日蹦躂了，將來怎麼收拾他們只在他一句話，他就暫且將這些當作多年隱忍最後的一關考驗，左右陸天明的人馬十日之內必到。

九王爺比英國公年長，身形消瘦，鬍鬚花白，天生長了一張正氣凜然的臉。因這裡頭就數他們二人地位較高，才坐在這一處，在大臣們眼中，這二人長久以來井水不犯河水，也有了一些交情。

九王爺喝著茶水，笑著問：「我怎麼瞧著英國公今日的氣色很好，莫不是府上又找到什麼延年益壽的靈丹妙藥了？哪天也介紹本王吃吃看，說不定就能返老還童了呢。」

「九王爺真會說笑。」英國公笑道：「王爺可是天潢貴胄，您是什麼樣子的身分，想要什麼延年益壽的丸藥沒有？竟然這會兒跟我開玩笑起來。」

「英國公此言差矣，誰人不知英國公在朝野中的位置？若沒有你，大燕朝也沒有這段日子的安寧了。那些好東西，且不論皇上賞的，還是下頭孝敬的，還不都如流水一樣地往國公府裡送？本王府裡的那些與之比較起來，怕是不夠看了。」

英國公聞言翻了個白眼。「你堂堂一個王爺，來與老夫說這樣拈酸的話也不知道羞。」

「本王這哪裡是拈酸？分明是說實情。」

二人又如往常那般拌嘴，英國公卻是不以為意，左右打發時間罷了，反正皇帝也不上朝。將來他登上那個位置，要做的事還有很多，收拾個老雜毛王爺還不是易如反掌？誰還會知道他們之間有過什麼商議。

正當這時，外頭傳來一陣錯雜的腳步聲。小內侍到了廊下，掀起湘妃竹簾進來，行禮道：「各位大人，請移步奉天殿，皇上吩咐早朝。」

眾人聞言新奇不已。今兒個皇上居然要早朝了？

英國公聞言噗哧笑了。

昨日在御書房面聖時，小皇帝言語中頗為自傲，對他也沒有了先前的那些尊重，言語中多了幾分帝王對臣子時才有的那種氣魄，一面逗鳥一面關懷備至地說：「英國公年紀也大了，這朝堂之事最是累人煩悶的，外頭那些事處理起來也著實讓人心裡厭煩，朕是知道的。這些年也多虧了你偏勞，如今朕也漸漸大了，處置國事上也不好總叫英國公勞累，這些日子朕就打算學起來，也是該藍批換回朱批的時候了。」

當時他聽了，險些氣歪了鼻子。

怎麼他為國效力了這麼多年，到這會兒小皇帝卻與他生分了，要將權力奪回去？

英國公想起這個，心裡就憋氣，面上也掛了冷笑，站起身來與九王爺比肩，隨意地走向奉天殿。其餘大臣則是自覺自發地在他們二人身後排成兩列。

奉天殿中，小皇帝一身明黃龍袍，威嚴迫人地端坐龍椅之上，並不似往常那般待文武大臣站定之後才姍姍來遲。坐在這高高的位置上，看著英國公與九王爺率領群臣入內，心也跟著懸了起來。

看著那一張張或熟悉或陌生的臉，他當真忍不住要在心裡猜測，對方是否會效忠自己？是表面上忠誠於他，可心底向著英國公，還是說另有其他？

小皇帝在想，霍十九會不會已經知道是他命人去截殺他的家人？如果他知道了殺害他父母親人的元凶是他，霍十九又會如何處置？是會繼續忠誠於他，還是會藉機反了？

還有英國公那老鬼，那麼聰明的一個人，會不會早就將自己猜到的真相告訴霍十九了？

小皇帝甚至在想，蔣嫵那樣倔脾氣的人，是不是會真正按著他們的策劃去一步步進行？

想起御書房中現在還堆著不方便動的屍首，想起昨日在寢殿閉上眼睛就是那些侍衛慘死時，鮮血飛濺、屍首橫七豎八倒了一地的慘象，再聯想自己這一次若是不成，結局恐怕比那些侍衛也不會好到哪裡去。

儘管他端坐在龍椅之上，背脊依舊挺拔，卻覺得渾身都被冷汗浸透了。

千思萬想時，也不過呼吸之間，待到文武百官站定，小皇帝依舊如往常那般，吩咐道：「九王爺與英國公年長，不宜站著說話，賜座。」

「遵旨。」景同應是，立即吩咐小內侍去抬來兩把紅木太師椅，一左一右地擺放在御階之下。

九王爺端正地給小皇帝行禮謝恩，這才緩緩坐下。

而英國公不過是虛拜了一拜，就大馬金刀地端坐，隨手就拿了他整日裡攜帶的那把象牙小梳子來理順鬍鬚，姿態悠閒得彷彿在等著看小皇帝如何表現。

他倒是要看看，小猴崽子突然說要上朝，到底能鬧出個什麼名堂來。

第六十二章　當場拿下

皇帝看了景同一眼。景同立即會意，清了清嗓子高聲唱道：「皇上有旨，有本早奏，無本退朝。」

話音方落，英國公就揚起半邊唇角嗤笑了一聲。

平日裡都只顧著玩、根本不理會朝政的皇帝，今日主動聚集了文武大臣來奉天殿，雖然說這些原本就是君王該做的，可到底也不是小皇帝的行事作風。他破天荒此舉，有話儘管說就是了，還在這裡裝模作樣地問大臣是否有本，真真可笑。

英國公與九王爺所坐的位置距離小皇帝最近，他們二人的絲毫表情變化都逃不過小皇帝的眼睛。小皇帝甚至在原本針落可聞的大殿中，聽到了英國公的一聲嗤笑。

他臉立即被氣憤染上一層紅霞，緊咬著牙關，內心生出無限嚮往來。

很好，只要今日的事情解決了，以後就再也不用看這個老不死的眼色過活，他終於能夠活得像個帝王，不必再繼續低聲下氣……

小皇帝信心滿滿，鬥志昂揚，連坐姿都端正了不少。

可是等待片刻，卻沒有人奏本！

小皇帝面上繃著的笑容就有些掛不住了。

原本在霍十九的計劃之中，今日上了朝，就該有人來彈劾英國公的，可為什麼現在一個說話的人都沒有？

這種時候冷場，要他如何將戲唱下去？難道說這些人還真的反了不成？

小皇帝心裡七上八下，就如被貓撓了一般煩亂，他甚至又將剛才的懷疑想了一遍，如此冷場的情況，焉知是不是霍十九真的反了？

英國公隨意抬眸，看了眼小皇帝那副焦急不已的模樣，心下就越發覺得好笑，臉上的笑容也跟著擴大了。

很好，他倒是要讓這小凍貓子嘗嘗滋味，明白這些年他處理朝務有多辛苦，這些人又有多不好相與，怎麼就能利用完他就要收回權力，就沒見過這麼卸磨殺驢的人。

眼瞧著殿中安靜得針落可聞，景同額角也有汗珠滑落下來，他雖不知道具體行動是什麼，可也知道現在正是皇上的關鍵時刻，他的身家性命可都在小皇帝身上呢！皇帝若敗了，他還有命在嗎？

景同又清了清嗓子，高聲唱道：「有本早奏，無本退朝！」

正當奉天殿內安靜得空氣彷彿要讓小皇帝窒息的時候，突然就有一御史從人群中站了出來，朗聲道：「回皇上，臣有本奏！」

小皇帝看著這人，心就懸得更高了。這人不是別人，正是御史言官之中，繼蔣學文之後的清流，名喚魏斌。

他真怕魏斌不是霍十九安排的，不做正經事啊！

可魏斌到底沒有令小皇帝失望，聲音宛如洪鐘一般，擲地有聲地道：「臣要參英國公假公濟私，搜刮民脂民膏，濫用職權中飽私囊，覬覦江山野心勃勃……」
魏斌將摺子遞給了景同，根本不等皇帝展開來看，就已經滔滔不絕地奏了起來。其中英國公的所有罪證，都一一說得明白，一共參奏了英國公十三條大罪，且每一條罪證都足夠將英國公拖出去砍個十次了。
魏斌的聲音在奉天殿中迴蕩著，羅列的罪狀將在場文武都鎮住了。眾人驚愕的不是英國公的滔天罪行，他們驚愕的是這個時候竟然還有人不要命地敢站出來說這種話。
魏斌言盡叩頭道：「臣懇請皇上肅清朝堂，將不懷好心、意圖謀反的亂臣賊子拿下！」
英國公挑眉，挑釁地看著小皇帝，眼角餘光瞥見對面九王爺臉上那刺眼的笑容，心中哼了一聲，有人敢彈劾他，他也是司空見慣了。不用說別人，就連蔣學文原本做御史之時，也沒少上摺子罵他，那些跳梁小丑沒有能力的，也就只有在背後罵人的本事了，他並不放在心上。
他好奇的是皇帝的處置方法。要是放在從前，對於這種人，小皇帝會直接吩咐人拉出去了事，管他是否會一頭碰死。可是昨日小皇帝與他說了那番話之後，今日又是小皇帝自己主動要上朝，他就起了耍弄的心思，很想知道小皇帝又是要鬧哪一齣。
殿內安靜片刻，立即便有清流們站出來附議，也有英國公的門生持反對態度，兩方便你一言我一語地爭論起來。
魏斌據理力爭之時，也偷眼觀看小皇帝的反應，今日說這一番話是一早霍十九單獨找他，說服他做的。

他不知道這位名聲不怎麼好的侯爺是要做什麼，原本也不打算答應他的要求，可是霍十九的一句話，終究還是說服了他。

他說：「身為御史，若因為惜命連話都不敢說，那活著還有什麼意思？」

魏斌素來不怕死，也覺得文死諫、武死戰，忠言逆耳才是他應當做的，既然霍十九都敢讓他來說，他有什麼捨不掉這條命的？

兩方爭吵不休之時，小皇帝突然開口，沈吟著道：「都住口。」

畢竟天子威嚴，縱然聲音不高，且平日裡是不管事的，臣子們還是都住口了。

英國公挑高了眉頭，把玩著象牙梳子下頭綴著的紅流蘇，一副「看你能把我如何」的模樣。

小皇帝這廂已經開了口，道：「魏卿家說的也不無道理，可英國公乃三朝元老，為國操勞多年，沒功勞也有苦勞，朕也是信任的，不如這件事就交給三司會審，好生徹查，若不能證明英國公以上罪行，魏斌，你可知道結果如何？」

「臣願意以命相抵！」

英國公站起身，冷笑著連道了三聲好。「看來皇上是羽翼豐滿了！」

「英國公言重了。」小皇帝對著英國公那張寫滿譏諷的臉，心中火氣也被激了起來。今日再不想如何，也已經走到了這一步，難道現在對英國公客氣，他若敗了，英國公就會輕易饒過他嗎？

他沒有這麼天真！

深吸一口氣平穩了心情，小皇帝的語氣變得強硬許多，鋒芒畢露地道：「朕的羽翼豐滿，也全仰仗列位臣子扶持，尤其多虧了英國公一手指點歷練。朕對英國公，也真是感激不盡呢！」

小皇帝的強硬，讓景同和小綠屏住呼吸，也讓殿下文武倒吸了一口涼氣。今日皇上這般做法，難道是要變天了？

英國公也著實意外小皇帝強硬的態度，他這般不尊不重的態度，讓英國公不可避免地想起了當年的先皇。他們陳家人果然都是白眼狼，沒一個好貨！

「皇上言重了，皇上能有今日，不是該多謝你的好兄長霍英嗎？你謝老夫，老夫可承受不起。」

他態度尖銳得讓人噤若寒蟬。

九王爺站起身，沈聲道：「英國公不可放肆，皇上面前，注意你的態度！」

「哈！你是什麼東西，也敢指點老夫？」英國公昂然拂袖。「老夫的話還就撂著，這些年若無老夫，朝堂會這般太平？南疆不說，沿海賊寇也不說，只道北方金國會到今日還有來訪的機會？早就踏平大燕朝了！」

「英國公未免恬不知恥了些，別的本王不敢說，可大燕朝的事，十次有九次裡是錦寧侯去處置的，就說當初收復了錦州和寧遠兩地，那也都是錦寧侯的功勞，哪有你英國公什麼事？老夫別的沒看見，可只瞧見皇上一點小病，你就監國了，藍批你用得很上癮是不是？」

「看來九王爺說的話，也就代表皇上的意思了？」英國公昂首看向御階之上，虎視眈眈望著皇帝。

因英國公積威已久，小皇帝一對上他那雙眼睛都覺心裡打顫，習慣性不願意與英國公別苗頭。但是今日不同，既然事已至此，根本就容不得他退步。

小皇帝剛要開口，突就見御臺側面，霍十九與曹玉二人並肩而來。

曹玉依舊是一身淺灰色文士裝扮，清俊面龐表情認真。霍十九則一身黑色窄袖長衫，白玉紫金的帶扣勾勒出他窄瘦腰身和寬闊肩膀，雖看起來瘦了些，卻更增幾分俊俏氣質。

霍十九與曹玉上了臺階，一左一右站在皇帝身後，小綠也往皇帝身前靠了靠。

小皇帝見到霍十九，彷彿底氣一下子就足了。

「英國公，」他聲音低沈，迴蕩在奉天殿內。「大殿之上，朕還在此處，豈能容你高聲喧譁？魏御史不過是參你一本，朕只命三司會審，又沒有立即定你的罪，你若行得正、坐得端，又何必在乎讓人去徹查？來人！將英國公押下候審，並搜查英國公府！沒有朕的吩咐，英國公府中一概人等不得離開國公府半步！」

「是！」殿下立即有人應聲去辦。

清流們眼見小皇帝居然如此雷霆之勢就下了決策，連英國公的面子都不給了，當下覺得大燕總算是見到了曙光，更有甚者，以魏大人、楚大人為首的一眾清流，齊刷刷跪下叩頭，山呼萬歲之聲幾乎要掀起奉天殿的屋頂。

有殿前武士上前來到英國公身旁。

英國公卻是朗聲大笑。「好，真是好！皇上既然如此不念過去情分，也就休怪老夫了。

本打算讓你多活幾天，想不到地獄無門你偏要闖進來！」

英國公回頭一甩衣袖，高聲吩咐。「來人！給我將陳贊拿下！」

到了英國公身畔的兩名殿前武士根本沒有拿下英國公的意思，奉命就往御階上闖去。殿門前，又有更多御前侍衛手持明晃晃的鋼刀闖了進來，文武大臣們見了紛紛躲避。武將們到御前見駕又不能佩兵刃，就只能赤手空拳與闖入者纏鬥。就連方才底氣十足的九王爺，這會兒也嚇得回頭躲在柱子後。

曹玉與小綠一左一右護著皇帝，將方才闖上的侍衛擊退，而更多人卻是正往殿中湧入。

小皇帝手腳冰涼，攥著霍十九袖子的手瑟瑟發抖。「英大哥，這……」

想不到英國公竟然控制了整個奉天殿周圍的布防，也難怪他方才那樣狂妄，他的確是有狂妄的資本。

霍十九安撫道：「皇上莫急。」

殿中混亂，殿外的宮人們也都嚇得四下奔走，以小皇帝的位置，就只能瞧見院中青天白日下宮人逃散得無影無蹤，只留下白花花的臺階和空曠的青石磚院子。

突然，一隊人進入了視線，是五城兵馬司指揮戴琳帶著人闖了進來。

英國公周遭有人保護，退在角落，一見戴琳帶了人馬趕來，忙道：「你來得正好！快替老夫拿下陳贊！」

他雖然懷疑戴琳，但好在陸天明收到信也不會立即趕來，戴琳這段日子應當還可以為他所用。等解決了小皇帝後，要怎麼處置還不都是他的一句話？

誰知戴琳站在原地，並沒動作。

英國公疑惑地挑眉，剛要發問，突然聽見背後傳來「咚」一聲，一回頭，就見緊緊保護著自己的兩個侍衛不知什麼時候都躺下了，而一身藍衣、面容猥瑣的青年正對著自己嘲諷地笑著，反握著匕首，鬼魅一般就到了眼前。

「啊！你……」手腕一陣劇痛，話梗在喉嚨。

英國公被蔣嫵抓住左臂反擰著壓倒在地，膝蓋頂著他的後背，同時卸了他的雙臂和下巴。

英國公張大了嘴，雙眼暴突，口中發出「啊、啊」的聲音，似是不甘。

蔣嫵俐落的動作，被御臺上的人看得清清楚楚，霍十九與曹玉一見蔣嫵無恙，懸著的心終於能放回原處。

戴琳高聲道：「逆賊已經被捕，你等還要頑抗嗎！放下武器，饒爾等不死！」

戴琳帶來的人連同霍十九事先安排的親信，迅速控制了大殿，將英國公的人挨個兒綁了，推到院子裡跪著。

文武大臣驚魂未定，重新站好，戴琳跪下行禮道：「臣救駕來遲，請皇上恕罪。」

小皇帝端坐首位，甚至不敢相信自己的眼睛，暗自掐了大腿一把。

疼，這不是作夢！

英國公，被他們拿下了！在他們步步為營的算計之下，被拿下了！

「愛卿起來吧。」小皇帝激動到聲音顫抖。

眾人的目光都看著被死死按在地上「凌虐」的英國公。
那身材矮小的猥瑣青年，巴掌打在英國公頭上、臉上，英國公下巴卸了又不能說話，只能哀嚎。
只聽那青年口中振振有詞。「讓你得瑟！栽了吧！要沒你，我家阿英會這麼累？你去死吧！……」
眾人沈默。
小皇帝咳嗽了一聲。「那個，姊姊，虐待俘虜是不對的，英國公好歹是三朝元老，一把年紀了，還是要三司會審定罪之後，再做定奪。」
「乾脆捅死拉倒！這樣的人還用定罪？他的罪根本罄竹難書！」
「嫵兒。」霍十九下了丹墀，在眾目睽睽之下將蔣嫵拉了起來，一面摘掉她臉上的易容，又扶正了她的帽子，一面道：「總要給天下人一個交代，還是交給皇上定奪吧。」
原來拿下英國公的猥瑣青年，竟然是錦寧侯夫人?!
在場文武臣子愕然。
霍十九道：「皇上，內子勞累，臣先帶她下去歇息。」
小皇帝內心已經敞亮，拿下了英國公之後，還有許多英國公的黨羽以及後面的事情要處理，那些他早就與霍十九商議好的對策也急於實行，是以只是擺擺手。
霍十九拉著蔣嫵的手，與曹玉在百官注目之下離開了奉天殿。
殿外，蔣嫵道：「阿英，要麼你還是回去幫襯皇上，我自個兒回家就成了。」

「不用，我送妳回去。皇上這裡也用不上我了。」霍十九拉起蔣嫵的手，湊到唇邊吻了一下。「看到妳無恙，我就放心了。」

「我好得很，一切行動我都有數，斷不會傷了孩子的。」

曹玉道：「爺，咱們這廂事情就了了？」

「差不多吧。接下來肅清黨羽的事，就不是咱們能夠插手的了。皇上如今剛剛嶄露鋒芒，最是需要表現的時候，咱們不能搶走皇上表現的機會。」

「那咱們現在呢？」

「現在？心裡的大石頭擱下了，咱們可以回去好生睡一覺了。」霍十九笑道：「也給嫵兒好生弄些吃的，在外頭顛簸一整日，都沒好好吃飯，她受得了，我兒子也受不了。」

蔣嫵噗哧笑了，與霍十九上了馬車，一路回到了侯府，到了內宅更衣洗漱過後，回到臥房安心地睡下了。

蔣學文得知消息的時候，已經是次日傍晚，看著蔣晨風，不可置信地道：「英國公被抓了？還是你三妹親手拿下的？」

蔣晨風此時也是處在呆滯之中，聽聞蔣學文發問才回過神來，激動地道：「事情也不能完全確定，因事發在宮中，真正目睹的人又能有幾個？可是外頭傳言的確是這樣，說皇上今日在奉天殿早朝，魏斌魏大人上疏彈劾英國公十三條罪證，英國公不服氣，就當場撒潑起來，意圖謀反，幸虧錦寧侯和九王爺在場，全力護駕，又有五城兵馬司的戴指揮與三妹及時趕到……三妹抓了英國公，擰下來他兩個膀子，卸了下巴，將他臉都給揍得變形了……」

蔣學文雙手激動地握拳，用力憑空揮舞了好幾下，彷彿要藉此動作，將滿心淤堵多年的悶氣都一併發洩出來。

他想做的，霍十九替他做了；他想揍的，蔣嫵替他揍了。這種終於出了一口悶氣的感覺，著實是太令人爽快了！

「好，好！那老鬼合該被揍，你三妹做得太好了！」

「爹，你不知道，現在外頭都傳開了，說妹夫是隱忍多年的大英雄，三妹是一直幫助英雄的賢內助，當然也有人質疑妹夫過去的所作所為，可現在讚揚之聲卻更多。」

蔣學文連連點頭，推著輪椅就要往外頭去。「走，咱們去看看你三妹。這些日也辛苦她了！順帶問問她親手拿下英國公那老賊是什麼心情。」

「爹，您慢點。」蔣晨風搖頭失笑，卻覺得蔣學文著急之下的模樣卻顯得他好親近了許多。從前的蔣學文總是端著父親的模範，令人感覺不可靠近、高高在上，還是現今這樣的父親要可愛得多了。

蔣晨風便推著蔣學文去了內宅。

蔣嫵這時候在廊下坐著。因夏日晝長，天黑得也晚，晚霞映著天空，將院子中正茂盛的海棠樹和廊下臺階兩側列放的盆景也染上了淡淡的緋紅，顯得一身石青褙子的蔣嫵淡雅出塵。

小丫頭來回話時站在抄手遊廊上，正瞧見這一幕，心裡讚嘆著，就加快了腳步。

聽雨已經發現來人，忙迎上去問清了情況，隨後就回了蔣嫵。

蔣嫵已猜到了蔣學文為何會來，笑道：「那就請我爹和二哥進來吧。」

其實這時候蔣嫵的心中有一些複雜。她對蔣學文傷害霍家、傷害七斤的事情還是有些生氣的，可是以另一個角度去想，她又希望讓蔣學文看到她的成就。

蔣學文那樣拚死拚活了半輩子都沒有完成的事情，昨日她已經與霍十九一同完成了。這樣蔣學文還會看不起霍十九嗎？還會覺得他是個奸臣，不足以為信嗎？還會覺得她這個做女兒的不爭氣嗎？

蔣學文乘輪椅，畢竟不方便，來得也慢了一些，蔣嫵迎出來時，他們統共才走了一半的路。

蔣嫵轉過月亮門，看見冗長甬道上正漸漸走近的人，腳步微頓，隨即走到他們跟前。

「爹、二哥，你們來了。」

「是真的嗎？」蔣學文激動地抬眸看著蔣嫵，雙手緊緊握著輪椅的扶手，指尖因用力而泛白。

蔣晨風也是滿面紅光地望著蔣嫵，彷彿蔣嫵若不點頭，他就會立即暈給她看。

蔣嫵笑著點了點頭。「爹聽說了？」

她這樣說，那就是確定了。

蔣學文回頭與蔣晨風對視了一眼，又一同望著蔣嫵。「快，快說說當時情況。」

「爹，這裡不是說話的地方，還是先隨女兒進去吧！我已經吩咐人預備了您愛喝的茶了。」

蔣嫵這樣和顏悅色，蔣學文滿心歡喜不已，連連點頭道：「好，好！」

想不到終於有一日讓他心想事成，不但英國公那個老傢伙完蛋了，女兒對他也終於不再針鋒相對了。

在晚霞滿布的傍晚，蔣學文看著淡紅的天空，覺得心情舒暢到極點。

回到瀟藝院前頭的正廳，蔣嫵就給蔣學文斟了茶，隨即將事情的經過完整地講述了一遍。這些事對外人不足道，但是對蔣學文卻是必須要說的，既能夠滿足他的好奇心，又能夠讓蔣學文瞭解到霍十九這些年的忍辱負重以及最後這一步的縝密布局，讓他不要將霍十九看得太低。

「……後來我與阿英回來，休息了一陣子後，阿英就去安排封鎖國公府，急召陸天明回京述職的事了。這件事現在既然傳開來，就說明此時已經控制住了國公府。」

蔣學文與蔣晨風聽得聚精會神，直到聽罷，才將不自覺憋著的一口氣長長地吁了出來。

蔣學文由衷地道：「這些年，姑爺是受委屈了。」

蔣嫵笑。「只要能辦成事，就算不得委屈。」

「不，早些年，我對他也著實是不怎麼好，彈劾他，甚至暗殺也是有的……」蔣學文說起這些，面容上是極為不自在的，畢竟曾經做過的那些事的確也過分了。

「爹不要再提這些，那時候天下人也不知他是什麼樣的人，有所誤解也是自然，爹也是一心為國，雖然做事偏激了一些，卻也不失為一個忠君之士。大義滅親也不是任何人都做得出的。」

「嫵兒，我……」蔣學文雖知道蔣嫵並無挖苦他的意思，可是提起那些往事，再想想可愛的七斤和厚道的親家，他的確是覺得心中有愧。

他的確是做錯了，做這等遷怒之事，禍及霍十九的家人，分明是沒本事的懦弱表現，如果時光能夠倒流，在那種情況下他寧可想辦法去與霍十九一對一，也絕不會再對老弱無辜去下黑手。

蔣晨風見蔣學文尷尬，便體貼地岔開話題。「嫵姊兒剛才說妹夫去哪兒了？」

蔣嫵也知道這件事再提起會令蔣學文尷尬，就也配合地道：「去安排英國公府上的事了。英國公驟然被捕，要關押在天牢裡，他手下黨羽集結，府中清客門人也多，就怕那些人得了英國公被抓的消息，糾集起來鬧出什麼名堂，又怕他們覺得事情不好而逃了。這些人中或許會有知道內情的，還指望著他們起作用呢。」

「原來如此，妹夫想得也很周密。至於陸天明那處，消息封鎖得可仔細嗎？據我所知陸將軍是個能力超群的戰將，他追隨英國公，一旦發現京都的異動，恐怕不會那麼乖乖地進京述職。」

「所以我才覺得皇上做事未免過於急躁。」

聽蔣嫵的意思，蔣學文便猜測地道：「難不成英國公被捕的消息是皇上吩咐人放出來的？」

蔣嫵頷首，凝眸道：「阿英說他還特地囑咐皇上先不要立即張揚開，等英國公的黨羽一併解決了再昭告天下也不遲。皇上卻是好勝心性，抓了英國公就覺得事情已經辦得很漂亮了。」

小皇帝的確是被壓制了這麼多年，好不容易翻了身才急著想要表現，現在就張揚開，的確不是個好時機。

想起假死、躲去江南的霍家人，蔣學文也覺得心裡不大好受。身為臣子，忠君愛國的同時，不僅希望得到帝王的賞識，更希望能讓帝王將他們當成人看，而不是一個私有物品，隨隨便便就能決定他們的一生。

蔣嫵擔心地看向半敞的窗外。晚霞已經染紅了半邊天，著實是絢爛奪目得很。

這時候也不知道霍十九忙得如何了，事情解決了沒有？

御書房之中如今已經整潔一新，宮人們忙碌了一整日，將屋內整個刷洗得乾乾淨淨，還換了嶄新的正紅色地氈。

小皇帝低垂著頭坐在臨窗的羅漢床上，雙手抱著個柔軟的明黃引枕，無意識地把玩著枕上一角，低聲委屈地道：「朕也沒有想那麼多，就是覺得解決了英國公，心裡好生歡喜……或許事情也不是這麼嚴重呢，英大哥就不要再氣了。」

若說從前小皇帝懷疑霍十九若知道霍家人的死因會被英國公策反，到現在他就已經完全沒有懷疑，對霍十九已達到有生以來最信任的地步。

因為霍十九果真遵守當初的承諾，幫助他重新奪回了這個國家的掌控權。如今百廢待興，正是他準備要大展鴻圖的時候，而且他的五石散癮已漸漸戒掉，他的未來彷彿已被曙光鋪滿了。

因為信任，所以對霍十九的依賴就恢復到如以前那般。犯了錯，也相信霍十九不會真的生他的氣。

霍十九看著小皇帝，一瞬間覺得心累。

上午帶蔣嫵回府休息時，他心裡還在想，這樣的事情若是發生了，但凡有一些頭腦的人都會將事情盡力壓著，絕不會在敵方完全沒有被拿下時，就大張旗鼓地宣揚自己的功績。

可小皇帝偏偏腦袋一熱，就做出這事了。

「皇上，臣若有得罪之處，還請皇上見諒。臣只是著急，現在雖然控制了英國公府，但這會兒並不能保證陸天明那裡，是宣他入京述職的摺子先到，還是英國公被逮的消息先到。」

霍十九這樣一說，小皇帝也覺得有些擔憂。他將此事宣揚開時，根本就沒有想過是否會傳到陸天明那處，也沒想過宣揚開會對他造成什麼後果。

「若是陸天明先一步得到消息，會怎樣？」小皇帝看向霍十九的眼神閃了閃，像是怕被家長責罵的孩子。

霍十九就撫了撫額頭。

小皇帝難道真的不懂嗎？他不信。他問出這句話，其實只是希望他寬慰他罷了。

然而解決英國公的事情後，他不會永遠都留在小皇帝身邊，不可能再繼續為他遮風擋雨，但凡有事還是要他自己去解決，往後的路他必須自己一個人去走。

霍十九耐心地道：「一旦陸天明先一步得到英國公被俘的消息，他當年陪伴英國公身邊做了那麼多不利於國家的事，定會心虛，也會擔憂皇上會如何處置他。他不是那些尋常幕僚，而是手握十萬京畿衛兵權的人，一旦有了造反起事的心思該如何是好？」

「他敢！」小皇帝冷聲道：「朕富有四海，會怕他不成？」

「皇上，英國公積威已久，並不是一日、兩日才崛起，他的黨羽遍布朝野，關係盤根錯節，又豈是隨便就能夠拔除得了？如果拿下陸天明，咱們的勝算就會再多兩分，否則即便將來能夠順利除了他，恐也會動搖國本。」

小皇帝聞言沈默了，許久才道：「如此一來，朕似乎真的做錯了。」

皇帝做事，就算錯了也不能說是錯。如果霍十九是那些慣會討皇帝喜歡的人，現在就應當放聰明些，不要去戳小皇帝的痛處。

不過霍十九在皇帝面前，素來都不會作假。「皇上，您沒錯，只是略衝動了一些。從前臣不是說過？做事要考慮後果。若是覺得事情做了會對整體不利，那就要考慮一下是要擇取眼前利益，還是要考慮長久利益。」

小皇帝低著頭不言語。

霍十九說罷了，卻覺得自己多言無趣。小皇帝已經有了自己的想法，已經不需要他再指手畫腳了，做得多了，不但惹人怨恨，也有要將小皇帝繼續當傀儡的嫌疑。

這些年都做傀儡，小皇帝對這檔子事是很忌諱的。如果不忌諱，他也不會對霍家人那樣，焉知他當時就沒有永除後患的心思？

霍十九也不想多言了。說不出恭維的話，也不能昧著良心說他做得好，他只能沈默。

小皇帝對霍十九的確是信任又依賴，不過被否定了做法，又羞又惱，也就沒了談興，只道：「英大哥也累了一天，不如回去休息，日後還有更多事情要仰仗你。」

一旁侍立的景同和小綠都覺得驚訝。照往常，小皇帝是會留霍十九用飯的。

「皇上也好生休息。」霍十九行大禮，又囑咐景同別忘了伺候皇帝晚上用藥，就離開了御書房。

霍十九剛剛離開，景同就壓低聲音、放柔語調道：「皇上，您剛才未留錦寧侯用膳，侯爺八成會不喜歡呢。」

「嗯？」小皇帝挑眉。「怎麼說？」

「皇上從前若是留侯爺說話到這個時辰，大多都會留飯的，今兒冷不防的連一次都不留，難免會讓人多想。」

小皇帝愣了一下，細想景同的話也覺得有道理。這世上的確是你待人一萬個好，偶爾一個不好，就將從前的好都抹殺了。

「英大哥也不是那樣計較的人吧。」

景同聽著小皇帝的話，只笑而不語。

小皇帝煩躁地隨手丟了迎枕。

之後還有許多事要處理，他也不願意在這種小事上費心了。

霍十九回到府中時天色已經全黑，二門上也落了鑰，不過蔣嫵也安排了玉橋在一旁守著，在暗淡夜色中好為霍十九提燈。

「今日夫人歇息得好嗎？」

「夫人休息得挺好，剛才親家老爺和少爺來了，說了一會兒話。」

「夫人可歡喜？」

玉橋便回頭看了看霍十九，對蔣嫵心生羨慕，嬌聲笑道：「回侯爺，夫人今兒個十分歡喜。」

霍十九點了點頭。

小皇帝不按著他們預想中的法子去辦，將英國公的事宣揚開，反倒是讓他之前的惡名一次雪清了。不過他在乎的不是名聲，反而是陸天明。

一想起這些，霍十九的眉頭就擰了起來。

蔣嫵此時正斜躺在臨窗的拔步床上小憩，聽聞錯雜的腳步聲越來越近，就起了身，吩咐道：「侯爺回來了，去預備晚膳吧。」

「是。」聽雨笑著出去，到門前正與霍十九走了個對面，忙行禮，隨後為霍十九撩起門簾。

霍十九剛才已經聽見動靜，笑著道：「不忙，我還不餓。」

他說不餓，卻沒說已經吃了。

蔣嫵看霍十九眉間淡淡的紋路，就知道剛在宮裡必定發生了不愉快的事，也不多問，就笑道：「我有點餓了，要不你陪我吃點？」

「晚飯沒用嗎？可是不舒坦了？」霍十九走到蔣嫵近前，攬著她進屋去。「是不是在戴家太勞累，動了胎氣？周大夫瞧過了嗎？」

「我一切都好，你不要亂緊張。」蔣嫵拉著他的手坐下，看了一旁的落蕊一眼。

落蕊立即會意，去預備水和帕子來伺候霍十九盥洗。

「我晚膳吃了一點，當時是飽了，不過這會兒又餓了。你也知道，我現在一個人吃的是兩人份，難免要多吃些。」

「那當然好。」霍十九仰頭擦臉，覺得洗過臉精神好多了。「就怕妳不肯吃。」

婢子抬著食盒進來，各式小菜擺了滿桌。精緻的小籠包味道濃郁，粳米粥裡頭摻了紅豆熬得香濃。蔣嫵就在一旁吃一碗粥，逼著霍十九吃了一屜小籠包。

待漱口擦手後，霍十九道：「岳父聽說了今兒的事情？」

「嗯，特地來問我是怎麼一回事。外頭傳得那樣，連我動手將英國公那老東西給揍了，都給說得像親眼所見似的。」

「那都是皇上吩咐的……罷了，咱們不說此事。」霍十九笑道：「反正事已至此，剩下的全看皇上了。」

「你真能丟開手嗎？」

霍十九大手順了順蔣嫵垂在肩頭的長髮，苦澀一笑。「其實，我希望能有施展抱負的空間，英國公如今被關押起來，往後需要做的事情還有很多，國家一切都是百廢待興，我能做的事情太多了。只是……面對皇上，我真的無法坦然。原來我到底也只是個尋常小心眼的人。」

「你不是小心眼。」蔣嫵靠著霍十九肩膀，雙手摟著他的腰，推著他倒下。「你若是在這樣的情況下還能對皇上如從前那般，我才會覺得難以接受呢。如果是我，怕早就離開京都，再也不管皇帝與英國公之前的糾紛，誰做天下之主，又與我有什麼相干？但是你做到了，這樣你也已經仁至義盡了。」

霍十九道：「所以從現在起，我也不必再多理會了。」

「嗯。能做的你都做了，不是嗎？」

「的確是。」霍十九嘆息著，翻身將蔣嫵摟在懷裡。「我的確是能做的都做盡了。等過些日子，瞧著皇上將事情徹底解決了，情況也趨於平穩，我就與皇上提致政的事，到時候咱們就可以去江南找爹娘他們了。」

蔣嫵連連點頭，一想到即將到來的輕鬆日子，唇邊就禁不住掛著笑。

蔣嫵與霍十九睡了近來最安穩的一覺。

——未完，待續，請看文創風339《嫵妹當道》5（完結篇）

世道忠奸難辨，唯情冷暖自知／朱弦詠嘆

2015年9月出版

嫵妹當道

父親是清流良臣，丈夫乃弄權奸臣，
雖說忠孝情義自古難全，
可於她而言，父母之恩得報，夫妻之情也不得棄！

文創風 335 1

她曾是在刀口舔血下過日子的精英特務，
因一場意外而穿越到這大燕朝來。
當今世道是國將不國，清流之首的親爹偏又得罪寵臣霍英而下了詔獄。
為了救父，素有京都第一才女之名的長姊不惜委身於這廝，
孰不知，惡名昭彰的霍英竟看上了她，還指名要娶她為妻 ?!
想她蔣嫵也絕非善類，外無賢名，還是個眾所皆知的「河東獅」，
與這謠傳以色侍君、擾亂朝綱的大奸臣倒堪稱「絕配」！

文創風 336 2

霍府中姬妾成群，雖說她言明不與人共事一夫，
卻沒想到夫君當真守諾獨寵她一人，著實讓她驚喜萬分，
當夫妻倆的感情正漸入佳境，趕巧碰上金國和談一事，
由於清流一派的推波助瀾，霍英被迫立下軍令狀，
若和談協議失敗，便要奉上自個兒的項上人頭。
明知父親是為國除奸而後快，可夫君對她的疼惜又不似作假，
於她而言，這父母之恩要報，夫妻之情也得守！

文創風 337 3

與他相處日深，她越發難辨世人眼中的忠奸，
當長姊與小叔情意暗許之事浮上檯面時，
以清流自許的父親為了聲名，竟不惜棒打鴛鴦、賣女做妾；
反觀，她的夫婿對外頂著罵名搶親下聘，讓有情人終成眷屬，
暗地裡又為了保護小皇帝而與居心叵測的英國公周旋，
他忍辱負重至今，於她心中，孰高孰低，早已分曉……

文創風 338 4

霍英手握天子暗中交付的虎符，以病癒為由先行回京，
雖說暫且鎮住英國公奪權篡位的心思，
卻斷不了小皇帝服用禁藥「五石散」的癮症。
好不容易勸服了皇上戒除藥癮，
哪知他一片赤誠之心，竟換來君王的疑心與猜忌，
還派出影衛來截殺出遊避禍的霍家人 ?!

文創風 339 5 完

自扳倒英國公以降，夫妻倆便打算功成身退、退隱朝堂，
小皇帝卻為了留下霍英，不惜於千秋大宴上安排刺客，
還利用他愛妻如命之心，將心思算計到懷有身孕的蔣嫵身上，
種種舉措已令君臣心生隔閡，
不意他一時直言為忠臣求情，反而觸怒龍顏，身陷囹圄，
虧得她臨危不亂，出謀劃策大造輿論，使小皇帝收回成命，
卻未料，才剛救夫出獄，她赴邀入宮就遭人下藥險些難產喪命……

莫問前程凶吉　但求落幕無悔／麥大悟

相公換人做

前世的記憶漸漸浮現腦海，
隨著真相一一被揭開後，她的心也瞬間鮮血淋漓了，
誰是好人、誰是壞人？誰愛她、她愛誰？
這一刻，她已全然分不清了……

文創風 314 **1**

溫榮，黎國公府中的嫡女，才情與美貌並具，為人自負、高傲。
上一世，她嫁予三皇子李奕，隨著他登基後被封為妃，極受聖寵，
然而，數年的恩愛，最後換來的竟是抄家滅族的下場，
黎國公府中的男丁一律被送往西市處決，女眷皆沒入賤籍，
而她這個萬千寵愛於一身的一品貴妃，則是加恩賜令自盡！
呵，沒有聖上首肯，極憎惡她的太后能下這道賜死她的懿旨嗎？
可笑的是，事發前幾日他還彷佛什麼都沒發生般，同她耳鬢廝磨呢！

文創風 315 **2**

溫榮作夢都沒想到，自己竟重生了，且還回到了未嫁給三皇子前，
如今能再活一遭，她定不會聽天由命，再向著前世不得善終的結局走去，
可前世最後那幾年，國公府到底發生了什麼事，她一概不知，
不過，有一點她是再明白不過的——
這一世，她不想再和三皇子有任何交集了，她的相公絕不能是他！
無奈天不從人願，且兩人才初見面，三皇子竟就覺得對她似曾相識，
莫非……他也和她一般，皆是重生之人　有此可能嗎？

文創風 316 **3**

溫榮看得出，娘親有意讓她嫁去舅家，令兩家親上加親，
實話說，表哥林子琛是個溫文儒雅、文韜武略的翩翩好兒郎，
而這樣出色的男子，心儀的人卻是她，
她明白，能嫁給表哥這般好的人確不失為一個好歸宿，
更何況，三皇子投注在她身上的目光是愈來愈熾熱了，
想來，她得趁三皇子有所行動前先與人訂下親事，斷了他的念想，
豈料，兩家正在議親之際，表哥竟突然被賜婚成了駙馬！

文創風 317 **4**

五皇子李晟長相俊美，與三皇子相比有過之而無不及，
偏偏他這人性情淡漠，老是冷著張臉，且對任何人皆不假辭色，
因此即便喜愛他的姑娘家不少，卻多半不敢親近，
溫榮兩世對他的印象皆不多，只知他和三皇子兩人兄弟情深，
沒想到，這樣一個與三皇子關係極為密切的男人，
竟然在出征凱旋回朝時立即向聖上請旨賜婚，欲娶她為妃！
這……究竟是哪裡出了錯？五皇子是何時喜歡上她的啊？

文創風 318 **5** 完

溫榮向來知曉三皇子表面看似無害，實則城府極深，
卻不想仍是著了他的道，一腳踩入他設下的陷阱中，
好不容易順利嫁與李晟，兩人婚後過得恩愛非常、如膠似漆，
但三皇子仍是想方設法要得到她，對她異常執著。
照理說，她這世對三皇子極其冷淡疏離，為何他卻似對她舊情難忘呢？
在與他接觸過後，她才驚覺，原來他竟保有前世的片段記憶，
而她自以為完整的記憶卻並不完整，甚至，她前世並非死於懸樑！

2015年7月出版

生財棄婦

文創風312~313

穿越到古代就算了，還得背負剋夫、被休棄的名聲？
不過誰說棄婦就只能悲慘度日？那可不一定。
且看她如何巧用前世知識，生財致富，逆轉悲劇人生！

清閒淡雅 耐人尋味 ／半生閑

這也太倒楣了吧?! 被陌生人撞下樓昏過去的秦曼，
一睜開眼竟成了剋死丈夫、被趕出門無家可歸的棄婦，
前途茫茫的她，聽從好心大嬸的話，想去大戶人家找份幫傭活計，
還沒尋到差事，竟先餓昏在姜府大門旁，幸好蒙姜府小少爺搭救入府，
而後藉著前世的幼教知識，成為小少爺的西席，總算有了安身之處。
但在姜府裡雖然吃得好、住得好，卻非久留之地，
除了姜家主人姜承宣懷疑她想圖謀家產，總對她冷言冷語外，
更有視她如情敵的李琳姑娘，想盡辦法欲攆她出姜府。
原本待西席合約到期，她便打算離開姜府，隨著商隊四處看看，
不料在離開前，卻誤陷李琳設下的圈套，引起了姜承宣天大的誤會。
心碎的她不想辯解，手裡捏著他羞辱人般撒在地上的銀票，
決意遠走他鄉，反正靠著製茶、釀酒的技術，她必有活路可走！

2015年7月出版

嬌女芳菲

文創風 309～311

如何從嬌嬌千金蛻變成審時度勢的聰穎女子？
只需重生一回，便能看清世態炎涼，還要明白——
也許這一生，只要保得家門安穩，
與夫君即使疏離但仍相敬如賓，便是幸福，
只是……為何心底總是空落落的呢？

絕妙橫生 精彩可期／喬顏

沈芳菲曾是將門嫡女、名門正妻，金枝玉葉非她莫屬，
孰料新帝登基後，一道通敵叛國的罪名，不但令娘家滿門抄斬，
那涼薄夫婿為怕惹禍上身，更要她自盡以絕後患！
所幸上天讓她回到十二歲那年，一切都還可以重來——
前世姊姊嫁給九皇子，沈家鼎力助他上位，卻難逃兔死狗烹的下場；
加上兄長癡戀表妹，嫂子因而鬱鬱以終，親家反成了敵人落井下石……
很多事看似不相關，其實環環相扣，一環錯了便滿盤皆輸，
而她是唯一能拯救沈家上下百餘口性命的關鍵之人，
誰說閨閣千金就一定無能為力，只能眼睜睜被命運牽著走？
她無論如何都要使出渾身解數，絕不讓前世的悲劇重演！

风 文創 338

嫵妹當道 4

國家圖書館出版品預行編目資料

嫵妹當道 / 朱弦詠嘆著. --
初版. -- 臺北市 : 狗屋, 2015.09-
冊 ; 公分. --（文創風）
ISBN 978-986-328-507-6（第4冊 : 平裝）. --

857.7　　104014035

著作者　朱弦詠嘆
編輯　黃鈺菁
校對　黃薇霓　馮佳美
發行所　狗屋出版社有限公司
地址　台北市104中山區龍江路71巷15號1樓
電話　02-2776-5889～0
發行字號　局版台業字845號
法律顧問　蕭雄淋律師
總經銷　知遠文化事業有限公司
電話　02-2664-8800
初版　2015年10月
國際書碼　ISBN-13　978-986-328-507-6
原著書名　《毒女当嫁》，由中國風語版權經紀工作室授權出版

定價250元
狗屋劃撥帳號：19001626
網址：love.doghouse.com.tw　E-mail：love@doghouse.com.tw